计算机基础与实训教材系列

U0116240

五笔打字与文档处理

实用教程

刘书瑞 编著

清华大学出版社

北 京

内 容 简 介

本书由浅入深、循序渐进地介绍了五笔字型输入法和文档处理的相关知识。全书共分 13 章，分别介绍了 Windows XP 的启动和退出，键盘操作与指法练习，安装与设置五笔字型输入法，五笔字型输入法基础，五笔字型编码规则，简码与词组的输入，Word 2003 使用基础，Word 文档编辑，Word 表格和图形处理，Word 高级操作，Word 长文档的编排处理，文档的打印处理，文字扫描识别。此外，本书还通过多个上机练习来帮助用户巩固本书所介绍的相关知识。

本书内容丰富，结构清晰，语言简练，图文并茂，具有很强的实用性和可操作性，是一本适合于大中专院校、职业院校及各类社会培训学校的优秀教材，也是广大初、中级电脑用户的自学参考书。

本书对应的电子教案、实例源文件和习题答案可以到 http://www.tupwk.com.cn/edu 网站下载。

图书在版编目(CIP)数据

五笔打字与文档处理实用教程/刘书瑞 编著. —北京：清华大学出版社，2009.1
(计算机基础与实训教材系列)

ISBN 978-7-302-18920-6

Ⅰ. 五… Ⅱ. 刘… Ⅲ.①汉字编码，五笔字型—教材②文字处理系统—教材 Ⅳ.TP391.14 TP391.12

中国版本图书馆 CIP 数据核字(2008)第 179498 号

责任编辑：胡辰浩(huchenhao@263. net)   袁建华
装帧设计：孔祥丰
责任校对：成凤进
责任印制：李红英

出版发行：清华大学出版社   地   址：北京清华大学学研大厦 A 座
          http://www.tup.com.cn   邮   编：100084
社 总 机：010-62770175   邮   购：010-62786544
投稿与读者服务：010-62776969,c-service@tup.tsinghua.edu.cn
质 量 反 馈：010-62772015,zhiliang@tup.tsinghua.edu.cn

印 刷 者：北京密云胶印厂
装 订 者：北京市密云县京文制本装订厂
经   销：全国新华书店
开   本：190×260   印 张：19.5 字 数：512 千字
版   次：2009 年 1 月第 1 版   印   次：2009 年 1 月第 1 次印刷
印   数：1～5000
定   价：30.00 元

　　计算机已经广泛应用于现代社会的各个领域，熟练使用计算机已经成为人们必备的技能之一。因此，如何快速地掌握计算机知识和使用技术，并应用于现实生活和实际工作中，已成为新世纪人才迫切需要解决的问题。

　　为适应这种需求，各类高等院校、高职高专、中职中专、培训学校都开设了计算机专业的课程，同时也将非计算机专业学生的计算机知识和技能教育纳入教学计划，并陆续出台了相应的教学大纲。基于以上因素，清华大学出版社组织一线教学精英编写了这套"计算机基础与实训教材系列"丛书，以满足大中专院校、职业院校及各类社会培训学校的教学需要。

一、丛书书目

　　本套教材涵盖了计算机各个应用领域，包括计算机硬件知识、操作系统、数据库、编程语言、文字录入和排版、办公软件、计算机网络、图形图像、三维动画、网页制作以及多媒体制作等。众多的图书品种，可以满足各类院校相关课程设置的需要。

　　◉　　第一批出版的图书书目

《计算机基础实用教程》	《中文版 AutoCAD 2009 实用教程》
《计算机组装与维护实用教程》	《AutoCAD 机械制图实用教程(2009 版)》
《五笔打字与文档处理实用教程》	《中文版 Flash CS3 动画制作实用教程》
《电脑办公自动化实用教程》	《中文版 Dreamweaver CS3 网页制作实用教程》
《中文版 Photoshop CS3 图像处理实用教程》	《中文版 3ds Max 9 三维动画创作实用教程》
《Authorware 7 多媒体制作实用教程》	《中文版 SQL Server 2005 数据库应用实用教程》

　　◉　　即将出版的图书书目

《中文版 Word 2003 文档处理实用教程》	《中文版 3ds Max 2009 三维动画创作实用教程》
《中文版 PowerPoint 2003 幻灯片制作实用教程》	《中文版 Indesign CS3 实用教程》
《中文版 Excel 2003 电子表格实用教程》	《中文版 CorelDRAW X3 平面设计实用教程》
《中文版 Access 2003 数据库应用实用教程》	《中文版 Windows Vista 实用教程》
《中文版 Project 2003 实用教程》	《电脑入门实用教程》
《中文版 Office 2003 实用教程》	《Java 程序设计实用教程》
《Oracle Database 11g 实用教程》	《JSP 动态网站开发实用教程》
《Director 11 多媒体开发实用教程》	《Visual C#程序设计实用教程》
《中文版 Premiere Pro CS3 多媒体制作实用教程》	《网络组建与管理实用教程》
《中文版 Pro/ENGINEER Wildfire 5.0 实用教程》	《Mastercam X3 实用教程》
《ASP.NET 3.5 动态网站开发实用教程》	《AutoCAD 建筑制图实用教程(2009 版)》

二、丛书特色

1、选题新颖，策划周全——为计算机教学量身打造

本套丛书注重理论知识与实践操作的紧密结合，同时突出上机操作环节。丛书作者均为各大院校的教学专家和业界精英，他们熟悉教学内容的编排，深谙学生的需求和接受能力，并将这种教学理念充分融入本套教材的编写中。

本套丛书全面贯彻"理论→实例→上机→习题"4阶段教学模式，在内容选择、结构安排上更加符合读者的认知习惯，从而达到老师易教、学生易学的目的。

2、教学结构科学合理，循序渐进——完全掌握"教学"与"自学"两种模式

本套丛书完全以大中专院校、职业院校及各类社会培训学校的教学需要为出发点，紧密结合学科的教学特点，由浅入深地安排章节内容，循序渐进地完成各种复杂知识的讲解，使学生能够一学就会、即学即用。

对教师而言，本套丛书根据实际教学情况安排好课时，提前组织好课前备课内容，使课堂教学过程更加条理化，同时方便学生学习，让学生在学习完后有例可学、有题可练；对自学者而言，可以按照本书的章节安排逐步学习。

3、内容丰富、学习目标明确——全面提升"知识"与"能力"

本套丛书内容丰富，信息量大，章节结构完全按照教学大纲的要求来安排，并细化了每一章内容，符合教学需要和计算机用户的学习习惯。在每章的开始，列出了学习目标和本章重点，便于教师和学生提纲挈领地掌握本章知识点，每章的最后还附带有上机练习和习题两部分内容，教师可以参照上机练习，实时指导学生进行上机操作，使学生及时巩固所学的知识。自学者也可以按照上机练习内容进行自我训练，快速掌握相关知识。

4、实例精彩实用，讲解细致透彻——全方位解决实际遇到的问题

本套丛书精心安排了大量实例讲解，每个实例解决一个问题或是介绍一项技巧，以便读者在最短的时间内掌握计算机应用的操作方法，从而能够顺利解决实践工作中的问题。

范例讲解语言通俗易懂，通过添加大量的"提示"和"知识点"的方式突出重要知识点，以便加深读者对关键技术和理论知识的印象，使读者轻松领悟每一个范例的精髓所在，提高读者的思考能力和分析能力，同时也加强了读者的综合应用能力。

5、版式简洁大方，排版紧凑，标注清晰明确——打造一个轻松阅读的环境

本套丛书的版式简洁、大方，合理安排图与文字的占用空间，对于标题、正文、提示和知识点等都设计了醒目的字体符号，读者阅读起来会感到轻松愉快。

三、读者定位

本丛书为所有从事计算机教学的老师和自学人员而编写，是一套适合于大中专院校、职业院校及各类社会培训学校的优秀教材，也可作为计算机初、中级用户和计算机爱好者的学习计算机知识的自学参考书。

四、周到体贴的售后服务

为了方便教学，本套丛书提供精心制作的 PowerPoint 教学课件(即电子教案)、素材、源文件、习题答案等相关内容，可在网站上免费下载，也可发送电子邮件至 wkservice@vip.163.com 索取。

此外，如果读者在使用本系列图书的过程中遇到疑惑或困难，可以在丛书支持网站(http://www.tupwk.com.cn/edu)的互动论坛上留言，本丛书的作者或技术编辑会及时提供相应的技术支持。咨询电话：010-62796045。

随着五笔字型输入法的诞生，通过键盘高速录入汉字这一难题迎刃而解，作为目前中文输入法中最快捷的输入法之一，五笔字型输入法已经拥有数量庞大的使用者，还有更多的电脑使用者正在学习或准备学习五笔字型输入法。通过本书的学习，读者能够轻松、快速地掌握五笔字型输入法和文档处理工作，为今后的工作和学习带来了便捷。

本书从教学实际需求出发，合理安排知识结构，从零开始、由浅入深、循序渐进地讲解五笔打字与文档处理的基本知识和使用方法，本书共分为 13 章，主要内容如下：

第 1 章介绍了 Windows XP 的操作基础，帮助读者掌握 Windows XP 的基本操作。

第 2 章介绍了键盘操作与指法练习，使读者能够掌握键盘输入的方法与打字的技能。

第 3 章介绍了安装与设置五笔字型输入法，方便读者使用五笔字型输入法。

第 4 章~第 6 章介绍了五笔字型输入法的知识，包括输入法的基础知识、编码规则、简码与词组的输入等内容。通过这 3 章的学习，读者将基本掌握五笔字型输入法。

第 7 章介绍了 Word 2003 的界面组成和文档的基本操作等内容。

第 8 章~第 9 章介绍了 Word 文档编辑、格式化文档和图文混排等内容。

第 10 章介绍了 Word 高级操作，包括页面设置、页眉和页脚制作、使用模板和样式、特殊排版方式等内容。

第 11 章介绍了 Word 长文档的编排处理，包括长文档编辑策略、使用书签、插入目录和索引、插入批注等内容。

第 12 章介绍了文档的打印处理，包括安装和设置打印机、打印预览、打印文档、管理打印队列等内容。

第 13 章介绍了文字识别技术，利用这一技术可以方便读者录入文字，提高工作效率。

本书图文并茂，条理清晰，通俗易懂，内容丰富，在讲解每个知识点时都配有相应的实例，方便读者上机实践。同时在难于理解和掌握的部分内容上给出相关提示，让读者能够快速地提高操作技能。此外，本书配有大量综合实例和练习，让读者在不断的实际操作中更加牢固地掌握书中讲解的内容。

除封面署名的作者外，参加本书编写的人员还有洪妍、方峻、何亚军、王通、高鹃妮、严晓雯、杜思明、孔祥娜、张立浩、孔祥亮、陈笑、陈晓霞、王维、牛静敏、牛艳敏、何俊杰、葛剑雄等人。由于作者水平有限，本书难免有不足之处，欢迎广大读者批评指正。我们的邮箱是 huchenhao@263.net。

作 者

2008 年 7 月

推荐课时安排

章　名	重点掌握内容	教学课时
第1章　Windows XP 操作基础知识	1. Windows XP 的启动和退出 2. Windows XP 界面组成 3. 鼠标的操作方法 4. 窗口的操作方法 5. 文件和文件夹的基本操作 6. 安装和删除软件	2 学时
第2章　键盘操作与指法练习	1. 键盘的基础知识 2. 键盘的操作基础 3. 键盘指法练习 4. 常用指法练习软件	2 学时
第3章　安装与设置五笔字型输入法	1. 汉字输入法简介 2. 五笔字型输入法的安装 3. 使用五笔字型输入法 4. 五笔字型输入法的属性设置 5. 掌握为输入法切换设置快捷键的方法 6. 其他常用五笔字型输入法	3 学时
第4章　五笔字型输入法基础	1. 汉字的基础知识 2. 五笔字型字根以及分布 3. 分区拆字 4. 五笔字型的拆分原则 5. 常用易拆错和疑难汉字拆分方法	3 学时
第5章　五笔字型编码规则	1. 键面汉字的输入 2. 键外汉字的输入 3. 末笔识别码 4. 五笔字型编码流程图简介 5. 易混淆汉字解析	3 学时
第6章　简码与词组的输入	1. 简码的输入 2. 词组的输入 3. 掌握重码与万能学习键 Z	3 学时

(续表)

章　名	重点掌握内容	教 学 课 时
第 7 章　Word 2003 使用基础	1. 启动和退出 Word 2003 2. Word 2003 基本操作界面 3. Word 2003 视图模式 4. Word 文档的基本操作	2 学时
第 8 章　Word 文档编辑	1. 文档的简单编辑 2. 格式化文本 3. 设置段落格式 4. 设置项目符号和编号 5. 设置段落边框和底纹	3 学时
第 9 章　Word 表格和图形处理	1. 创建表格 2. 编辑表格 3. 美化表格 4. 插入与绘制图形对象 5. 插入公式	3 学时
第 10 章　Word 高级操作	1. 设置页面大小 2. 设置页眉和页脚 3. 插入和设置页码 4. 使用模板 5. 使用样式 6. 掌握特殊排版方法	3 学时
第 11 章　Word 长文档的编排处理	1. 认识长文档编辑策略 2. 添加和编辑书签 3. 创建、更新和删除目录 4. 插入批注	2 学时
第 12 章　文档的打印处理	1. 安装和设置打印机 2. 掌握打印预览 3. 掌握打印文档 4. 管理打印队列	2 学时
第 13 章　文字扫描识别	1. 使用扫描仪 2. 安装文字识别软件 3. 扫描识别文字	2 学时

注：1. 教学课时安排仅供参考，授课教师可根据情况作调整。

　　2. 建议每章安排与教学课时相同时间的上机练习。

目 录

CONTENTS

计算机基础与实训教材系列

计算机 基础与实训教材系列

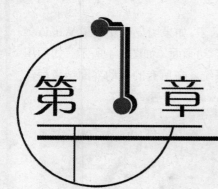

Windows XP 操作基础

学习目标

　　随着信息时代的发展，电脑已经走进千家万户，成为人们工作和生活中不可或缺的工具。近几年，由于操作系统的不断更新升级，使得电脑的使用越来越方便，功能也越来越强大。Windows XP 是微软公司推出的一款操作系统，该操作系统具有界面友好、屏幕美观、菜单简化和设计清新等特点，同时在系统安全性和稳定性方面也有很大的提高。本章主要介绍 Windows XP 的一些基础知识。

本章重点

- ◉ Windows XP 的启动和退出
- ◉ Windows XP 界面组成
- ◉ 鼠标的操作方法
- ◉ 桌面的基本操作
- ◉ 文件和文件夹的基本操作
- ◉ 安装和删除软件

1.1　Windows XP 的启动和退出

　　和使用任何一个操作系统一样，使用 Windows XP 系统之前，首先需要掌握系统的启动和退出方法。本节将详细介绍 Windows XP 系统的启动和退出的方法。

1.1.1　启动 Windows XP

　　在启动电脑之前，必须首先确保电源处于接通状态，然后按下显示器电源开关，待指示灯闪烁之后，再按下机箱上的电源(Power)按钮，即可开始启动电脑了。如果用户只安装了 Windows XP 一个操作系统，那么接着电脑就直接进入 Windows XP 的启动画面，如图 1-1 所示。如果用户安装了多个操作系统，那么就需要选择进入 Windows XP 系统。在所有的启动界面结束后，就进入了 Windows XP 的桌面，如图 1-2 所示，则完成 Windows XP 的启动操作。

图 1-1　Windows XP 的启动画面

图 1-2　Windows XP 的桌面

1.1.2 退出 Windows XP

退出 Windows XP 时，应该按步骤进行，不能直接关闭电脑电源。否则可能会丢失一些未保存的文件内容，或者破坏正在运行的程序，甚至造成致命的错误，导致 Windows XP 无法再次启动。

退出 Windows XP 的步骤非常简单，单击桌面左下角的【开始】按钮，从弹出的【开始】菜单中单击【关闭计算机】按钮，打开【关闭计算机】对话框，如图 1-3 所示。单击【关闭】按钮，即可安全退出 Windows XP。

图 1-3　【关闭计算机】对话框

提示

如果已经进入 Windows XP 操作系统，由于种种原因而需要重新启动电脑，可以在【关闭计算机】对话框中单击【重新启动】按钮。

提示

在关闭电脑时，如果某些文件没有保存，这时将弹出一个提示对话框，询问用户是否需要保存文件。如果需要保存文件，则单击【是】按钮；如果不需要保存文件，则单击【否】按钮。

1.2　Windows XP 的界面组成

Windows XP 操作系统的界面由桌面、窗口、对话框和菜单等对象组成，这些对象有不同的作用，本节将逐一介绍这些对象。

1.2.1　桌面

进入系统后，出现在用户面前的就是桌面。桌面是用户进行操作的主要场所，几乎所有的用户操作都可以在桌面上完成。桌面主要包括桌面图标、桌面背景、快速启动栏、【开始】按钮、任务栏、语言栏和系统托盘等 7 个组成部分，如图 1-4 所示。

图 1-4　桌面及其组成部分

图 1-4 所示的桌面的各组成元素作用如下。

- 桌面图标：由文字和图片构成，用户可以通过双击这些图标打开对应的文件夹或执行相应的程序。
- 桌面背景：桌面上显示的图片，用于美化桌面。
- 快速启动栏：用于显示常用的程序图标，单击其中的某个图标即可启动相应的程序。
- 【开始】按钮：单击该按钮可以打开【开始】菜单，在该菜单中可以启动电脑中已安装的程序或执行电脑管理任务。
- 任务栏：以按钮的形式显示已经打开的文件夹或程序，通过单击其中的按钮可在不同的文件夹或程序之间切换。
- 语言栏：用于显示已经安装的输入法和正在使用的输入法。
- 系统托盘：用来显示正在运行的程序、系统时间和系统声音。

.2.2　窗口

Windows 以"窗口"的形式来区分各个程序的工作区域。在 Windows 中，用户可以同时执行多种工作，每执行一项操作时，系统将自动打开一个窗口，用于管理和使用相应的内容。如图 1-5 所示的就是【我的电脑】的运行窗口，在该窗口中可以对电脑中的文件和文件夹进行管理。

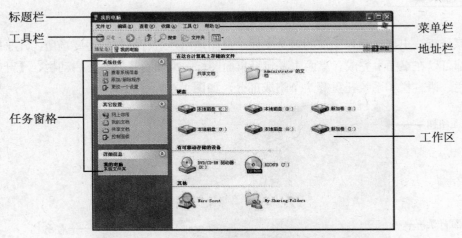

图 1-5　【我的电脑】窗口

在图 1-5 中，窗口由标题栏、菜单栏、工具栏、地址栏、任务窗格和工作区组成。这些组成部分的作用如下。

- 标题栏：用于显示当前窗口的名称和对应图标。
- 菜单栏：包含一些菜单项，选择这些菜单项中的命令可执行相应的窗口操作。
- 工具栏：其中显示一些按钮，单击这些按钮可对窗口执行常见的一些操作。
- 地址栏：用于显示当前打开的窗口所处的位置。
- 任务窗格：提供许多常用选项，单击这些选项可执行一些系统任务、切换到其他位置、查看文件或文件夹的详细信息。
- 工作区：用于显示与程序运行有关的内容。

提示

如果当前窗口的大小不足以显示程序的所有内容，则会在右侧或下方显示滚动条，拖动这些滚动条可以看到窗口中所有的内容。

①.2.3　对话框

对话框是一种特殊的窗口，与窗口不同的是，对话框一般不可以调整大小。对话框种类繁多，可以对其中的选项进行设置，使程序达到预期的效果。如图 1-6 所示的就是【选项】对话框。

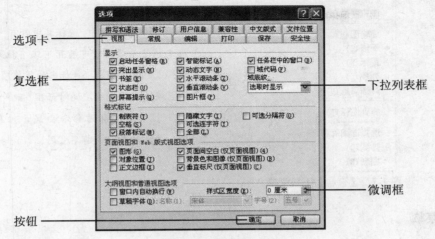

选项卡 ——

复选框 ——

—— 下拉列表框

—— 微调框

按钮 ——

图 1-6　【选项】对话框

下面介绍一些组成对话框的组件。

⊙ 选项卡：对话框中一般包含许多功能，选项卡的作用就是将这些功能分组。单击选项卡对应的标签就可以在不同的选项卡之间切换。

⊙ 复选框：在进行操作时，可同时选中多个复选框以执行多个命令。

⊙ 按钮：用于确定某项操作或执行相应命令。

⊙ 微调框：用于调整数值，可以单击右侧的微调按钮以调整数值，也可以在其中的文本框中直接输入数值。

⊙ 下拉列表框：用于提供一个选项列表，用户可以在该列表中选择相应的选项。

> 📝 **提示**
>
> 　　除了上述介绍的一些组件外，对话框中一般还包含单选按钮、列表框、文本框等组件，它们也都用于执行相应的操作。

①.2.4　菜单

菜单用于启动程序或执行命令，比较常见的菜单有下拉菜单和快捷菜单。下面将介绍这两种菜单。

1. 下拉菜单

在 Windows XP 操作系统中，每个窗口都包括一个菜单栏，如图 1-5 所示。菜单栏中一般包含一些菜单项，单击其中某个菜单项，即可弹出下拉菜单。例如，单击图 1-5 中的【查看】菜单项，即可弹出相应的下拉菜单，如图 1-7 所示。

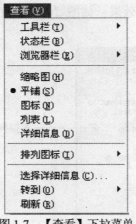

图1-7 【查看】下拉菜单

提示

在该下拉菜单中，选择其中带有▶标志的菜单项，则可展开下级下拉菜单；选择其中带有···标志的菜单项，则系统自动打开相应的对话框。此外，在下拉菜单中有时命令会显示为灰色，表明此命令当前不可用。

2. 快捷菜单

为了方便用户进行操作，Windows还设置了快捷菜单。快捷菜单中包括了一些针对某操作对象的常用命令。如图1-8所示的就是右击桌面上的【我的电脑】图标时显示的快捷菜单。在快捷菜单中，选择其中的命令即可执行相应的操作，例如，在图1-8所示的快捷菜单中，选择【属性】命令，即可打开【系统属性】对话框，在该对话框中对系统的各项属性进行设置，如图1-9所示。

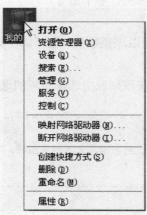

图1-8 快捷菜单

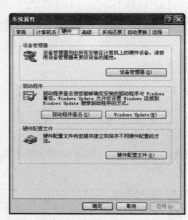

图1-9 【系统属性】对话框

1.3 鼠标的操作方法

在任何一个操作系统中，几乎所有的操作都离不开鼠标操作。鼠标作为电脑最基本的输入和控制设备之一，方便了用户操控电脑，并与电脑进行很好的交流。本节将具体介绍使用鼠标的方法。

1.3.1　认识鼠标

鼠标是一种非常方便的标准输入设备。鼠标按结构可分为机械鼠标和光电鼠标两种；按照与电脑连接方式划分，可分为串口鼠标、PS/2 鼠标和 USB 鼠标 3 种；从鼠标外观划分，可以分为两键、三键和多键鼠标。各种鼠标的操作和使用方法基本类似，目前最常用的鼠标为光电鼠标(即三键鼠标)，它通常包括左键、右键和中间的滚轮 3 部分组成，如图 1-10 所示。

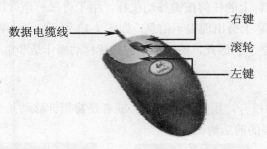

数据电缆线　　　　　　右键
　　　　　　　　　　　滚轮
　　　　　　　　　　　左键

> **知识点**
>
> 鼠标的连接过程取决于鼠标的型号以及包装上标注的鼠标所支持的连接方法。通常情况下，数据电缆线一端连接鼠标，另一端与电脑主机连接。

图 1-10　光电鼠标外观

鼠标的 3 个组成部分的作用如下。

- ⊙ 鼠标左键：用于执行定位、选择等命令。
- ⊙ 鼠标右键：用于弹出快捷菜单或显示其他应用程序特定的功能等操作。
- ⊙ 鼠标滚轮：可以滚动屏幕。

1.3.2　掌握鼠标的基本握姿

想要准确地操作鼠标，必须掌握好鼠标的基本握姿。使用二键鼠标时，右手握鼠标，不要太紧，就像把手放在自己的膝盖上一样，右手的掌心轻轻压住鼠标，将大拇指和小指自然放置在鼠标的两侧，食指和中指分别用于控制鼠标左键和右键，无名指自然落下，如图 1-11 所示；使用三键鼠标时，可以使用右手的掌心轻轻压住鼠标，将大拇指和小指自然放置在鼠标的两侧，使它们能够卡住鼠标，食指和无名指分别用于控制鼠标的左键和右键，中指控制鼠标的滚轮，如图 1-12 所示。

图 1-11　二键鼠标的基本握姿　　　　　图 1-12　三键鼠标的基本握姿

①.3.3 鼠标的基本操作

了解和掌握鼠标的基本操作方法是学好电脑的基础。鼠标的基本操作方法包括单击、双击、右击、滚动和移动 5 种。下面将具体介绍这 5 种操作。

1．移动

所谓的移动，是指手握鼠标，不按鼠标上的任何按键移动鼠标，用于将鼠标指针指向桌面图标或者文件夹等对象，此时在显示器屏幕上会出现提示信息，如图 1-13 所示。移动鼠标是所有鼠标操作的前提，也是鼠标的基本操作之一。因此，熟练地掌握鼠标移动操作是非常必要的。

2．单击

所谓的单击，是指按鼠标左键并立即松开，用于选择对象，或者是将指针移动某个位置。如图 1-14 所示的就是单击【回收站】图表的前后情况。

图 1-13　移动操作　　　　图 1-14　单击【回收站】图标的前后情况

3．双击

所谓的双击，是指将鼠标定位到某对象后，连续快速地单击两下鼠标左键并立即松开，用于打开对象。双击是发布命令，表示运行、执行或者打开。操作方法是食指快速地击打两下鼠标左键，速度要快，如图 1-15 所示的【回收站】窗口为双击如图 1-14 所示的【回收站】图标后的效果。

4．右击

所谓的右击，是指单击鼠标右键并立即松开，将弹出相应的快捷菜单，便于用户快捷地执行相应的命令。如图 1-16 所示为右击桌面后打开的右键快捷菜单。

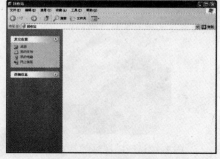

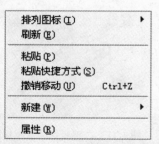

图 1-15　【回收站】窗口　　　　图 1-16　右键快捷菜单

5. 滚动

滚动或按下滚轮可滚动显示页面。滚轮是用户浏览网页的好助手。用户在浏览网页和长文档时，要求拇指、小指卡住鼠标，用中指上下滚动滚轮。

　知识点 --

> 滚动滚轮可以替代用鼠标拖动滚动条，使页面上下滚动，使用户能快捷、方便地浏览网页及长文档。

1.4　窗口的基本操作

在 Windows 操作系统中，无论用户打开磁盘驱动器、文件夹，还是运行应用程序，系统都会打开一个窗口，用于管理和使用相应的内容。因此，窗口操作是用户在使用电脑过程中最常用、最基本的操作。

1.4.1　打开窗口

在 Windows XP 中，用户可以通过鼠标来打开 Windows XP 窗口，其方法有以下两种。
- 双击需要打开的窗口图标。
- 右击需要打开的窗口图标，从弹出的快捷菜单中选择【打开】命令即可，如图 1-17 所示。

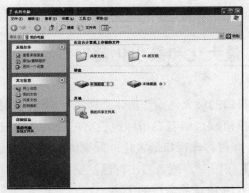

图 1-17　打开【我的电脑】窗口

1.4.2　切换窗口

Windows 是一个多任务操作系统，使用它可以在使用电脑处理工作的同时，使用 Windows

Media Player 播放音乐，甚至还可以同时上网享受 Internet 乐趣。这就需要用户在不同窗口之间进行切换来进行不同的操作。切换窗口，用户可以采用如下 3 种方法。

- 使用任务栏：在桌面任务栏处，单击需要显示的窗口的图标按钮，即可将相对应的窗口切换为当前窗口。

- 使用 Alt+Tab 组合键：当用户在桌面上打开多个窗口之后，按 Alt+Tab 组合键，从弹出的切换窗口中选择需要的窗口，并释放 Alt+Tab 组合键，此时被选中的窗口自动切换为当前窗口。

- 使用任务栏管理器：同时按 Ctrl+Alt+Delete 组合键，打开【Windows 任务管理器】窗口，此时默认打开【应用程序】选项卡，如图 1-18 所示。在该选项卡中的【任务】列表中选择需要使用的程序，然后单击【切换至】按钮即可。

提示

右击任务栏空白处，从弹出的快捷菜单中选择【任务管理器】命令，同样也可以打开【Windows 任务栏管理器】窗口。

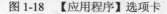

图 1-18 【应用程序】选项卡

1.4.3 最大化和最小化窗口

在进行窗口的最大化操作前，必须将目标窗口切换成当前窗口，然后单击该窗口右上角的【最大化】按钮，或者右击标题栏空白处，从弹出的快捷菜单中选择【最大化】命令(如图 1-19 所示)，即可将该窗口最大化，效果如图 1-20 所示。当窗口处于最大化时，单击窗口右上角的【还原】按钮，或者右击标题栏空白处，从弹出的快捷菜单中选择【还原】命令，即可恢复到如图 1-19 所示的窗口的大小。

 提示

在如图 1-19 所示的窗口中，用户还可以使用鼠标拖动来调整窗口的大小。将鼠标移到窗口的 4 个角上，待鼠标变成双向箭头，按住鼠标左键不放拖动鼠标到合适的大小后，释放鼠标即可。

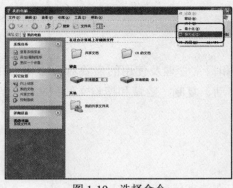

图 1-19　选择命令

图 1-20　最大化窗口效果

使用鼠标进行窗口的最小化操作时，也需要将目标窗口切换至当前窗口，然后单击该窗口右上角的【最小化】按钮，或者右击标题栏空白处，从弹出的快捷菜单中选择【最小化】命令，即可将该窗口最小化，此时该窗口以图标方式排列在 Windows 的任务栏中。

1.4.4　移动窗口

打开 Windows 的窗口之后，还可以通过鼠标与键盘配合的操作来移动窗口。使用鼠标进行 Windows 窗口移动操作时，可拖动 Windows 窗口的标题栏至目标位置处，释放鼠标左键即可将窗口移动至新的位置。在结束窗口的移动操作之前按键盘上的 Esc 键，本次移动窗口的操作将被撤销。

1.4.5　关闭窗口

若用户已经打开多个窗口，可使那些暂时不需要使用的窗口处于最小化状态，或者关闭窗口。关闭窗口的方法通常有以下 4 种。

⊙　单击窗口右上角的【关闭】按钮。

⊙　双击应用程序窗口左上角的控制菜单图标。

⊙　右击标题栏，在弹出的菜单中选择【关闭】命令。

⊙　选择应用程序窗口中的【文件】｜【关闭】命令。

此外，对于位于任务栏上的窗口，用户可以右击该窗口按钮，从弹出的应用程序窗口快捷菜单中选择【关闭】命令，即可关闭任务栏上的窗口，如图 1-21 所示。

图 1-21　在任务栏上关闭窗口

①.5 文件和文件夹的基本操作

文件和文件夹的基本操作指的是用户根据系统和日常管理及使用的需要对文件和文件夹执行一些操作，包括选择、创建、重命名、删除、移动、复制、隐藏和搜索文件和文件夹等。

①.5.1 文件和文件夹的概念

文件是一组逻辑上相互关联的信息的集合，用户在管理信息时通常以文件为单位，文件可以是一篇文稿、一批数据、一张照片或者一首歌曲，也可以是一个程序。文件由文件名和图标两部分组成，如图1-22所示。其中，文件名是用户管理文件的依据，它由名称和属性(扩展名)两部分组成。

"文件夹"也称为目录，是专门存放文件的场所，即文件的集合，也是系统组织和管理文件的一种形式。文件夹是为方便用户查找、维护和存储而设置的，用户可以将文件分门别类地存放在不同的文件夹中，也可以将相关的文件存储在同一文件夹中，让整个计算机中的内容井井有条，方便用户进行管理。文件夹中可以存放文档、程序、链接文件等，甚至还可以存放其他文件夹、磁盘驱动器等。

与文件相比，文件夹的组成机构尤其简单，它没有扩展名，由一个图标和文件名组成，如图1-23所示。

图1-22 文本文件

图1-23 文件夹

①.5.2 选择文件和文件夹

在对文件或文件夹进行操作时，首先需要确定操作对象，即选择该文件或文件夹。为了便于用户快速选择文件和文件夹，Windows XP操作系统提供了多种选定文件和文件夹的方法，下面分别对这些方法进行说明：

- ◉ 选择一个文件或文件夹：在文件夹窗口中单击需要选择的文件或文件夹即可。
- ◉ 选择文件夹窗口中的所有文件和文件夹：在文件夹窗口中选择【编辑】|【全部选定】命令或在键盘上按下Ctrl+A快捷键，这样系统会自动选定所有没有设置隐藏属性的文件与文件夹，如图1-24所示。

◉ 选择某一区域内的文件和文件夹：可以在按下鼠标左键的同时拖动鼠标，释放鼠标左键后，即可选定拖动范围内的所有文件和文件夹，如图 1-25 所示。

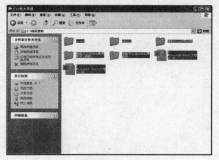

图 1-24　选择所有文件和文件夹

图 1-25　选择某一区域内的文件和文件夹

知识点

如果要选择多个不连续的文件和文件夹，可以按住 Ctrl 键，然后分别单击需要选择的文件和文件夹；如果需要选择连续排列的多个文件和文件夹，可以按住 Shift 键，然后分别单击第一个文件或文件夹以及最后一个文件或文件夹。

1.5.3　创建文件和文件夹

一般情况下，用户可以根据需要创建一个或多个文件或文件夹。这里建议用户将电脑中的不同文件分门别类地存放在不同的文件夹中，一旦文件或文件夹越来越多时，这样就可以方便对文件或文件夹进行管理。

【例 1-1】　在 C 盘根目录下创建名为 cxz 的文件夹。

(1) 双击桌面上的【我的电脑】图标，打开【我的电脑】窗口。

(2) 双击【本地磁盘 (C:)】图标，打开 C 盘根目录窗口，右击窗口空白处，从弹出的快捷菜单中选择【新建】|【文件夹】命令(如图 1-26 所示)，新建一个名为【新建文件夹】的文件夹，如图 1-27 所示。

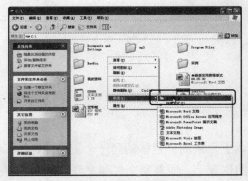

图 1-26　执行【新建】命令

图 1-27　新建文件夹

计算机 基础与实训教材系列

(3) 此时该文件夹的名称处于可编辑状态，直接输入文件夹的名称cxz，按Enter键确认。这时就创建了新的文件夹cxz。

提示

在窗口中的空白处右击，在弹出的快捷菜单中选择【新建】|【文本文件】命令，即可创建一个文本文件。

1.5.4 重命名文件和文件夹

用户可随时修改文件或文件夹的名称，以满足管理的需要。一般来说，命名文件或文件夹需要遵循两个原则：第一是文件或文件夹名称不宜太长，否则系统不能显示全部名称；第二是名称应有明确的含义。

【例1-2】将C盘根目录下的cxz文件夹重命名为caoxz。

(1) 双击桌面上的"我的电脑"图标，打开"我的电脑"窗口。

(2) 双击"本地磁盘(C:)"图标，打开C盘根目录窗口，右击cxz文件夹的图标，从弹出的快捷菜单中选择【重命名】命令(或者直接按下F2键)，如图1-28所示。

(3) 此时该文件夹的名称处于可编辑状态。输入新的名称caoxz，按Enter键确认，得到的新文件夹如图1-29所示。

图1-28 选择【重命名】命令

图1-29 重命名文件夹

1.5.5 移动、复制文件和文件夹

移动文件和文件夹就是将文件或文件夹从硬盘上原来的位置移动到一个新的位置，移动后的文件或文件夹在原来的位置被删除，存在于新的位置上。而复制文件和文件夹是为了将一些比较重要的文件和文件夹加以备份，也就是将文件或文件夹复制一份到硬盘的其他位置上，使

文件或文件夹更加安全，以免发生意外的丢失情况。

【例 1-3】将 C 盘根目录下的 caoxz 文件夹，移动到【我的资料】文件夹中，然后再将 caoxz 文件夹复制到 D 盘根目录下

(1) 双击桌面上的【我的电脑】图标，打开【我的电脑】窗口。

(2) 双击【本地磁盘 (C:)】图标，打开 C 盘根目录窗口，右击 caoxz 文件夹的图标，从弹出的快捷菜单中选择【剪切】命令，如图 1-30 所示。

(3) 双击进入【我的资料】文件夹，在空白处右击，从弹出的快捷菜单中选择【粘贴】命令，此时 caoxz 文件夹将显示在【我的资料】文件夹中，如图 1-31 所示。

图 1-30　选择【剪切】命令

图 1-31　移动文件夹

(4) 右击 caoxz 文件夹的图标，从弹出的快捷菜单中选择【复制】命令，如图 1-32 所示。

(5) 单击窗口中的【向上】按钮，回到初始的【我的电脑】窗口。

(6) 双击【本地磁盘 (D:)】图标，打开 D 盘根目录窗口。在该窗口空白处右击，在弹出的快捷菜单中选择【粘贴】命令，此时就可以将 caoxz 文件夹复制到 D 盘根目录下，如图 1-33 所示。。

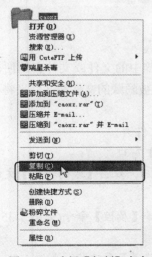

图 1-32　选择【复制】命令

图 1-33　复制文件夹

知识点

　　用户也可以先单击选中 caoxz 文件夹，然后通过按快捷键 Ctrl+C 来复制该文件夹，再按快捷键 Ctrl+V 来粘贴该文件夹到指定的位置。

①.5.6　删除文件和文件夹

　　为了保持电脑中文件系统的整洁性和条理性，并节省磁盘空间，用户可以将一些不需要的文件或文件夹删除。

　　【例1-4】　将 D 盘根目录下的 caoxz 文件夹删除。

　　(1) 双击桌面上的【我的电脑】图标，打开【我的电脑】窗口。

　　(2) 双击【本地磁盘 (D:)】图标，进入 D 盘根目录窗口。

　　(3) 单击 caoxz 文件夹的图标将其选中，按下键盘上的 Delete 键，此时将弹出一个提示对话框，要求用户确认是否要删除该文件夹，如图 1-34 所示。单击【是】按钮，即可将 caoxz 文件夹删除。

图 1-34　确认删除文件夹

提示

　　删除文件夹时，会同时删除该文件夹中的所有子文件夹和文件。

①.5.7　隐藏文件和文件夹

　　在日常学习和工作中，也许用户不希望某些存放在电脑中的文件或文件夹随便被他人查看，这时可以采用文件和文件夹的隐藏功能将其隐藏起来。被隐藏的文件和文件夹将不再显示在文件夹窗口中，从一定程度上保护了这些文件资源。

　　【例1-5】　隐藏 C 盘【我的资料】文件夹中的 caoxz 文件夹。

　　(1) 双击桌面上的【我的电脑】图标，打开【我的电脑】窗口。

　　(2) 双击【本地磁盘 (C:)】图标，进入 C 盘根目录窗口后，双击【我的资料】文件夹图标，打开该文件夹。

　　(3) 右击 caoxz 文件夹的图标，在弹出的快捷菜单中选择【属性】命令(如图 1-35 所示)，打开【caoxz 属性】对话框。

　　(4) 打开【常规】选项卡，在【属性】选项组中选中【隐藏】复选框，如图 1-36 所示。

(5) 单击【确定】按钮，即可隐藏 caoxz 文件夹。

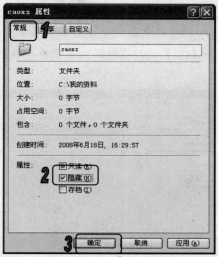

图 1-35　选择【属性】命令　　　　　　　　　　图 1-36　【常规】选项卡

计算机　基础与实训教材系列

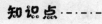知识点

如果用户想显示隐藏的文件，可以在如图 1-35 所示的窗口中，选择菜单栏中的【工具】|【文件夹选项】命令，打开【文件夹选项】对话框。切换至【查看】选项卡，向下拖动滚动条，在【隐藏文件和文件夹】选项组中选中【显示所有文件和文件夹】单选按钮，单击【确定】按钮即可。

①.5.8　搜索文件和文件夹

使用电脑办公一段时间后，电脑中的文件和文件夹就会逐渐增多。如果用户忘记某个文件或文件夹所在的位置，就可以使用搜索文件或文件夹的功能来进行搜索。

【例 1-6】　搜索在 C 盘根目录下创建的 caoxz 文件夹。

(1) 单击桌面上的【开始】按钮，在弹出的【开始】菜单中选择【搜索】命令，打开【搜索结果】窗口，如图 1-37 所示。

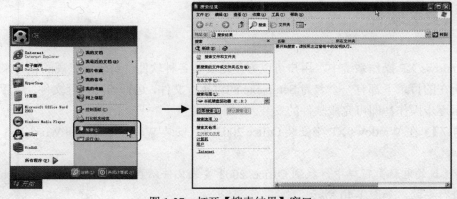

图 1-37　打开【搜索结果】窗口

(2) 在左侧的【搜索助理】窗格的【全部或部分文件名】文本框中输入 caoxz，然后单击下方的【立即搜索】按钮，开始进行搜索，如图 1-38 所示。

(3) 搜索结束后，会在右侧窗格中显示搜索到的结果，如图 1-39 所示，其中【所在文件夹】属性为【C:\】的搜索结果就是需要查找的位于 C 盘根目录下【我的资料】文件夹中的 caoxz 文件夹。

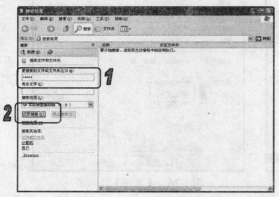

图 1-38　立即搜索

图 1-39　显示搜索结果

知识点

也可以直接在【我的电脑】窗口中进行文件或文件夹的查找，只要单击窗口中的【搜索】按钮，即可在窗口左侧打开【搜索助理】窗格，按照上面介绍的步骤进行查找。

1.6　安装和删除软件

在 Windows XP 操作系统中，软件是让电脑实现各种功能的程序，如在电脑办公时需要使用办公软件、在制作图形和动画时需要使用图形图像软件、上网时需要使用网络软件等。在使用各类软件之前，首先应掌握在系统中安装与删除软件的方法。

1.6.1　安装软件

在 Windows XP 操作系统中，用户可以方便地安装各种软件。对较为正规的软件来说，在安装文件所在的目录下都有一个名为 Setup.exe 的可执行文件，运行该可执行文件，然后按照屏幕上的提示逐步操作，即可完成软件的安装。

【例 1-7】　在 Windows XP 中安装 Office 2003，只安装 Word、Excel 和 Word 这 3 个常用组件。

(1) 在【我的电脑】窗口中，找到 Office 2003 安装文件所在目录，双击其中的 Setup.exe 文件，开始进行安装，如图 1-40 所示。

(2) Office 2003 安装程序首先会进行一系列的准备工作，然后提示用户输入产品密钥，如图 1-41 所示。

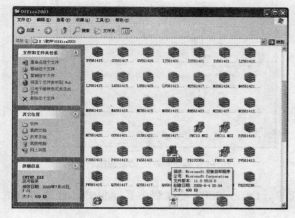
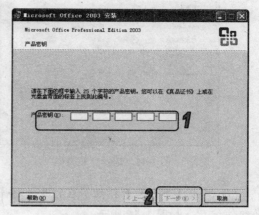

图 1-40　执行安装文件　　　　　　　图 1-41　输入产品密钥

(3) 输入正确的产品密钥后，单击【下一步】按钮，在打开的对话框中，Office 2003 安装程序提示用户输入用户信息。输入相应的用户信息，如图 1-42 所示。

(4) 单击【下一步】按钮，在打开的对话框中，Office 2003 安装程序显示最终用户许可协议。选中【我接受《许可协议》中的条款】复选框，如图 1-43 所示。

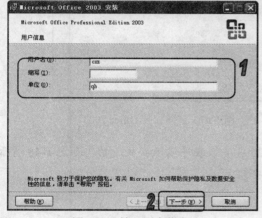
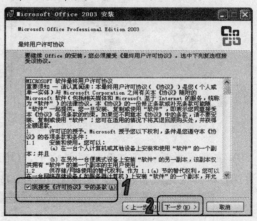

图 1-42　输入用户信息　　　　　　　图 1-43　接受许可协议

(5) 单击【下一步】按钮，在打开的对话框中，Office 2003 安装程序要求用户选择安装类型。此处选中【自定义安装】单选按钮，如图 1-44 所示。

(6) 单击【下一步】按钮，在打开的对话框中，Office 2003 安装程序要求用户选择需要安装的组件。此处只选中 Word、Excel 和 PowerPoint 这 3 个复选框，并且取消选中其他复选框，如图 1-45 所示。

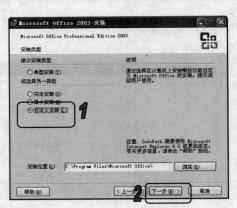

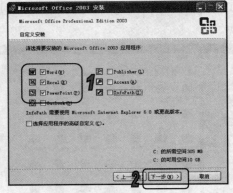

图 1-44　选择安装类型　　　　　　　　图 1-45　选择需要安装的组件

(7) 单击【下一步】按钮，在打开的对话框中，Office 2003 安装程序显示用户已经选择安装的组件信息，如图 1-46 所示。

(8) 单击【安装】按钮，开始安装 Office 2003，如图 1-47 所示。

图 1-46　显示安装的组件　　　　　　　图 1-47　开始安装 Office 2003

(9) 安装完成后，在打开的对话框中，Office 2003 安装程序显示安装成功，如图 1-48 所示。

(10) 单击【完成】按钮，完成 Office 2003 的安装。

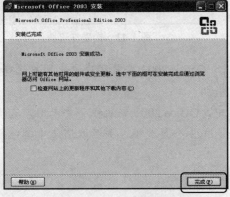

图 1-48　完成安装

　提示

　　如果用户选中【检查网站上的更新程序和其他下载内容】复选框，则在单击【完成】按钮之后，会在浏览器中打开相应的网站，用户可从中查找更新。

①.6.2　删除软件

在硬盘空间有限的前提下，当软件完成其使命后，并且在相当长的时间内不需要使用它。这时，用户可以考虑卸载该软件。通常情况下，软件在安装的时候会同时安装软件自带的卸载程序，用户只要执行该卸载程序即可删除软件。此外，用户还可以通过【控制面板】删除不需要的软件。

【例 1-8】通过【控制面板】删除腾讯 TM2008 软件。

(1) 在打开的【控制面板】窗口中，双击【添加和删除程序】图标，打开【添加或删除程序】窗口。

(2) 在【当前安装的程序】列表框中，选中需要删除的软件【腾讯 TM2008 Preview】，如图 1-49 所示。

(3) 单击【更改/删除】按钮，打开【TM2008 Preview 卸载】对话框，单击【卸载】按钮，开始卸载软件，如图 1-50 所示。

图 1-49　选择需要删除的软件

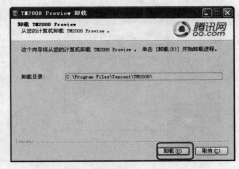

图 1-50　【TM2008 Preview 卸载】对话框

(4) 卸载完毕后，系统自动打开信息提示框，如图 1-51 所示。

(5) 单击【确定】按钮，【当前安装的程序】列表框中不再显示【腾讯 TM2008 Preview】的相关条目，如图 1-52 所示。

图 1-51　成功卸载软件

图 1-52　删除软件

1.7 上机练习

本章主要介绍鼠标、窗口、文件和文件夹的基本操作，以及安装和删除软件等内容。本上机练习主要练习鼠标和窗口的操作以及文件和文件夹的操作。

1.7.1 练习鼠标的操作

鼠标的操作灵活、方便，使用鼠标可以改变窗口大小，还可以使用鼠标进行复制文件操作。

(1) 在桌面上双击【我的电脑】图标，打开【我的电脑】窗口。

(2) 将鼠标光标移动到窗口右下角附近，此时光标变为双向箭头的形状，单击鼠标并向左上角方向拖动鼠标左键，如图 1-53 所示。

(3) 达到需要的效果后，释放鼠标，则窗口变成如图 1-54 所示的大小。

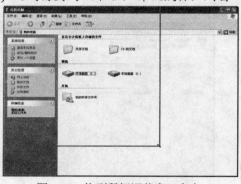 

图 1-53 拖到鼠标调节窗口大小 　　　　　　　　图 1-54 显示最终窗口的大小

(4) 双击【本地磁盘(C:)】图标，打开 C 盘根目录窗口，按住 Ctrl 键，单击【我的资料】文件夹，并拖动该文件夹，然后释放鼠标左键，开始文件的复制过程，如图 1-55 所示。

(5) 复制完毕后，效果如图 1-56 所示。

 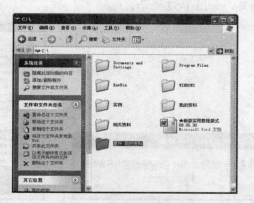

图 1-55 文件夹的复制过程 　　　　　　　　　图 1-56 复制后的效果

1.7.2 隐藏和显示文件夹

使用 Windows XP 提供的隐藏和显示文件夹机制，隐藏和显示 C 盘目录下【我的资料】文件夹。

(1) 双击桌面上的【我的电脑】图标，打开【我的电脑】窗口。

(2) 双击【本地磁盘 (C:)】图标，进入 C 盘根目录窗口，右击要隐藏的【我的资料】文件夹，从弹出的快捷菜单中选择【属性】命令，如图 1-57 所示。

(3) 打开【我的资料 属性】对话框，切换至【常规】选项卡，在【属性】选项组中选中【隐藏】复选框，如图 1-58 所示。

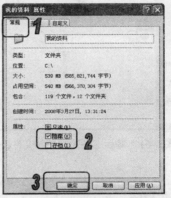

图 1-57　选择【属性】命令　　　　图 1-58　【我的资料 属性】对话框

(4) 单击【确定】按钮，如果该文件夹中包含其他文件和文件夹，将自动打开如图 1-59 所示的【确认属性更改】对话框，这里保持选中【将更改应用于该文件夹、子文件夹和文件夹】单选按钮，单击【确定】按钮，关闭对话框，完成文件夹的隐藏。

(5) 隐藏文件后，如果要查看文件，可以选择【工具】|【文件夹选项】命令，打开【文件夹选项】对话框，切换至【查看】选项卡，在【高级设置】列表框中的【隐藏文件和文件夹】选项组中选中【显示所有文件和文件夹】单选按钮，如图 1-60 所示。

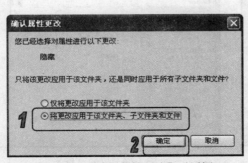
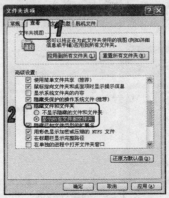

图 1-59　【确认属性更改】对话框　　　　图 1-60　【查看】选项卡

计算机 基础与实训教材系列

（6）单击【确定】按钮，即可显示所有被隐藏的文件和文件夹，其中包括【我的资料】文件夹，如图 1-61 所示。

（7）如果要永久取消文件夹的隐藏属性，可以打开如图 1-58 所示的【我的资料 属性】对话框，然后取消选中【隐藏】复选框，此时系统自动打开如图 1-62 所示的【确认属性更改】对话框，保持默认设置，单击【确定】按钮即可。

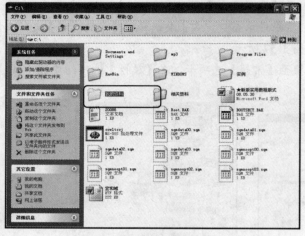

图 1-61　显示隐藏的文件和文件夹

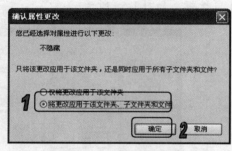

图 1-62　取消隐藏文件夹

1.8　习题

1. 练习鼠标的基本操作方法。
2. 练习打开和关闭窗口的操作。
3. 在 C 盘中新建一个文件夹，并将其命名为 My file，如图 1-63 所示。
4. 隐藏上题中创建的文件夹(效果如图 1-64 所示)，然后再使其显示。
5. 练习安装新软件后删除该软件。

图 1-63　创建文件夹

图 1-64　隐藏文件夹

第2章 键盘操作与指法练习

学习目标

键盘是录入字母与汉字等各种信息的基本工具，任何一个打字高手，都是从熟悉电脑键盘开始。只有对键盘了如指掌，才能做到"键步如飞"。熟练的指法是实现快速输入汉字的基础。本章将介绍键盘的结构和操作键盘的基本方法，同时介绍指法的练习。

本章重点

- ◉ 键盘分区
- ◉ 操作键盘
- ◉ 指法训练
- ◉ 运用指法练习软件

2.1 键盘的基础知识

若要达到熟练快速打字的水平，必须熟练操作键盘。在操作键盘前，首先必须了解键盘的基础知识，如键盘的各组成部分。

2.1.1 认识键盘

键盘和鼠标一样，也是重要的电脑输入设备，用户通过键盘输入电脑能够识别的信息，以此来控制电脑进行各种工作，如通过键盘打字。目前使用的键盘大多数都是 107 键的通用扩展键盘。下面以最常用的 107 键盘为例，介绍电脑键盘的组成。根据键盘各键功能可以将键盘分为 5 个键位区：主键盘区，功能键区、编辑控制键区、状态指示灯区和数字键区(又称小键盘区)，如图 2-1 所示。

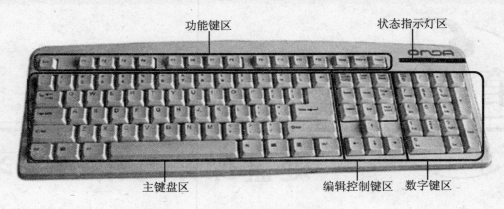

图 2-1 键盘布局

 知识点

　　随着计算机技术的发展，键盘的形状及功能都更符合用户的需求，常用的键盘有 101、104、107 键，虽然键盘上的键数目不同，但是键盘上基本的按键并没有发生很大的变化。

②.1.2 主键盘区

　　主键盘区又称打字键区，是键盘中最重要的区域，也是 4 个键区中键数最多的区域。该区域一共有 61 个键，其中包括 24 个字母键、21 个数字符号键和 14 个控制键。

　　主键盘区主要用于输入英文字母、数字和符号，包括字母键、控制键、数字与符号键。

1. 字母键

　　字母键的键面是刻有英文大写字母 A~Z。键位安排与英文打字机完全相同，每个键可打大小写两种字母。通过 Caps Lock 键或者 Shift+字母组合键，可以对字母键进行大小写切换。字母键是学习五笔打字必须熟练掌握的一个键区，其位置必须牢记心中。

2. 控制键

　　控制键中 Shift、Ctrl、Alt 和 Windows 键各有 2 个，它们在主键盘区的两边对称分布。此外，还有 Back Space 键、Tab 键、Enter 键、Caps Lock 键、空格键和快捷菜单键，各键的功能如下。

- ◉ Back Space 键：该键称为退格键，位于打字键区的最右上角。按下该键可使光标左移一个位置，同时删除当前光标位置上的字符。通常情况下，使用该键来删除光标前面的那个字。
- ◉ Tab 键：Tab 是英文 Table 的缩写，该键称为制表定位键。该键用于使光标向左或右移动一个制表的距离。

◉ Enter 键：该键称为确认键或回车键，是使用频率最高的键，主要用于结束当前的输入行或命令行，或接受当前的状态。按该键表示开始执行所输入的命令，而在录入时，按该键后光标移至下一行。

◉ Caps Lock 键：该键称为大写锁定键，主要用于控制大小字母的输入。按下该键时，可将字母键锁定为大写状态，而对其他键没有影响。当再按下此键时即可解除大写锁定状态。

◉ Space 键：该键称为空格键，是键盘上最长的一个键。按下该键，光标向右移动一个空格，即输入一个空格字符；在输入中文时，空格键经常作为最后一个字符输入，表示该汉字编码已经结束。

◉ Shift 键：该键称为换档键，专门控制输出双字符键的上档符号。该键用于与其他字符、字母键组合，按下此键后，字母键均处于大写字母状态，双字符键处于上档符号状态。例如，要输入【？】号，应按下 Shift 键的同时按 键。

◉ Ctrl 键：该键称为控制键，是一个供发布指令的特殊控制键。Ctrl 是英文 Control 的缩写。该键用于和其他键组合使用，可完成特定的控制功能。

◉ Alt 键：该键称为转换键，也是一个特殊的控制键。该键和 Ctrl 键用法相似，不单独使用，在与其他键组合使用时产生一种转换状态。在不同的工作环境下，Alt 键转换的状态也不同。

◉ Windows 键：标有 Windows 图标的键，在 Windows 操作系统中，任何时候按下该键都会弹出【开始】菜单。

◉ 快捷菜单键：该键位于标准键区右下角的 Windows 键和 Ctrl 键之间。在 Windows 操作系统中，按下此键后会弹出相应的快捷菜单，相当于鼠标右击操作。

3. 数字与符号键

每个键面上都刻有一上一下两种符号，因此又称双字符键。上面的符号被称为上档符号，下面的符号被称为下档符号。双字符键包括数字、运算符号、标点符号和其他符号，主要用于输入阿拉伯数字和常用的标点符号。

 知识点

如果用户要输入双字符键上的上档符号，需先按住 Shift 键，再按相应的键，即 Shift+上档符号组合键；如果用户要输入双字符键上的下档符号，直接按相应的键即可。

②.1.3 功能键区

功能键区位于键盘的最上方，包括 Esc 键、F1~F12 键和 3 个功能键。功能键区各键的功能如下。

计算机 基础与实训教材系列

- ⊙ Esc 键：称为强行退出键或取消键，用于放弃当前的操作或结束程序。
- ⊙ F1~F12 键：统称为功能键，这 12 个功能键在不同的应用软件和程序中有各自不同的定义。
- ⊙ Wake Up 键：称为恢复键，用于使电脑从睡眠状态恢复到初始状态。
- ⊙ Sleep 键：称为休眠键，可以使电脑处于睡眠状态。
- ⊙ Power 键：称为关闭键，用于关闭电脑的电源。

在不同的应用程序中，F1~F12 键的功能也有所不同，例如，功能键在 Word 中的功能如下所示。

- ⊙ F1 键：得到【帮助】或访问 Microsoft Office 的联机帮助。
- ⊙ F2 键：移动文字或图形。
- ⊙ F3 键：插入自动图文集词条(在 Microsoft Word 显示该词条之后)。
- ⊙ F4 键：重复上一步操作。
- ⊙ F5 键：选择【编辑】菜单中的【定位】命令。
- ⊙ F6 键：前往下一个窗格或框架。
- ⊙ F7 键：选择【工具】菜单上的【拼写和语法】命令。
- ⊙ F8 键：扩展所选内容。
- ⊙ F9 键：更新选定的域。
- ⊙ F10 键：激活菜单栏。
- ⊙ F11 键：前往下一个域。
- ⊙ F12 键：选择【文件】菜单上的【另存为】命令。

 知识点

> 一般情况下，按 F1 键可启动帮助系统，按 F2 键可对选中图标或文档重命名。F1~F12 键也可与其他控制键组合使用，如按 Alt+F4 组合键可退出当前应用程序。

②.1.4 编辑控制键区

编辑控制键区位于主键盘区和数字键区之间，一共有 13 个键。编辑控制键区各键具体功能如下。

- ⊙ Print Screen Sys Rq 键：屏幕打印键，用于将屏幕的内容输出到剪贴板或打印机。按下该键可将当前屏幕复制到剪贴板，然后用 Ctrl+V 键可以把屏幕粘贴到目标位置。
- ⊙ Scroll Lock 键：屏幕锁定键，在 DOS 状态下按下该键使屏幕停止滚动，直到再次按下此键为止。
- ⊙ Pause Break 键：暂停键，用于使正在滚动的屏幕显示停下来，或是用于终止某一程序的运行。同时按下 Ctrl 键和 Pause Break 键，可强行终止程序的运行。

- Insert 键：插入键，该键用来转换插入和替换状态。在插入状态时，一个字符被插入后，光标右侧的所有字符向右移动一个字符位置。再次按下 Insert 键则返回替换方式。
- Home 键：起始键，用于使光标直接前进到首行。按下该键，光标移至当前行的行首。同时按下 Ctrl 键和 Home 键，光标移至当前页的首行行首。
- End 键：终止键。用于使光标直接移至行尾。按下该键，光标移至当前行的行尾。同时按下 Ctrl 键和 End 键，光标移至当前页的末行行尾。
- Page Up 键：向前翻页键，用于上翻显示屏幕前一页的信息。例如，用户在写读文章的过程中，想查看前面的内容，此时按下该键，光标就向前移动 10 行。
- Page Down 键，向后翻页键，用于下翻显示屏幕后一页的信息。
- Delete 键：删除键，用于删除光标所在位置的字符。每按一次该键，删除光标位置上的一个字符，光标右边的所有字符向左移一个字符位。
- "↑"键：光标上移键，按该键，光标移至上一行。
- "↓"键：光标下移键，按该键，光标移至下一行。
- "←"键：光标左移键，按该键，光标向左移一个字符位。
- "→"键：光标右移键，按该键，光标向右移一个字符位。

 知识点

在使用方向键移动操作中，按下↑键、↓键、←键、→键这 4 个键，都只是移动光标，不带动文字。

2.1.5　数字键区

数字键区位于键盘的右下角，又称为小键盘区，主要用于快速输入数字，一共有 17 个键，包括 10 个双字符键、Num Lock 键、Enter 键和符号键。其中大部分是双字符键，上档符号是数字，下档符号具有编辑和光标控制功能。上下档的切换由 Num Lock 键来实现。

在需要输入大量数字时，使用主键盘区的数字键输入速度比较慢，因此，设计了右侧的小键盘区的数字键，主要是为了财会和银行工作人员操作方便。

小键盘区部分键的具体功能如下。

- Num Lock 键：数字控制键，按下该键时，数字指示灯亮时，小键盘的输入字符均视为数字；数字指示灯灭时，小键盘输入作为光标键。
- "+"键：加号键，表示加法运算。
- "-"键：减号键，表示减法运算。
- "*"键：乘法键，表示乘法运算。
- "/"键：除法键，表示除法运算。

②.1.6 状态指示灯区

小键盘区上方有 3 个指示灯，用来提示键盘工作状态。其中，Num Lock(即键盘上的 1 灯)灯亮表示可以用小键盘区输入数字，否则只能使用下档符号；Caps Lock(即键盘上的 A 灯)灯亮表示按字母键时输入的是大写字母，否则输入的是小写字母；Scroll Lock(即键盘上的"锁定"灯)灯亮表示在 DOS 状态下不能滚动显示屏幕，否则可以滚动显示屏幕。

②.2   键盘的操作基础

键盘是用户向电脑下达命令、输入数据的工具。熟练操作键盘是学习打字的第一步，操作键盘之前首先要对键盘的打字姿势、基准键位、基本指法和击键要领、键盘操作规则等有一定的了解。其中，正确的键盘操作姿势对打字来说是至关重要的，可以使用户击键稳、准且有节奏，从而提高工作效率，同时也能更好地保护用户的视力，减轻身体的疲劳。

②.2.1   操作键盘的姿势

初学打字时，首先应注意操作键盘的正确姿势：电脑显示器和键盘都要摆在使用者的正前方。当目光平视时，大约落在屏幕的上沿。良好的姿势可以提高打字速度，减少疲劳程度，这是每个用户都必须具备良好的习惯。如果打字姿势不当，不但会影响打字速度，而且还容易疲劳，正确的键盘操作姿势要求如图 2-2 所示。

- ◉ 坐姿：上半身应保持颈部直立，使头部获得支撑。下半身腰部挺直，膝盖自然弯曲成 90°，并维持双脚着地的坐姿。整个身体稍偏于键盘右方并保持向前微微倾斜，身体与键盘的距离保持约 20 cm。
- ◉ 手臂、肘和手腕的位置：两肩自然下垂，上臂自然下垂贴近身体，手肘弯曲成 90°，肘与腰部的距离为 5～10cm。小臂与手腕略向上倾斜，手腕切忌向上拱起，手腕与键盘下边框保持 1 cm 左右的距离。
- ◉ 手指位置：尽量使手腕保持水平姿势，手掌以手腕为轴略向上抬起，手指略微弯曲。手指自然下垂轻放在基准键位上，左右手拇指轻放在空格键上。
- ◉ 输入要求：将书稿稍斜放在键盘的左侧，使视线和文字行成平行线。打字时，绝不看键盘，只专注书稿或屏幕，形成盲打的习惯。如果初学者经常"忍不住"看键盘，就会成为"键步如飞"的绊脚石。

图 2-2　正确的打字姿势

知识点

"盲打"是一种触觉输入技术,是通过手指的条件反射,熟练、迅速而又有节奏地在计算机键盘上弹击键盘。操作者眼睛集中在文稿上而不能在键盘上,即眼到手起,将纸面上的汉字或字符输入计算机显示到屏幕上。要掌握这门技术,必须遵守操作规范,按训练步骤,循序渐进,多加练习。

②.2.2　基准键位

A、S、D、F、J、K、L 和;,这 8 个字符键称为基准键位,其中,F 键和 J 键,称为原点键或者定位键,该键上均有一个"短横线"或"小圆点",便于用户快速地触摸定位。将左右食指分别放在 F 键和 J 键上,其余 6 指依次放下就能找到基准键位。基准键位手指分工如图 2-3 所示。

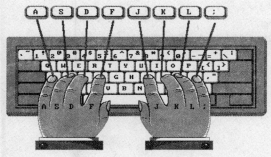

图 2-3　手指定位

知识点

要养成良好的盲打习惯,随时保持双手位于基准键,击键后应快速回到相应的基准键位。

②.2.3　基本指法

基本指法是指双手手指的键位分工。键盘上的字符分布是根据字符的使用频率确定的,将键盘一分为二,左右手分管两边,每个手指负责击打一定的键位。利用手指在键盘上合理地分工以达到对键盘进行快速、准确地敲击的目的,手指在键盘上的分工如图 2-4 所示。

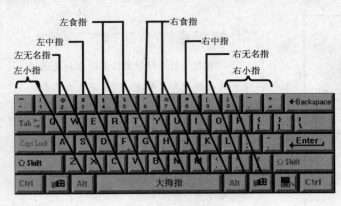

图 2-4　手指分区

除大拇指外，每个手指都负责一部分键位。击键时，手指上下移动，指头移动的距离最短，错位的可能性最小且平均速度最快。基准键位所在的行离其他行的平均距离最短，因此手指应一直放在基准键上，当击打其他键位时，手指移动击键后，必须立即返回到基准键位上，再准备击打其他键位。

1. 左手分工

小指分管 5 个键：1、Q、A、Z 和左 Shift 键。此外，还负责左边的一些控制键。

无名指分管 4 个键：2、W、S 和 X。

中指分管 4 个键：3、E、D 和 C。

食指分管 8 个键：4、R、F、V、5、T、G、B。

2. 右手分工

小指分管 5 个键：0、P、";"、"/" 和右 Shift 键，此外还负责右边的一些控制键。

无名指分管 4 个键：9、O、L、"."。

中指分管 4 个键：8、I、K、","。

食指分管 8 个键：6、Y、H、N、7、U、J、M。

3. 大拇指

大拇指专门击打空格键。当右手击完字符键需按空格键时，用左手大拇指击打空格键；反之，则用右手大拇指击打空格键，用户可根据习惯自己控制击打方式。

②.2.4　指法与击键要领

只有熟练掌握键盘指法与击键要领后，才能够轻松地在电脑上输入汉字。在做指法练习时，一定要按照正确的指法要点和击键要领来约束自己。

1. 指法要点

在进行指法练习时，必须严格遵循以下要点。

- 操作姿势必须正确，手腕须悬空。切忌弯腰低头，也不要把手腕、手臂靠在键盘上。
- 严格遵守指法的规定，明确手指分工，养成正确的打字习惯。
- 手指击键必须靠手指和手腕的灵活运动，切忌靠整个手臂的运动来找键位。
- 每个手指在击完键后，必须立刻返回到对应的基准键位上。
- 击键时力量必须适度，过重易损坏键盘和产生疲劳，过轻会导致错误率过大。
- 击键时保持一定的节奏，不要过快或过慢。

如果不按照规范和指法要点进行练习，将会养成不良的输入习惯，从而导致输入效率降低。要克服以下经常发生的错误。

- 基准键键位不清：如果对基准键键位的印象不深，则所打出的字符必然会出现极大的错误，而且输入效率也会降低。
- 混淆左右手分工：因对键位的印象不深，只记住字符键位置而混淆了左右手的分工，这样常常会影响输入速度。例如，本来应用左手的中指击打 E 键，却用右手的中指击打了 E 键。
- 连字现象：如果不养成打完字符后击打空格键的习惯，很容易出现连字现象。

2. 击键要领

在击键时，主要用力的部位不是手腕，而是手指关节。经常练习会加强手指的敏感度。击键时要点如下。

- 手腕保持平直，手臂保持静止，全部动作只限于手指部分。
- 手指保持弯曲，稍微拱起，指尖的第 1 关节略成弧形，轻放在基本键的中央。
- 击键时，只允许伸出要击键的手指，击键完毕必须立即回位，以便再次"出击"，切忌触摸键或停留在非基准键键位上。
- 击键要迅速果断，不能拖拉犹豫。在看清文件单词、字母或符号后，手指果断击键而不是按键。
- 击键的频率要均匀，听起来有节奏。

②.3 键盘指法训练

打字速度的快慢和准确性最根本是取决于对指法的熟练程度。在指法训练时一定要遵循指法要点，认真完成键盘指法的练习，开始时不要急于求成，应放慢速度，随着练习的增加和时间的推移，会发现自己已在不知不觉中掌握了盲打。

计算机基础与实训教材系列

2.3.1 基本键位指法练习

指法训练的关键是牢记键盘中的位置，有条不紊地按照手指分工原则击打键位。正确的键盘指法是提高计算机信息输入速度的关键，初学计算机的用户必须从一开始就严格按照正确的键盘指法进行学习。

1. 基准键位练习

基准键位在键盘中的分布如图2-5所示。当手指不用敲击任何键时，手指应固定在基准位上，随时待命。在做基本键练习时，应按规定把手指分布在基准键上，有规律地练习每个手指的指法和键感。同时要学会击打空格键和Enter键。

图 2-5　基准键位在键盘中的位置

> **提示**
>
> 对于初学者来说，最容易把8个基准确键的手指位置放错。用户要注意这方面的问题并及时纠正。

【例2-1】左右手食指练习。

(1) fj　jf　fj　jf　jf　fj　jf　fj　fj　jf

(2) fjf　jfj　fjf　jfj　fjj　ffj　jff　jjf　fjf　jfj

(3) jfjf　fjfj　jfjf　fjfj　jfjf　fjfj　jfjf　fjfj　jfjf　fjfj

(4) ffjj　jjff　ffjj　jjff　jjff　ffjj　ffjj　jjff　ffjj　jjff

【例2-2】左右手中指练习。

(1) dk　kd　dk　kd　dk　kd　dk　kd　dk　kd

(2) dkk　kdk　kkd　ddk　dkd　kdd　dkd　kdk　ddk　kkd

(3) ddkk　kkdd　ddkk　kkdd　ddkk　kkdd　ddkk　kkdd　ddkk　kkdd

(4) dddd　kkkk　dddd　kkkk　dddd　kkkk　dddd　kkkk　dddd　kkkk

【例2-3】左右手无名指练习。

(1) sl　ls　sl　ls　sl　ls　sl　ls　sl　ls

(2) ssl　sls　lss　lsl　lls　ssl　sls　lss　lsl　lls

(3) slsl　lsls　ssll　llss　slsl　lsls　ssll　llss　slsl　lsls

(4) ssss　llll　ssss　llll　ssss　llll　ssss　llll　ssss　llll

【例 2-4】 左右手小指练习。

(1) a; ;a a; ;a a; ;a a; ;a a; ;a a; ;a

(2) a;a aa; ;aa ;a; a;a aa; ;aa ;a; aa; ;aa

(3) a;a; aa;; a;;a ;a;a ;;aa ;aa; aa;; ;;aa a;a; ;a;a

(4) aaaa ;;;; aaaa ;;;; aaaa ;;;; aaaa ;;;; aaaa ;;;;

【例 2-5】 综合练习。

(1) asdf jkl; ;lkj fdsa asdf jkl; ;lkj fdsa asdf jkl;

(2) dfjk jkdf dfjk jkdf dfjk jkdf dfjk jkdf dfjk jkdf

(3) asl; l;as asl; ;las asl; l;as ;lsa asl; ;lsa as;l

(4) salkjfd salkjfd salkjfd salkjfd salkjfd salkjfd salkjfd salkjfd salkjfd salkjfd

 知识点

在进行练习时，一定要养成眼睛不看键盘的好习惯，否则就无法达到盲打的目的。

2. G、H 键的练习

G、H 键位于基准键位的中间，在键盘中的位置如图 2-6 所示。根据键盘规则，G 键由左手食指控制，H 键由右手食指控制。

图 2-6　G、H 键位在键盘中的位置

 知识点

在 Word 文档中，按 Ctrl+G 快捷键，可快速地打开【查找和替换】对话框的【定位】选项卡。

输入 G 时，用原来击打 F 键的左手食指向右伸一个键位的距离击 G 键，击毕立即缩回，手指立即放回基准键 F 键上。同样输入 H 时，用原来击打 J 键的右手食指向左伸一个键位距离。

【例 2-6】 G、H 键的练习。

(1) gg hh gg hh gg hh gg hh gg hh

(2) gh gh gh gh gh gh gh gh gh gh

(3) ghg ghg ghg ghg ghg hgh hgh hgh hgh hgh

(4) gghh hhgg ghgh gghh hhgg ghgh gghh hhgg ghgh hghg

【例 2-7】 G、H 键与其他键的练习。

(1) had had had had had had had had had had

(2) gag gag gag gag gag gag gag gag gag gag

(3) ghf ghf ghf ghf ghf ghf ghf ghf ghf ghf

(4) has has has has has has has has has has

(5) gkl gkl gkl gkl gkl gkl gkl gkl gkl gkl

3. E、I 键的练习

E 键和 I 键位于基准键的上方，如图 2-7 所示。根据键盘分区规则。E 键由左手中指控制，I 键由右手中指控制。

图 2-7 E、I 键位在键盘中的位置

知识点

在 Word 文档中，按 Ctrl+I 组合键，可将所选文本设置为倾斜效果；按 Ctrl+E 组合键，可将段落设置为居中对齐。

输入 E 字符时由原在 D 键位左手中指击 E 键。输入 I 字符时由原在 K 键的右手中指击 I 键。在输入字母的同时，其他手指都应该保持在原位置。

【例 2-8】 E、I 键的练习。

(1) ei ie ei ie ei ie ei ie ei ie

(2) eie iei eie iei eie iei eie iei eie iei

(3) eiei ieie eiei ieie eiei ieie eiei ieie eiei ieie

(4) eeee iiii eeee iiii eeee iiii eeee iiii eeee iiii

【例 2-9】 E、I 键与其他键的练习。

(1) fed fed fed fed fed fed fed fed fed fed

(2) hill hill hill hill hill hill hill hill hill hill

(3) id id id id id id id id id id

(4) eke eke eke eke eke eke eke eke eke eke

(5) geist geist geist geist geist geist geist geist geist geist

(6) lake lake lake lake lake lake lake lake lake lake

4. R、T、Y、U 键的练习

R、T、Y、U 键在键盘上的位置如图 2-8 所示。根据键盘分区规则，R 和 T 键有左手食指控制，Y 和 U 键由右手食指控制。

图 2-8 R、T、Y、U 键位在键盘中的位置

计算机基础与实训教材系列

> **知识点**
>
> 在 Word 文档中，按 Ctrl+Y 组合键，可以重复上一步操作。

输入 R 时，用原击 F 键的左手指向前(微向左)伸出击 R 键，击毕立即缩回，放在基本键 F 上；若该手指向前(微偏右)伸，就可击 T 键，输入 T。输入 U 时，用原击 J 键的右手食指向前(微偏左)击 U 键。输入 Y 时，右手食指向 U 键的左方移动一个键位的距离。在输入字母的同时，其他手指都应该保持在原位置。

【例 2-10】R、T、Y、U 键的练习。

(1) rtyu rtyu rtyu rtyu rtyu rtyu rtyu rtyu rtyu rtyu

(2) rrtt yyuu rrtt yyuu rrtt yyuu rrtt yyuu rrttt yyuu

(3) ruty ruty ruty ruty ruty ruty ruty ruty ruty ruty

(4) ttyy rruu ttyy rruu ttyy rruu ttyy rruu ttyy rruu

【例 2-11】R、T、Y、U 键与其他键的练习。

(1) duty duty duty duty duty duty duty duty duty duty

(2) rest rest rest rest rest rest rest rest rest rest

(3) us us us us us us us us us us

(4) guy guy guy guy guy guy guy guy guy guy

(5) after after after after after after after after after after

(6) kyle kyle kyle kyle kyle kyle kyle kyle kyle kyle

5. Q、W、O、P 键的练习

Q、W、O、P 键在键盘上的位置如图 2-9 所示。根据键盘分区规则，Q 键由左手的小指控制，W 键由左手的无名指控制，O 键由右手的无名指控制，P 键由右手的小指控制。

图 2-9 Q、W、O、P 键位在键盘中的位置

> **提示**
>
> 击键后手指要返回基准键，由于小指击键力量通常不足，因而导致按键准确度差。因此，要多加练习小指力度，才能使小指运用灵活。

输入 W 时，原击 S 键的无名指向前(微向左)伸出击 W 键；输入 Q 时，改用左手小指击 Q

键即可；输入 O 时，抬右手，用原击 L 键的无名指向前(微偏左)伸出击 O 键；输入 P 时，改用右手小指击 P 键即可。

【例 2-12】Q、W、O、P 键的练习。

(1) qwop   qwop   qwop   qwop   qwop   qwop   qwop   qwop   qwop   qwop

(2) qqww   oopp   qqww   oopp   qqww   oopp   qqww   oopp   qqww   oopp

(3) qpwo   qpwo   qpwo   qpwo   qpwo   qpwo   qpwo   qpwo   qpwo   qpwo

(4) wwoo   qqpp   wwoo   qqpp   wwoo   qqpp   wwoo   qqpp   wwoo   qqpp

【例 2-13】Q、W、O、P 键与其他键的练习。

(1) wo   wo   wo   wo   wo   wo   wo   wo   wo   wo

(2) up   up   up   up   up   up   up   up   up   up

(3) wops   wops   wops   wops   wops   wops   wops   wops   wops   wops

(4) look   look   look   look   look   look   look   look   look   look

(5) park   park   park   park   park   park   park   park   park   park

(6) quad   quad   quad   quad   quad   quad   quad   quad   quad

6. V、B、N、M 键的练习

V、B、N 和 M 的键位在键盘上的位置如图 2-10 所示。根据键盘分区规则，它们分别由两手的食指控制，即 V 和 B 键由左手食指控制，而 N 和 M 键由右手食指控制。

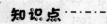

知识点

在 Word 文档中，按 Ctrl+B 组合键，可以将所选的文本设置为加粗效果。

图 2-10   V、B、N、M 键位在键盘中的位置

输入 V 时，用原击 F 键的左手食指向内(微偏左)屈伸击 V 键；输入 B 时，左手食指比输入 V 时再向右移一个键位的距离击 B 键。输入 M 时，用原击 J 键的食指向内(微偏右)屈伸击 M 键；输入 N 时，该手食指向内(微偏左)屈伸击 N 键。

【例 2-14】V、B、N、M 键的练习。

(1) vbmn   vbmn   vbmn   vbmn   vbmn   vbmn   vbmn   vbmn   vbmn   vbmn

(2) vvvv   bbbb   mmmm   nnnn   vvvv   bbbb   mmmm   nnnn   mmmm   vvvv

(3) vvmm   bbnn   vvmm   bbnn   vvmm   bbnn   vvmm   bbnn   vvmm   bbnn

(4) mnbb   mmvv   vbmm   vbnn   mnvb   nmbv   mmvb   mmvv   nnvb   vvnm   bbnm

【例2-15】V、B、N、M 键与其他键的练习。

(1) name   name   name   name   name   name   name   name   name   name

(2) boon   boon   boon   boon   boon   boon   boon   boon   boon   boon

(3) vail   vail   vail   vail   vail   vail   vail   vail   vail   vail

(4) magma   magma   magma   magma   magma   magma   magma   magma   magma

(5) boll   boll   boll   boll   boll   boll   boll   boll   boll   boll

(6) vogue   vogue   vogue   vogue   vogue   vogue   vogue   vogue   vogue   vogue

7. C、X、Z 与相邻键的练习

C、X、Z 与相邻键在键盘上的位置如图 2-11 所示。根据键盘分区规则，C 键由左手的中指控制，X 键由左手的无名指控制，Z 键由左手的小指控制。

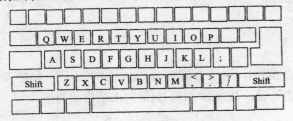

知识点

在 Word 文档中，按 Ctrl+Z 组合键，可以撤消上一步操作。

图 2-11   C、X、Z 键位在键盘中的位置

C、X、Z 键分别用左手的中指、无名指和小指敲击；左右两个 Shift 键分别用左、右手的小指敲击，"，"键、"."键和"/"键分别用右手的中指、无名指及小指敲击，如果要输入这 3 个键的上档符号，就用左手按住 Shift 键的同时按相应原键位。

【例2-16】C、X、Z、/键的练习。

(1) cxz/   cxz/   cxz/   cxz/   czx/   cxz/   cxz/   cxz/   cxz/   cxz/

(2) zzxx   cc//   zzxx   cc//   zzxx   cc//   zzxx   cc//   zzxx   cc//

(3) ccxx   zz//   ccxx   zz//   ccxx   zz.//   ccxx   zz//   ccxx   zz//

(4) xx//   zzcc   xx//   zzcc   xx//   zzcc   xx//   zzcc   xx//   zzcc

【例2-17】C、X、Z 键与其他键的练习。

(1) cock   cock   cock   cock   cock   cock   cock   cock   cock   cock

(2) exit   exit   exit   exit   exit   exit   exit   exit   exit   exit

(3) zero   zero   zero   zero   zero   zero   zero   zero   zero   zero

(4) size   size   size   size   size   size   size   size   size   size

(5) zeal   zeal   zeal   zeal   zeal   zeal   zeal   zeal   zeal   zeal

(6) next   next   next   next   next   next   next   next   next   next

【例2-18】符号键的练习。

(1) ，。，。，。，。，。，。，。，。，。，。

(2) ◇　◇　◇　◇　◇　◇　◇　◇　◇

(3) ？　？　？　？　？　？　？　？　？　？

8. 数字键与特殊符号键的练习

打字键区的数字(符号)键在键盘上的位置如图 2-12 所示。1、2、3、4、5 键分别用左手的小指、中指、无名指、食指和食指敲击；6、7、8、9、0 键分别用右手的食指、食指、中指、无名指和小指敲击。如果要输入上档符号，则应按住 Shift 键的同时按相应原键位。

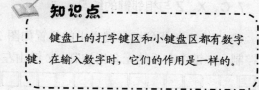

知识点

键盘上的打字键区和小键盘区都有数字键，在输入数字时，它们的作用是一样的。

图 2-12　数字键与特殊符号键在键盘中的位置

击 1 键时，将 A 键上的左手小指向上移动(偏左)，越过 Q 键弹击，击完立即返回；如输入"！"号，则用右手小指按住 Shift 键后再弹击 1 键。其余数字(符号)键的击法依此类推。

【例 2-19】数字键的练习。

(1) 111　222　333　444　555　666　777　888　999　000

(2) 4567　4567　4567　4567　4567　4567　4567　4567　4567　4567

(3) 123　890　123　890　123　890　123　890　123　890

【例 2-20】特殊符号键的练习。

(1) !@#$!@#$!@#$!@#$!@#$!@#$!@#$!@#$!@#$!@#$

(2) %^&* %^&* %^&* %^&* %^&* %^&* %^&* %^&* %^&* %^&*

(3) &*() &*() &*() &*() &*() &*() &*() &*() &*() &*()

知识点

电脑数据录入中，往往有大量的阿拉伯数字需要录入，一般数据录入分为纯数字录入和西文、数字混合录入。纯数字录入指法分两种：一种是通过打字键区的数字录入，此时应与基准键位对应输入；另一种是通过数字键位进行录入。

②.3.2　大写和小写指法输入练习

要输入单个大写字母，如果所输入的字母由右手负责，可用左手小指按左边的 Shift 键，输入完后放开小指回到基准键 A 上；如果所输入的字母由左手负责，可用右手小指按右边的

Shift 键，输入完后放开小指回到基准键【；】上。

要输入全部大写字母，可首先用左手小指按下 Caps Lock 键，则以后输入的字母将全部为大写字母，再按一次该键恢复为小写字母输入方式。打字键区的 Caps Lock 键在键盘上的位置如图 2-13 所示。

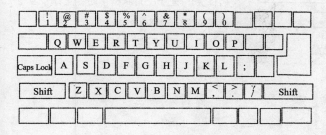

> **知识点**
>
> Caps Lock 键只对字母键起到锁定作用（即大小写之间切换），而对其他键没有影响。

图 2-13 Caps Lock 键在键盘中的位置

【例 2-21】 右手打字母键，左手控制 Shift 键的练习。

(1) YUioP YUioP YUioP YUioP YUioP YUioP YUioP YUioP

(2) HjkL HjkL HjkL HjkL HjkL HjkL HjkL HjkL

(3) nM nM nM nM nM nM nM nM

【例 2-22】 左手打字母键，右手控制 Shift 键的练习。

(1) QweRT QweRT QweRT QweRT QweRT QweRT QweRT QweRT

(2) AsDfG AsDfG AsDfG AsDfG AsDfG AsDfG AsDfG AsDfG

(3) ZxcB ZxcB ZxcB ZxcB ZxcB ZxcB ZxcB ZxcB

【例 2-23】 使用 Caps Lock 键连续输入大写字母的练习。

(1) ASL DK FJ GH ASL DK FJ GH

(2) QP WO EI RU TY EI WO QP

(3) MN VB ZXC MN VB ZXC MN VB

②.3.3 其他符号键指法练习

在主键盘区中共有 11 个标点符号键，除了前面介绍的"；"、"<"、">"、"/"这 4 个标点符号键外，还有其他 7 个标点符号键，它们在键盘上的位置如图 2-14 所示。各个标点符号键上由上、下档符号组成，如果要输入上档符号，则应按住 Shift 键的同时按相应原键位。

图 2-14　其他符号键在键盘中的位置

【例 2-24】其他符号键的练习。

(1) [] {} ` - = + \ | "" '

(2) [[[ ]]] {{{ }}} \\\ ||| ~~~ ``` +++ ---

(3) "" "" "" ' ' ' ＿ ＿ ＿

【例 2-25】符号键与其他键的练习。

(1) [x-y] [a+b] {[0]} a=b=c 1~9 3=1+2 a||b a/b

(2) "ab" 'opq' x|y 12`23`` window\command XYZ_i XYZ_j {i/j|a/b}

②.3.4　数字键位练习

数字键盘也叫小键盘区(如图 2-15 所示)，用于快速输入数字，使用小键盘只需用右手操作即可。数字键区的基准键是 4、5 和 6 这 3 个键，将右手食指放在 4 个键上，中指放在 5 键位上，无名指放在 6 键上，1、4、7 由右手食指控制，2、5、8、/由右手中指控制，3、6、9、*、.由右手无名指控制，　Enter 键、+、-由右手小指控制，0 键由右手拇指控制。

图 2-15　小键盘区

【例 2-26】数字键位的练习。

(1) 456　456　789　789　123　123　000　...

(2) 9/4　5*4　7+2　1-9　2/5　9-4　0*8　3+7

(3) 0.5　9.6　4.3　7.0　9.2　6.3　1.8　0.09

②.3.5 指法综合练习

下面进行指法综合练习，首先确认当前处于英文输入状态，在输入过程中尽量不看键盘，训练盲打。现在通过下面几篇英文小短文来巩固一下学习的成果，用户一定要认真进行练习。

【例2-27】短文练习1。

A Fox once saw a Crow fly off with a piece of cheese in its beak and settle on a branch of a tree. 'That's for me, as I am a Fox,' said Master Reynard, and he walked up to the foot of the tree. 'Good-day, Mistress Crow,' he cried. 'How well you are looking to-day: how glossy your feathers; how bright your eye. I feel sure your voice must surpass that of other birds, just as your figure does; let me hear but one song from you that I may greet you as the Queen of Birds.' The Crow lifted up her head and began to caw her best, but the moment she opened her mouth the piece of cheese fell to the ground, only to be snapped up by Master Fox. 'That will do,' said he. 'That was all I wanted. In exchange for your cheese I will give you a piece of advice for the future.' Do not trust flatterers.'

【例2-28】短文练习2。

Why do they put a suicide watch on death row prisoners? Why would you care if a man you're planning to kill anyway, kills himself? Does it spoil the fun?

I also think about the death row prisoner in Texas who, on the day before his execution, managed to take a drug overdose. They rushed him to a hospital, saved his life, then brought him back to prison and killed him.

Apparently, just to anger him.

【例2-29】短文练习3。

A Blonde airhead goes for a job interview in an office. The interviewer starts with the basics. "So, Miss, can you tell us your age, please?"

The blonde counts carefully on her fingers for half a minute before replying "Ehhhh... 22!"

The interviewer tries another straightforward one to break the ice. "And can you tell us your height, please?"

The young lady stands up and produces a measuring tape from her handbag. She then traps one end under her foot and extends the tape to the top of her head. She checks the measurement and announces "Five foot two!"

This isn't looking good so the interviewer goes for the real basics; something the interviewee won't have to count, measure, or lookup."Just to confirm for our records, your name please?"

The airhead bobs her head from side to side for about ten seconds, mouthing something silently to herself, before replying "MANDY!"

The interviewer is completely baffled at this stage, so he asks - "What in the world were you doing when I asked you your name?"

"Ohhhh, that!" replies the airhead,"I was just running through that song - 'Happy birthday to you, happy birthday to you, happy birthday dear...'

2.4 常用指法综合练习软件

任何一个想成为打字高手的人，都必须熟悉键盘，对键盘了如指掌，这样才能做到"运指如飞"。用户可以使用专业的指法练习软件来辅助练习键位的指法，从而快速提高输入速度和效率。

2.4.1 打字精灵

打字精灵是一款功能齐全的打字练习软件，可以帮助用户迅速提高打字水平。打字精灵软件可以进行小写字母、大写字母、混合字母(大小写字母混合)、全部符号、数字项目(数字小键盘)和全部键盘等练习，它引导使用者循序渐进地进行正确的输入练习。练习要求熟悉所有字母键的键位，以确保击键的准确率。

选择【开始】|【所有程序】|【打字精灵】|【打字精灵】命令，或者双击桌面上的【打字精灵】图标，启动打字精灵，主界面如图 2-16 所示。

图 2-16 【打字精灵】主界面

知识点

在【打字精灵】主界面中的菜单栏上显示了【基础练习】、【英文测试】、【中文测试】、【综合测试】4 个菜单项，用户可以根据自身的能力，执行相应的命令，进行键位指法练习。

对于初学者来说，练习指法应该从基础练习开始。下面以实例来介绍在打字精灵软件中练习键位的方法。

【例 2-30】在打字精灵软件中，进行指法的基础练习。

(1) 启动打字精灵软件后，选择【用户】|【用户登录】命令，如图 2-17 所示。

(2) 随后打开【用户登录】对话框，在【新用户登录】文本框中输入用户名 cxz，按 Enter 键，如图 2-18 所示。

图 2-17 选择【用户登录】命令

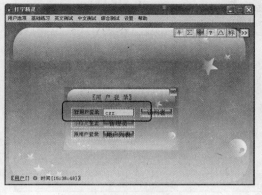

图 2-18 用户登录

💡 **提示**————————————————————————————————————

　　在【用户登录】对话框中,如果用户已不是第一次登录,那么必须重新输入一个不同的用户名,或者通过单击【用户列表】按钮,从弹出的列表中选择原来的用户名,进行再次登录。

　　(3) 进入用户界面后,在界面左下角显示用户名,选择【设置】|【练习时间】命令,打开【练习时间: 2分钟】对话框,输入时间 3,并单击【确认】按钮☑,或者按 Enter 键,如图 2-19 所示。

　　(4) 选择【基础练习】|【练习 1】命令,打开如图 2-20 所示的界面。

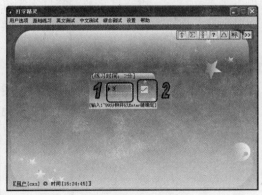

图 2-19 设置练习时间

图 2-20 基础练习界面

　　(5) 单击【请按任意键】按钮,开始进行基础键位的练习,用户必须按照界面中【练习的题目】区域中显示的提示,击打键盘上对应的键,并在界面最下侧显示成绩统计信息,如图 2-21 所示。

　　(6) 练习时间结束后,系统自动最终成绩统计窗口,显示打字速度、正确率及所用时间,如图 2-22 所示。

计算机 基础与实训教材系列

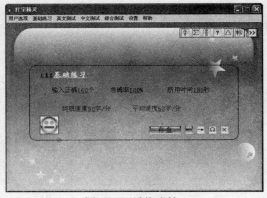

图 2-21　键位练习　　　　　　　　　　　　图 2-22　最终成绩

提示

　　用户可以通过选择【英文测试】或【中文测试】或【综合测试】命令，进行进一步的强化训练，从而熟练键位的指法。在此不再具体阐述，用户可以自行练习。

②.4.2　金山打字

　　金上打字是一款非常优秀的打字练习软件，它提供了英文打字、拼音打字及五笔打字等练习，并且设计了打字游戏，以提高用户打字的兴趣和积极性。使用该软件可熟练键盘操作，并测试打字速度。

　　选择【开始】|【所有程序】|【金山打字 2006】|【金上打字 2006】命令，或者双击桌面上【金山打字 2006】图标，启动金山打字 2006，第一次登录该软件的用户必须输入用户名，如图 2-23 所示。单击【登录】按钮，将打开【学前测试】对话框，提示用户是否接受速度测试，如图 2-24 所示。

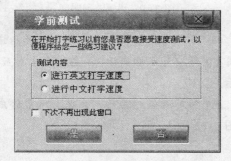

图 2-23　【金山打字】主界面　　　　　　　图 2-24　【学前测试】对话框

在【金山打字】主界面左侧列出了 6 个项目，单击某个项目按钮，即可进入对应的界面进行相关的训练。例如，单击【五笔打字】按钮，即可进入五笔打字界面，如图 2-25 所示。在五笔练习中，还能进行分类训练，包括【字根练习】、【单字练习】、【词组练习】和【文章练习】等项目。用户可以根据自己的实际情况选择练习项目，循序渐进地提高打字速度。

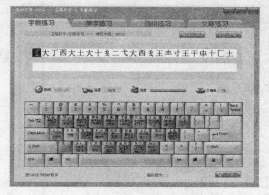

图 2-25　五笔打字界面

提示

在五笔字根练习中，可以分【横区】、【竖区】、【撇区】、【捺区】、【折区】和【综合】练习。

此外，单击【打字教程】按钮，即可进入如图 2-26 所示的界面，显示有详细的打字教程，从打字的姿势、键盘的使用到打字的方法都有详细的讲解，用户可通过打字教程全面地学习使用五笔字型输入法打字。

图 2-26　打字教程界面

提示

在如图 2-26 所示的界面中，单击右下角的【下一页】链接即可开始学习打字的姿势、键盘的使用以及打字的方法。

②.5　上机练习

本章主要介绍键盘操作与指法练习。本上机练习通过在记事本中输入一个邮箱地址，来练习字母键、数字键和符号键的输入方法。下面以输入 ainibuaiziji.3@163.com 为例，介绍使用键盘在记事本中输入字符的具体操作方法。

(1) 选择【开始】|【所有程序】|【附件】|【记事本】命令，启动记事本应用程序，如图

2-27 所示。

图 2-27　启动记事本程序

 提示

　　在启动后的记事本窗口中可以看到开始位置有一个闪烁的光标，默认情况下，光标定位在窗口文本编辑区第一行的行首。闪烁的光标即说明用户可以开始输入字符内容了。

　　(2) 将左手的食指放在 F 键上，右手的食指放在 J 键上，其余手指分别放在相应的基准键位上，同时左手小指击打 A 键，即可输入 a 字母，如图 2-27 所示。

　　(3) 在不看键盘的情况下，右手中指按下 I 键，返回至基准键后，右手食指按下 N 键，再返回，右手中指按下 I 键返回，左手食指按下 B 键返回，右手食指按下 U 键返回，左手小指按下 A 键返回，右手中指按下 I 键返回，左手小指按下 Z 键返回，右手中指按下 I 键返回，右手食指按下 J 键返回，右手中指按下 I 键返回，在记事本中输入 inibuaiziji，效果如图 2-28 所示。

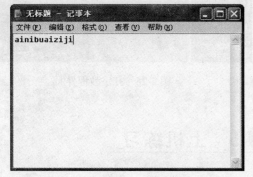

图 2-27　输入字符 a　　　　　　　　　　　　图 2-28　输入其他字符

　　(4) 用右手无名指按下【ˇ.】键，输入符号【.】，如图 2-29 所示。

　　(5) 左手中指按下主键盘区的数字键 3，输入数字 3 后，返回至基准键位上，右手小指按下

Shift 键不放，左手无名指按下数字键 2，输入特殊字符【@】，如图 2-30 所示。

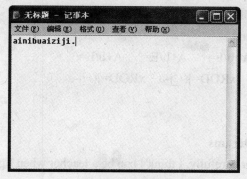

图 2-29 输入符号

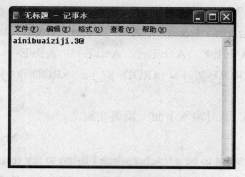

图 2-30 输入数字和特殊字符

(6) 按 NumLock 键，键盘的第一个指示灯亮后切换到数字状态，借助小键盘区用右手输入数字，首先将右手食指放在数字键 4 上，中指放在数字键 5 上，无名指放在数字键 6 上，然后右手食指按下数字键 1 后返回基准键位上，右手无名指按下数字键 6 返回，右手无名指按下数字键 3 返回，即可输入数字 163，效果如图 2-31 所示。

(7) 右手手指放在主键盘的基准键位上，用右手无名指按下【.】键，输入符号【.】，在使用正确的指法输入字母 com，输入完毕后的最终效果如图 2-32 所示。

图 2-32 使用小键盘输入数字

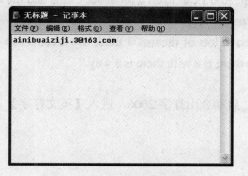

图 2-32 显示最终输入效果

②.6 习题

1. 简述键盘的组成部分。

2. 简述操作键盘的正确姿势。

3. 简述指法要点。

4. 简述击键要领。

5. 练习输入如下一些字符，在练习时尽量不要看键盘，做到盲打。

    <0cb <0cb <0cb <0cb <0cb <0cb <0cb

    e;9& e;9& e;9& e;9& e;9& e;9& e;9&

ka2) ka2) ka2) ka2) ka2) ka2) ka2)

p9#b p9#b p9#b p9#b p9#b p9#b p9#b

4z&m 4z&m 4z&m 4z&m 4z&m 4z&m

A+b/E=^ A+b/E=^ A+b/E=^ A+b/E=^ A+b/E=^ A+b/E=^ A+b/E=^

xROD=](/_j-a xROD=](/_j-a xROD=](/_j-a xROD=](/_j-a xROD=](/_j-a

6. 练习输入下面一篇英文短文。

My Dreams

I want to be a teacher when I listen to my teacher carefully. I think I can be a teacher when I grow up. I can help many students learn things well. I can play with my students, too. So we are good friends.

I want to be a doctor when I see many doctors save their patients. To be a doctor is really great. I think I can be a doctor when I grow up. Then I can help many people out of danger. I will be the happiest girl in the world.

I want to be a reporter when I watch TV every evening. We can get lots of important information from them. They make the world smaller and also make us happy. I would like to be a reporter when I grow up. And I can learn a lot about China and the other countries around the world. I can meet many superstars as well.

I have lots of dreams. I think my dreams can come true one day, because there's an old saying "where there is a will, there is a way."

7. 启动金山打字 2006，进入【英文打字】界面，进行文章输入练习并测试其速度。

安装与设置五笔字型输入法

学习目标

Windows 操作系统自带有全拼、智能 ABC、微软拼音和双拼等输入法，而五笔字型输入法则需要用户自行安装。尽管各种输入法的编码方法不一样，但是用法却大致相同。通过本章的学习，用户应掌握五笔字型输入法的安装方法，并能正确设置输入法的属性，使其符合用户的需求，从而提高输入效率。

本章重点

- ◉ 98 版与 86 版五笔字型输入法的区别
- ◉ 五笔字型输入法的安装
- ◉ 五笔字型输入法的使用
- ◉ 五笔输入法属性设置

3.1 汉字输入法简介

中国汉字不仅数量多，且形态各异。要将汉字输入到电脑中，就需要通过汉字输入法来解决。我国的计算机研究人员已成功地开发了多种汉字输入法，将汉字以一定的规则进行编码，在输入汉字时，只要输入该汉字的编码字符或拼音，就能输入对应的汉字。

3.1.1 汉字输入法的分类

随着计算机的发展，汉字输入法也越来越多，掌握汉字输入法已成为日常使用计算机的基本要求。根据汉字编码的不同，汉字输入法可分为 3 种：音码、形码和音形码。

1. 音码

音码编码规则是根据汉字的读音特性进行编码，因此只需具有汉语拼音的基础即可掌握。但音码只能对那些能读出音的汉字进行编码，否则无法编码。如全拼输入法。

全拼输入法是最简单的汉字输入法，它是使用汉字的拼音字母作为编码，只要知道汉字的拼音就可以输入汉字。因此它的编码较长，击键较多，而且由于汉字同音字多，所以重码很多，输入汉字时要选字，不方便盲打。

2. 形码

形码根据汉字的字形特性进行编码。这种编码较难掌握，它缺乏像汉语拼音输入法那样一个法定的科学规范作为基础，而且笔画或字根在通用键盘上的表示和布局也较为困难。如五笔字型输入法属于形码。

五笔字型的基本原理是：汉字是由若干个基本组件构成，如果给每个组件一个固定的代码，构成一个字的组件的代码就能依次组成代表该字的编码。五笔字型输入法把这些基本组成命名为"字根"，并规定每个字至多取 4 个字根。

3. 音形码

音形码是根据汉字的字音和字形属性来确定汉字的编码的，其编码规则不但与字音有关，还与字形有关，如智能 ABC 输入法。

智能 ABC 输入法在全拼输入法的基础上进行了改善，它是目前使用较普遍的一种拼音输入法。它将汉字拼音进行简化，从人们已知的汉语拼音、汉字笔画和书写顺序等出发，充分利用自动分词和构词的功能来处理汉字的输入方式。该输入法减少了编码的长度，从而大大提高了输入汉字的速度。

 提示 -------------------------------

　　五笔字型输入法包括王码五笔、万能五笔、五笔加加和陈桥五笔等，它们的用法大致相同，本书以王码五笔字型输入法为主讲解五笔字型输入法。

③.1.2　五笔字型输入法的特点

中文输入法的类型非常多，它们各有各的特点。由于全拼和智能 ABC 等输入法具有学习容易、操作简便的特点，但是它们编码较长，输入速度也相对较慢，而且由于重码较多，经常要进行选择，所以不便实现盲打。因此，对于专业录入和想提高输入速度的人来说，不太合适。目前大多数专业录入人员使用的汉字输入法是五笔字型输入法。因为五笔输入法有着无可比拟的优势，它的具体特点如下。

- 不受方言的限制。拼音输入法利用读音输入汉字，要求用户必须认识要输入的汉字且掌握其标准读音，这对普通话不标准或不认识某些汉字的用户而言是件比较困难的事情。而五笔字型输入法输入汉字时，即使不认识这个汉字，也能根据它的字形输入这个汉字。

- 击键次数少。使用拼音输入法输完编码后，必须按空格键确认，增加了按键次数，降低了打字速度；而五笔字型输入法最多只需击键 4 次，而且编码为 4 码的汉字不需要按空格键确认，提高了打字速度。

- 重码少。使用拼音输入法输入汉字时，由于同音的字和词，经常会出现重码，需要按键盘上的数字键来选择，有时还需要通过按"+"或"－"等键进行翻页选取，非常麻烦；而五笔字型输入法重码少，无重码或所要结果排在字词列表框中的第 1 位，可直接输入下一组编码。

因此，五笔字型输入法是目前输入汉字最快、应用最广泛的一种汉字输入法。

③.1.3　98 版与 86 版五笔字型输入法的区别

五笔字型输入法问世以来，经历了不断的更新和发展，目前王码五笔字型最常用的版本是 86 版和 98 版。98 版是在 86 版基础上改进的一种输入法。

与 86 版五笔字型输入法相比，98 版五笔字型输入法具有更强大的功能。

- 既能批量造词，还能取字造词。
- 提供内码转换器，能在不同的中文操作平台之间进行内码转换。
- 支持重码动态调试。
- 能够编辑码表，既能创建容错码，又能对五笔字型编码进行编辑和修改。

98 版五笔字型输入法的拆分原则和编码规则与 86 版大体相同，但也存在一些区别，主要区别如表 3-1 所示。

表 3-1　98 版与 86 版五笔字型的主要区别

	98 版五笔字型	86 版五笔字型
基本单位的称谓	码元	字根
基本单位的数量	130	245
处理汉字的数量	国标简体字 6763 个	国标简体字 6763 个，我国港、澳、台地区的 13053 个繁体字

此外，86 版五笔字型输入法对有些规范字根无法做到整字取码，而 98 版五笔字型输入法可以将这些规范字根作为一个整字取码，如"母"、"甫"等；86 版五笔字型输入法在拆分时常与汉字书写顺序产生矛盾，而 98 版五笔字型输入法中将总体形似的笔画结构归为同一码元，用码元来描述汉字笔画结构，使编码规则更简单明了。

> **提示**
>
> 　　码元是指把笔画结构特征相似、笔画形态和笔画多少大致相同的笔画结构作为编码的单元，即编码的元素。码元是经过抽象的汉字部件，代表的只是汉字笔画结构的特征，它与笔画的具体结构和细节无关，只要特征相同，不管码元的笔画细节是否相似，都认为是同一码元。

　　虽然98版王码五笔字型在86版的基础上进行了许多改进，但由于86版在国内已经推广，拥有数以千万计的用户，因此现在的五笔字型输入法仍以86版为主。

③.2 五笔字型输入法软件的安装

　　由于五笔字型输入法不是Windows XP操作系统自带的汉字输入法，用户在使用之前首先需要将其安装到电脑中。本节将介绍安装五笔字型输入法的方法，同时还将介绍添加和删除输入法的方法。

③.2.1 安装五笔字型输入法

　　一般来说，电脑用户都会安装Office系统办公软件，其中文版本作为一个字处理软件，也提供了五笔字型的输入法安装包。因此，五笔字型输入法的安装程序可以从Office安装光盘得到，或者用户也可以购买相关的产品光盘，下面以Office安装光盘中的安装程序为例介绍安装五笔字型输入法的方法。

　　【例3-1】通过Office安装光盘中的安装程序安装86版和98版的五笔字型输入法。

　　(1) 在【我的电脑】窗口中，找到五笔安装文件所在目录，双击其中的Setup.exe文件，开始进行安装，如图3-1所示。

　　(2) 安装是首先打开许可协议对话框，阅读协议后，单击【是】按钮，如图3-2所示。

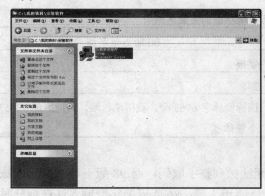

图3-1　执行安装文件

图3-2　许可协议

　　(3) 系统自动打开【中文输入法组件安装程序】对话框，选中【王码五笔86版】和【王码五笔 98 版】复选框，如图 3-3 所示。

(4) 单击【继续】按钮，打开【王码五笔型输入法】对话框，如图 3-4 所示。

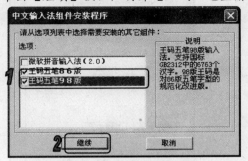
图 3-3　【中文输入法组件安装程序】对话框

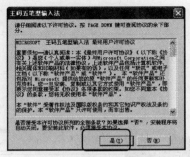
图 3-4　接受许可协议

(5) 阅读完许可协议后，单击【是】按钮，开始安装五笔输入法。安装结束后，自动打开【安装结束】提示框，如图 3-5 所示。

(6) 单击【确定】按钮，五笔输入法安装完成，在语言栏显示 86 和 98 版王码五笔型输入法，如图 3-6 所示。

图 3-5　【安装结束】提示框

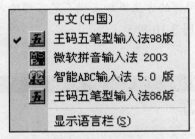
图 3-6　显示五笔字型输入法

知识点

　　一般情况下，在安装 Office 2003 时，使用自定义安装可以为 Windows XP 添加五笔字型输入法。对于没有 Office 光盘的用户，可以在网上下载王码五笔字型输入法 86&98，然后进行单独安装。

③.2.2　添加输入法

在安装了五笔输入法后，由于某些原因或者用户不小心把输入法删除(这里是指输入法不显示在输入法列表中)。此时，用户就可以在中文输入法列表中添加五笔输入法。

【例 3-2】在 Windows XP 中安装王码五笔字型输入法 98 版和王码五笔字型输入法 86 版。

(1) 右击任务栏右下角的输入法按钮，在弹出的菜单中选择【设置】命令，如图 3-7 所示。

(2) 在打开的【文字服务和输入语言】对话框中，打开【设置】选项卡，然后单击【添加】按钮，如图 3-8 所示。

计算机 基础与实训教材系列

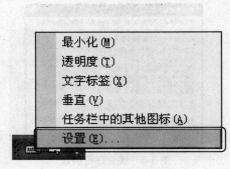

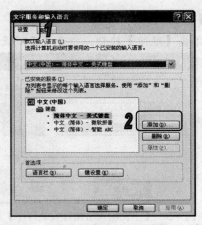

图 3-7　选择命令　　　　　图 3-8　【文字服务和输入语言】对话框

(3) 在打开的【添加输入语言】对话框中选中【键盘布局/输入法】复选框，然后在其下侧的下拉列表框中选择【王码五笔型输入法 98 版】选项，如图 3-9 所示。

(4) 单击【确定】按钮，此时在列表中显示已经选择的输入法。

(5) 使用同样的方法添加王码五笔字型输入法 86 版，添加后的输入法将显示在已安装的服务列表中，如图 3-10 所示。

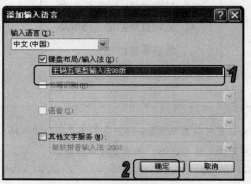

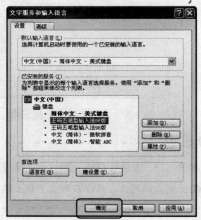

图 3-9　选择添加的输入法　　　　　图 3-10　显示已经添加的输入法

(6) 单击【确定】按钮，即可使用已经添加的输入法，如图 3-11 所示。

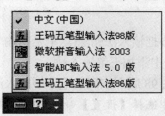

图 3-11　显示已经添加的输入法

💡 提示

通过单击语言栏右侧的下三角按钮 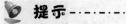，从弹出的快捷菜单中选择【设置】命令，同样也可以打开【文字服务和输入语言】对话框。

③.2.3　删除输入法

在输入法列表中，对于不经常使用的输入法，可以将其删除，操作方法很简单，首先打开如图 3-12 所示的【文本服务和输入语言】对话框，然后在【已安装的服务】区域下的输入法列表中选择要删除的【王码五笔型输入法 98 版】选项，单击右侧的【删除】按钮即可将该输入法从列表中删除，如图 3-13 所示。最后，单击【确定】按钮完成删除输入法的操作。

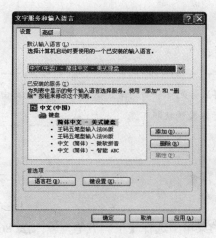
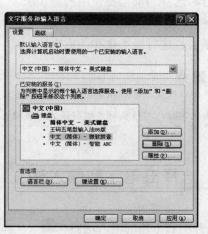

图 3-12　打开输入法列表　　　　图 3-13　删除 86 版王码五笔型输入法

 提示

　　当删除输入法后，某段时间内用户又想使用该输入法时，可以通过添加输入法的方法来添加该输入法，使其显示在输入法列表中。

③.3　五笔字型输入法的使用

完成五笔字型输入法的安装后即可开始使用。本节将具体介绍选择五笔字型输入法及设置五笔字型输入法的状态等操作方法。

③.3.1　初识语言栏

前面多次介绍过 Windows XP 任务栏的右下角有一个输入法图标按钮，实质上就是语言栏的最小化状态，它可以控制 Windows XP 的输入语言和输入法。右击该输入法图标按钮，从弹出的快捷菜单中选择【还原语言栏】命令，即可完全显示语言栏，如图 3-14 所示。

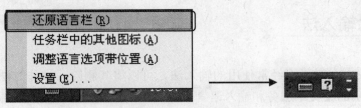

图 3-14 显示语言栏

语言栏有如下作用。

◉ 查看和选择当前需要使用的输入法。

◉ 在各输入法之间进行切换。

◉ 对语言栏进行最小化和还原操作。

知识点

用户可以改变语言栏在桌面中的位置，方法是将鼠标光标移动到语言栏的左侧，当光标由 ↖ 变成双向箭头形状 ✛ 时，按住鼠标左键将语言栏拖动至目标位置释放即可。

计算机 基础与实训教材系列

③.3.2 选择五笔字型输入法

单击任务栏右下角的输入法图标 ，从弹出的菜单中选择【王码五笔型输入法 86 版】命令即可选中王码五笔型输入法 86 版。此时，在任务栏的上方即可看到五笔字型输入法的状态窗口，如图 3-15 所示。

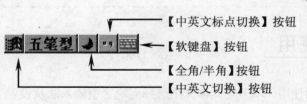

　　　　　　　　　　【中英文标点切换】按钮
　　　　　　　　　　【软键盘】按钮
　　　　　　　　　　【全角/半角】按钮
　　　　　　　　　　【中英文切换】按钮

图 3-15 五笔字型输入法状态窗口

提示

操作系统默认的输入法状态是英文输入状态，输入法的状态是针对每一个窗口而言的，也就是说，当一个窗口是中文输入法状态时，另一个窗口可以是英文输入法状态，而实际输入时只对当前处于激活状态的窗口有效。

此外，当用户打开输入法(按下 Ctrl+Space 组合键)后，还可以按 Ctrl+Shift 组合键在输入法中进行切换，从而选择五笔字型输入法。

③.3.3 中/英文输入状态切换

如果用户在使用五笔字型输入法输入中文时需要加入英文，可单击【中英文切换】按钮，切换至英文输入方式。英文输入完后，可再次单击【中英文切换】按钮，返回到中文输入法状态。五笔字型输入法的中文与英文之间的切换过程如图 3-16 所示。

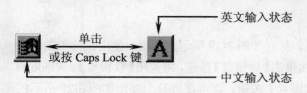

图 3-16　中文与英文之间的切换过程

> **提示**
> 如果感觉使用鼠标单击进行中文与英文之间切换的方法麻烦，那么也可以使用 Caps Lock 键进行切换。

③.3.4　全角/半角切换

"全角/半角切换"按钮主要是为字符间距的大小而设置的。中文输入时，如果处于"半角"状态下，字符间距小，此时输入的字符只占半个汉字的位置(即占 1 个字节)；如果处于"全角"状态下，字符间距大，此时输入的字符占一个汉字的位置(即占 2 个字节)。用户可以根据需要单击【全角/半角切换】按钮或者使用键盘的 Shift+Space 组合键在两种状态之间进行切换。五笔字型输入法的全角与半角之间的切换过程如图 3-17 所示。

图 3-17　全角与半角之间的切换过程

> **提示**
> 输入法状态窗口中的图标 **五笔型** 表示当前处于五笔字型输入状态。系统中的某些中文输入法可能含有自身携带的其他输入方式。如智能 ABC 输入法包括标准和双打两种输入方式。

③.3.5　中英文符号切换

中英文的标点符号有所不同，例如，英文的句号是"."，中文的句号"。"。单击输入法状态窗口中的【中英文标点切换】按钮，可进行中文标点与英文标点之间的切换。五笔字型输入法的中英文标点符号之间的切换过程如图 3-18 所示。

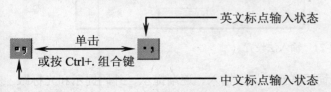

图 3-18　中英文标点符号之间的切换过程

> **提示**
> 此外，使用 Ctrl+.键也可以进行中英文标点符号之间的切换，如图 3-18 所示。

③.3.6 软键盘

单击输入法状态窗口中的【软键盘】按钮，打开如图 3-19 所示的键盘。使用鼠标单击键盘上的键位，可将相应的字符插入到文档中，再次单击【软键盘】按钮，将关闭【软键盘】。Windows XP 为用户提供了 13 种软键盘类型，右击【软键盘】按钮，即可在屏幕上弹出如图 3-20 所示的软键盘类型菜单，单击软键盘名称之后，即可在屏幕左下角打开软键盘。这为用户在输入中文时插入其他字符提供了方便。

PC键盘	标点符号
希腊字母	数字序号
俄文字母	数学符号
注音符号	单位符号
拼 音	制表符
日文平假名	特殊符号
日文片假名	

图 3-19　软键盘　　　　　　　　　　　图 3-20　软键盘类型菜单

③.4　86/98 版五笔字型的属性设置

右击输入法状态窗口，从弹出的快捷菜单中选择【设置】命令，打开【输入法设置】对话框，用户可以设置符合自己习惯的五笔字型输入法，如图 3-21 所示。

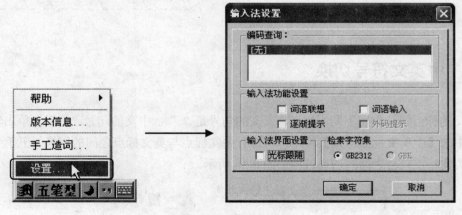

图 3-21　输入法设置

在【输入法设置】对话框中可以设置词语联想、词语输入、逐渐提示、外码提示和光标跟踪等属性，通过这些属性的设置，可以提高汉字的输入速度。本节将详细介绍这些属性的设置方法。

③.4.1　设置词语联想

　　词语联想功能可以加快输入速度，当输入一个汉字时，由这个字开头的词语都将列出来，只要从字词提示列表中选择词语即可。在【输入法设置】对话框的【输入功能设置】选项组中，选中【词语联想】复选框，即可开启词语联系功能，如图 3-22 所示。

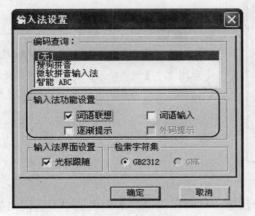

图 3-22　设置词语联想

提示

　　如果用户不需要设置词语联想功能，可以取消选中【词语联想】复选框。使用该功能有时会增加击键次数。

　　开启词语联想功能后，输入汉字"大"，按空格键，所有带有"大"开头的词语将以列表形式显示出来，按下数字键选择对应的词语即可，如图 3-23 所示。而未开启词语联想功能时，输入汉字"大"后，并没有显示任何相关词语，如图 3-24 所示。

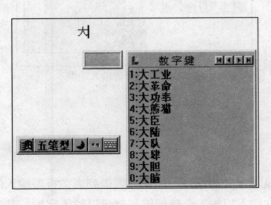

图 3-23　开启词语联想功能

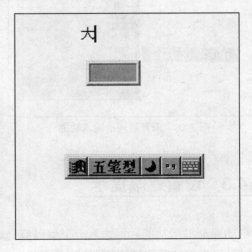

图 3-24　未开启词语联想功能

计算机 基础与实训教材系列

③.4.2 设置词语输入

在【输入法设置】对话框的【输入法功能设置】选项组中，选中【词语输入】复选框，即可开启词语输入功能，如图 3-25 所示。

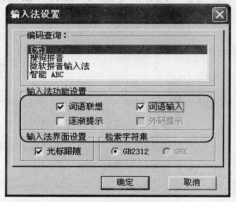

图 3-25 设置词语输入

> **提示**
>
> 如果用户不需要设置词语输入功能，可以取消选中【词语输入】复选框。为了提高输入速度，建议用户使用词语输入功能。

未开启词语输入功能，每次只能输入一个汉字，此时在词语提示列表框中没有词语显示，如图 3-26 所示。而开启词语输入功能后，可以连续输入多个字符组成词语，如输入字符 ddae，即可输入词语"大功"，如图 3-27 所示。

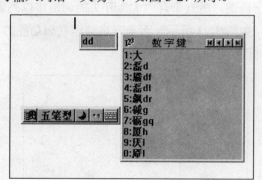

图 3-26 未开启词语输入功能

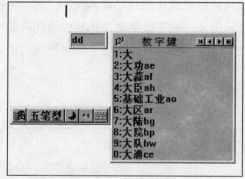

图 3-27 开启词语输入功能

③.4.3 设置逐渐提示

启动逐渐提示功能，每输入一个编码都会显示相关的词语，如果在词语列表中有要输入的字词时可以直接按数字键选择要输入的字词，这样不用输入全部的编码就可以输入字词，节省了大量时间。而不开启该功能，必须输入完整的编码才能输入字词。

在【输入法设置】对话框的【输入法功能设置】选项组中，选中【逐渐提示】复选框，即可开启逐渐提示功能，如图 3-28 所示。

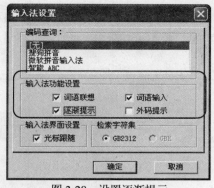

图 3-28 设置逐渐提示

　　开启逐渐提示功能后，输入字词时，词语提示列表框中将显示所有以该编码开始的汉字和词组，用户无需输入全部的编码就可以输入字词，如图 3-29 所示。而未开启逐渐提示功能，在输入字词时只显示输入汉字的编码，如图 3-30 所示。

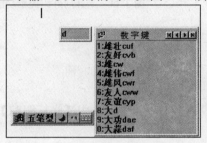

图 3-29 开启逐渐提示功能

图 3-30 未开启逐渐提示功能

3.4.4 设置外码提示

　　在【输入法设置】对话框的【输入法功能设置】选项组中，选中【外码提示】复选框，即可开启外码提示功能，如图 3-31 所示。开启外码提示功能后，在字词提示列表框中的字词后面会多出用于提示的编码，可以根据提示进一步输入。

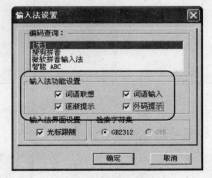

图 3-31 设置外码提示

在开启外码提示功能后，若要输入汉字"工"，输入编码 a 后，字词提示列表中自动给出该字后的编码，如图 3-32 所示。而未开启外码提示功能，输入 a，字词提示列表中不显示编码提示，如图 3-33 所示。

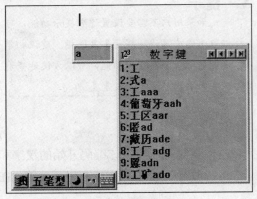

图 3-32　开启外码提示功能

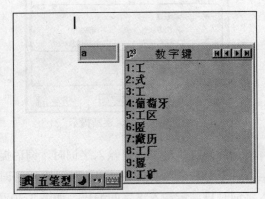

图 3-33　未开启外码提示功能

③.4.5　设置光标跟踪

在【输入法设置】对话框的【输入法界面设置】选项组中，选中【光标跟踪】复选框，即可开启光标跟踪功能，如图 3-34 所示。

开启光标跟踪功能后，码元输入框和字词提示列表会显示在光标输入点的旁边，并随着光标输入点的移动而移动，如图 3-35 所示。

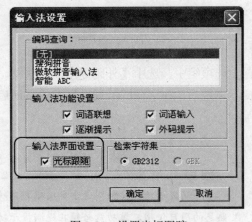

图 3-34　设置光标跟踪

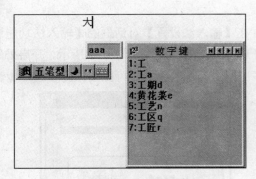

图 3-35　开启光标提示功能

若未开启此功能，输入法状态窗口、码元输入框和字词提示列表会显示在同一列，水平显示，不能随意分开，如图 3-36 所示。

五笔型 🔈 ₌ᵧ ⌨ | dd | 12³ 1:大 2:郁郁葱葱aa 3:大臣ah 4:夸夸其谈ay | ◄ ◄ ► ► |

图 3-36　未开启光标提示功能

③.4.6　手工造词

对于一些五笔词库中找不到的词语和长词，用户可以使用五笔字型输入法的手工造词功能将新词加入词库。这样只要输入不多于 4 个字母键就可以录入新词和长词。还有一些编辑文书的用户，会经常遇到要输入"Φ"、"±"、"Ω"等特殊字符。按照传统方法，若是使用 Word 软件的，则要选择【插入】菜单中的【符号】命令，然后在弹出的对话框寻找符号，然后再插入；若是使用一些功能简单的文书编辑器，如"记事本"，要输入这些特殊字符就要借助其他的软件。如果把这些字符当作一个【词组】进行组词，则只要在键盘上按 1～4 个按键就可以了。

【例 3-3】实现手工造词。

(1) 右击五笔字型输入法状态窗口，从弹出的快捷菜单中选择【手工造词】命令，打开【手工造词】对话框，如图 3-37 所示。

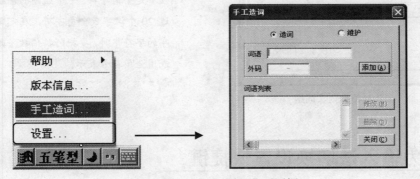

图 3-37　打开【手工造词】对话框

(2) 保持选中【造词】单选按钮，在【词语】文本框中输入要造词的符号(如 Φ)，在【外码】文本框中输入编辑码(如 aa)，如图 3-38 所示。

(3) 单击【添加】按钮，符号 Φ 将被当作一个词组。在五笔字型输入法状态下输入 aa，然后按下数字键 2，即可输入符号 Φ，如图 3-39 所示。

💡 **提示**

　　为了避免使用五笔字型输入法输入文字时出现太多的重码，影响汉字的输入速度，可以对不常用的手工造的词语进行删除操作。

图 3-38　手工造词

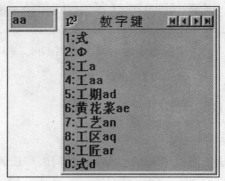

图 3-39　添加的新词

如果用户想删除刚造的词组，可以在【手工造词】对话框中选中【维护】按钮，此时所造的词将显示在词语列表中，然后选中该词，单击【删除】按钮即可删除该词，如图 3-40 所示。

图 3-40　删除词组

提示

用户还可以对已定义的词组进行编码修改，只要选中该词组，然后单击右侧的【修改】按钮进行修改维护操作。此外，组词的字符必须都是全角字符。一个组词的词组最多不能超过 20 个汉字或全角字符，在定义含阿拉伯数字的字符串时，要把阿拉伯数字改成汉字形式或用全角符号表示。

③.5　为输入法切换设置快捷键

输入法的切换和功能转换都可以使用快捷键，例如，默认的打开/关闭输入法的快捷键为 Ctrl+Space，全角/半角切换的快捷键为 Shift+Space，不同输入法之间的切换快捷键为 Ctrl+Shift，中英文符号的切换快捷键为 Ctrl＋"."，此外，用户还可以自定义常用的输入法启动热键。下面以设置王码五笔型输入法 86 版的快捷键为 Ctrl+Shift+8 为例介绍设置快捷键的方法。

【例 3-4】将王码五笔型输入法 86 版的快捷键设置为 Ctrl+Shift+8。

(1) 右击输入法图标，从弹出的快捷菜单中选择【设置】命令(如图 3-41 所示)，打开【文字服务和输入语言】对话框，如图 3-42 所示。

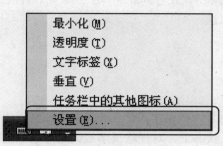

图 3-41 输入法菜单

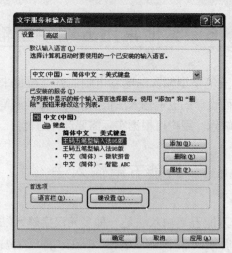

图 3-42 文字服务和输入语言设置

知识点

在【文字服务和输入语言】对话框中，用户可以通过【属性】按钮，设置输入法的属性。

(2) 单击【键设置】按钮，打开【高级键设置】对话框，在此可以设置不同输入语言之间的切换、输入法开/关、全角/半角切换、中/英文切换和输入法按键顺序等。

(3) 在【输入语言的热键】列表中选择【切换至 中文(中国) – 王码五笔型输入法 86 版】选项，然后单击【更改按键顺序】按钮，如图 3-43 所示。

(4) 在打开【更改按键顺序】对话框，选中【启用按键顺序】复选框，然后选中 Ctrl(C)单选按钮，在【键】下拉列表中选择 8 选项，如图 3-44 所示。

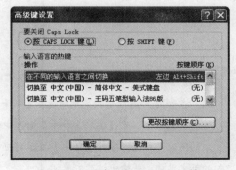

图 3-43 【高级键设置】对话框

图 3-44 【更改按键顺序】对话框

(5) 单击【确定】按钮，将王码五笔型输入法 86 版的快捷设置为 Ctrl+Shift+8。此后，按下 Ctrl+Shift+8 键就可以迅速打开王码五笔型输入法 86 版。

计算机 基础与实训教材系列

3.6 其他常用五笔字型输入法

五笔字型输入法随着电脑的普及被越来越多的用户认识并使用。以 86 版五笔字型输入法为基础而设计的五笔输入法很多，例如万能五笔、智能陈桥、五笔加加等。这些输入法都有它们各自的优缺点，用户可根据实际需要选择适合自己的输入法。

3.6.1 万能五笔输入法

万能五笔输入法是一种多元汉字输入法，采用了一种包含多种互不冲突、相辅相成、相互取长补短的汉字编码方案，即在一种汉字编码输入状态下，对任意汉字或词组短语，同时存在多种编码输入途径，从而提供更便利、更高效的编码输入。

万能五笔输入法的编码与 86 版五笔字型输入法完全相同，它最大的特点就是支持五笔、拼音、英文、笔画等多种编码输入途径，用户可任意选择。万能五笔输入法的状态条窗口如图3-45 所示。

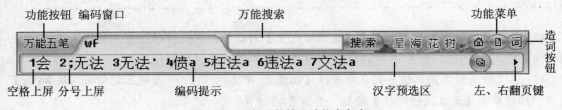

图 3-45 万能五笔输入法状态条窗口

右击万能五笔输入法状态窗口，从弹出的快捷菜单中选择相关的命令，可以进行各种设置。例如，设置输入法窗口的类型、颜色及皮肤设置、重码处理和中译英输出等，如图 3-46 所示。

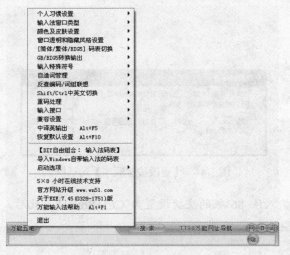

> **提示**
>
> 在如图 3-46 所示的菜单中选择【中译英输出】命令，在【编码窗口中】输入中文的同时，在【汉字预选区中】显示对应的英文单词，并输出该英文单词。

图 3-46 万能五笔输入法菜单

相对 86 版五笔字型输入法，万能五笔输入法具有以下优势。

- ◉　智能记忆功能。使用万能五笔输入法输入过的重码字或词组，它都会自动记忆，下次再输入该字或词组时，万能五笔会自动把该字或词组放在第 1 位，只需要按空格键即可输入。

- ◉　【中译英】输入功能。使用万能五笔输入法可以在输入中文时输入对应的英文单词。

- ◉　智能判别标点符号。在 86 版五笔字型输入法中，输入带小数点的数字时，需要切换到英文输入状态，否则小数点就会变成"。"，于是输入"3.1"却成了"3。1"；而在万能五笔中，系统会自动把数字后面紧跟的小数点变为英文状态。

③.6.2　智能陈桥五笔输入法

智能陈桥五笔输入法是一套功能强大的汉字输入法软件，内置了直接支持二万多汉字编码的五笔和新颖实用的陈桥拼音，具有智能提示、语句输入、语句提示、简化输入和智能选词等多项非常实用的独特技术，支持繁体汉字输出、各种符号输出及大五码汉字输出，内含丰富的词库和强大的词库管理功能。灵活强大的参数设置功能，可使绝大部分人员都能称心地使用。智能陈桥五笔输入法的状态条窗口如图 3-47 所示。

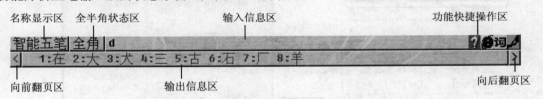

图 3-47　智能陈桥五笔输入法状态条窗口

右击智能陈桥五笔输入法状态窗口，从弹出的快捷菜单中选择命令，可以对陈桥五笔进行各种设置。如增删词组、增删输入法、修改汉字编码和状态窗口设置等。用户还可以根据自己的实际情况进行个性设置，如【初学五笔新手】、【专业录入人员】、【网上聊天人员】等，使用起来非常方便，如图 3-48 所示。

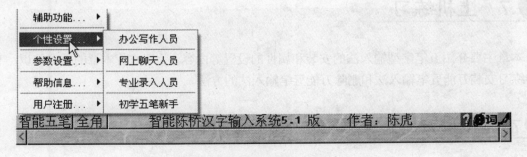

图 3-48　智能陈桥五笔输入法菜单

③.6.3　五笔加加输入法

　　五笔加加输入法文件体积小，使用也很方便，五笔加加输入法的状态条如图 3-49 所示。
　　五笔加加输入法的优点是：在输入汉字时，遇到较难拆分的汉字，一时输不出来，可使用五笔加加输入法的编码查询功能来输入。其方法为：先按下键盘上的 Z 键，然后输入那个字的拼音，如输入"大"字的拼音 da，此时该汉字及与其同音的汉字的编码就会显示在每个字的后面，如图 3-50所示。

图 3-49　五笔加加输入法状态条　　　　图 3-50　　输入"大"字的拼音

　　同样，用户也可根据自己的习惯对五笔加加进行各种设置。右击输入法状态条，从弹出的快捷菜单中选择【设置】命令，打开【《五笔加加》设置】对话框，如图 3-51 所示，在该对话框中即可进行设置。

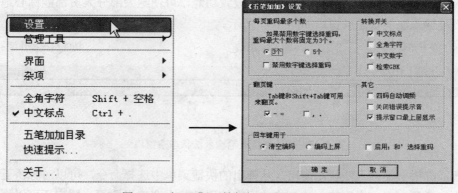

图 3-51　打开【《五笔加加》设置】对话框

③.7　上机练习

　　本章主要介绍五笔字型输入法的安装和属性的设置等内容。为了掌握本章的重点知识，下面将练习安装万能五笔输入法和删除万能五笔输入法的方法。

③.7.1　安装万能五笔输入法

　　使用网上下载的安装程序将万能五笔输入法安装到电脑中。
　　(1) 从网上下载万能五笔输入法的安装程序到 C 盘根目录下的【安装软件】文件夹中，如

图 3-52 所示。

(2) 双击安装程序文件图标，打开安装向导对话框，如图 3-53 所示，单击【下一步】按钮，开始安装。

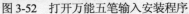

图 3-52　打开万能五笔输入安装程序

图 3-53　安装向导

(3) 在打开的【许可协议】对话框中，阅读许可协议后，单击【我同意】按钮，如图 3-54 所示。

(4) 在打开的【选择组件】对话框的【选择要安装的软件】列表框中选中要安装的组件复选框，这里保持默认设置，单击【下一步】按钮，如图 3-55 所示。

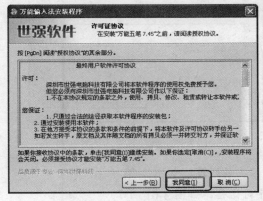

图 3-54　阅读许可协议

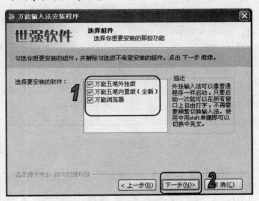

图 3-55　选择组件

(5) 在打开的【选择是否安装万能五笔外挂版接口】对话框中，保持默认设置，单击【下一步】按钮，如图 3-56 所示。

(6) 在打开的【温馨小提示】对话框中，了解万能五笔输入法的特殊功能后，单击【下一步】按钮，如图 3-57 所示。

 知识点 -

　　在【温馨小提示】对话框中，列出了万能五笔具有的而其他五笔输入法所没有的 3 个特殊功能：按下 Ctrl+Alt+W 组合键即可启动万能五笔；启动万能五笔后，打开 N 个窗口都不用重新开启输入法；在使用万能五笔输入法时，按 Shift 键即可隐藏/激活该输入法。

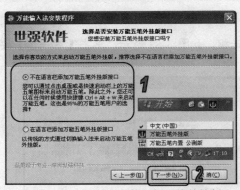

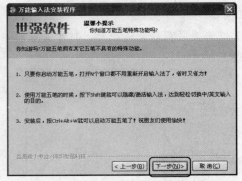

图 3-56　选择是否安装万能五笔外挂版　　　　　图 3-57　了解万能五笔的特殊功能

（7）在打开的【选择设置的主页】对话框中，选中【保持原来的主页】单选按钮，单击【下一步】按钮，如图 3-58 所示。

（8）在打开的【选择安装文件夹】对话框中的【目标文件夹】文本框中输入安装位置，保持默认位置，如图 3-59 所示。

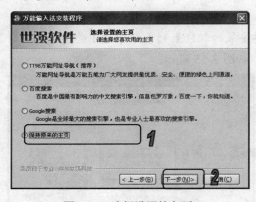

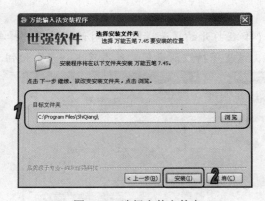

图 3-58　选择设置的主页　　　　　　　　　图 3-59　选择安装文件夹

（9）单击【安装】按钮，开始安装输入法并显示安装进度，如图 3-60 所示。

（10）安装完毕后，系统自动打开安装完成向导对话框，如图 3-61 所示。

图 3-60　显示安装进度　　　　　　　　　图 3-61　完成安装向导

(11) 单击【完成】按钮，安装完成后，系统自动运行万能五笔输入法，如图 3-62 所示。

(12) 在语言栏上单击输入法图标按钮，在弹出的快捷菜单中即可看到安装的万能五笔输入法，如图 3-63 所示。

图 3-62　运行万能五笔输入法　　　　　　图 3-63　在输入法列表中显示万能五笔输入法

③.7.2　删除万能五笔输入法

下面将练习删除电脑中的万能五笔输入法的方法。

(1) 右击任务栏右下角的输入法图标按钮，在弹出的菜单中选择【设置】命令，打开【文字服务和输入语言】对话框。

(2) 打开【设置】选项卡，在【已安装的服务】区域的输入法列表框中选中【中文(简体)—万能五笔内置 公测版】选项，如图 3-64 所示。

(3) 单击【删除】按钮，即可将该输入法从输入法列表中删除。

(4) 单击【确定】按钮，关闭【文字服务和输入语言】对话框，单击输入法图标按钮，此时可以发现在弹出的快捷菜单中不再显示万能五笔输入法，如图 3-65 所示。

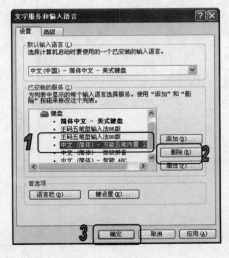

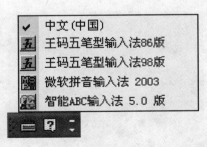

图 3-64　删除输入法　　　　　　　　　　图 3-65　显示输入法

③.8 习题

1. 简述五笔字型输入法的特点。

2. 简述 98 版与 86 版五笔字型输入法的区别。

3. 手工造词有何作用，能否使用五笔字型输入法输入符号 Ω？

4. 练习在电脑中安装五笔加加输入法。

5. 将打开五笔字型输入法的快捷键设置为 Ctrl+Shift+Q。

6. 练习删除其他不常用的输入法，效果如图 3-66 所示。

7. 练习使用五笔字型的软键盘中的【特殊符号】功能，在记事本程序中输入如图 3-67 所示的特殊符号。

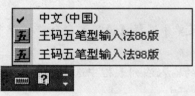

图 3-66　删除其他输入法　　　　　　　　图 3-67　软键盘功能

第4章

五笔字型输入法基础

学习目标

　　五笔字型输入法利用汉字是一种笔画组合文字的原理，采用汉字的字型信息进行编码，并且将组字能力很强、在日常文字中出现频率较高的基本字根合理分布在 A~Y 的 25 个英文字母键上。一切汉字都可以看作是由基本字根组成的。通过对本章的学习，用户可以了解汉字的基本结构以及字根在键盘上的布局，还可以熟悉汉字的层次、笔画和字型之间的关系，并掌握五笔字型字根的分布以及汉字的拆分方法等。

本章重点

- ◉ 汉字的基础知识
- ◉ 五笔字型字根以及分布
- ◉ 分区拆字
- ◉ 汉字的拆分原则

4.1　汉字的基础知识

　　五笔字型输入法是一种形码输入法，它根据汉字的字形特性进行编码，因此，要学会五笔字型输入法，必须先了解汉字的基本结构。

4.1.1　汉字的 3 个层次

　　汉字都是由字根和笔画组成，或者说是拼合而成，学习五笔输入法的过程，就是学习将汉字拆分为基本字根的过程，而要正确地判断汉字字型和拆分汉字，就必须要了解汉字的层次结构。

五笔字型方案的研制者把汉字从结构上分为 3 个层次: 单字、笔画和字根。其中, 笔画是最基本的组成成分, 而字根是由基本的笔画组合而成的, 将字根按照一定的位置关系组成汉字。

◉ 笔画: 笔画指的是 "一"、"丨"、"丿"、"、""乙", 即通常所说的横、竖、撇、捺、折。每个汉字都是由横、竖、撇、点和折组合而成。

◉ 字根: 是指由若干笔画复合交叉而形成的相对不变的结构, 五笔字型输入法中, 字根是组成汉字的基本元素。

◉ 单字: 将字根按一定的位置组合起来就构成了单字。

例如, "本" 字可以看作由字根 "木" 和 "一" 组成, 而 "木" 和 "一" 分别由笔画 "一"、"丨"、"丿"、"、" 和 "一" 组成, 如图 4-1 所示。

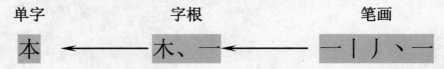

图 4-1 汉字的 3 个层次

4.1.2 汉字的 5 种笔画

在书写汉字时, 不间断地一次连续写成的一个线段叫作汉字的笔画。五笔字型将汉字归纳为 5 种基本笔画: "一"、"丨"、"丿"、"、""乙"(即横、竖、撇、捺、折), 下面分别以图示的方式介绍这些笔划。

1. 横

"横" 笔画是指运笔方向从左到右和左上到右下的笔画。在五笔字型中, 将 "提" 笔画归纳在 "横" 笔画中。如图 4-2 所示的就是带有 "提" 笔画的汉字。

2. 竖

"竖" 笔画是指运笔方向从上到下的笔画。在五笔字型中, 将 "左竖钩" 笔画归纳在 "竖" 笔画中。如图 4-3 所示的就是带有 "左竖钩" 笔画的汉字。

竖笔向左带钩属于 "竖" 笔画

提笔画也属于 "横" 笔画

图 4-2 "横" 笔画   图 4-3 "竖" 笔画

3. 撇

"撇"笔画是指运笔方向从右上到左下的笔画。

4. 捺

"捺"笔画是指运笔方向从左上到右下的笔画。在五笔字型中，将"点"笔画归纳在"捺"笔画中。如图 4-4 所示的就是带有"点"笔画的汉字。

5. 折

在五笔输入法中，除竖钩以外的所有带转折的笔画都属于"折"笔画，在五笔输入法中，"乚"、"→"和"乁"等都属于折笔划，如图 4-5 所示。

——点(、)属于"捺"笔画　　　　属于"折"笔画

　　　　图 4-4　"捺"笔画　　　　　　　　　　图 4-5　"折"笔画

综上所述，将构成汉字的 5 种基本笔画的代号分别定义为 1、2、3、4、5，如表 4-1 所示。

表 4-1　汉字的 5 种笔画

笔 画 名 称	代　　号	笔 画 走 向	笔　　画
横	1	左→右	一
竖	2	上→下	丨
撇	3	右上→左下	丿
捺	4	左上→右下	、
折	5	带转折	乙

这 5 种基本笔画的作用如下所述。

- 5 种笔画作为汉字拆分编码的基本字根：这 5 种笔画与其他字根一样，也是构成汉字的基本元件，被用来拆分汉字，进行编码。
- 5 种笔画作为在键盘上排列字根的基本依据：五笔字型把字根划分成 5 大类和 25 个小类，使其形成较有规律的排列，便于学习和记忆。
- 5 种笔画与字型一起作为区分重码的手段：所谓的重码，就是不同的字或词具有相同的编码。字根多、编码长的字，重码的机会就越少。但在汉字编码中希望编码越短越好，多一个码就多耗费一分记忆力，在录入时就要多击键一次，而编码越短，造成重码的机会也就越多。五笔字型编码决定四码一字，从而避免了重码。

④.1.3 汉字的3种字型

汉字的字型，是指构成汉字的各个基本字根在整字中所处的位置关系。汉字是一种平面文字，同样几个字根，摆放的位置不同，即字型不同，就是不同的字，如"吧"和"邑"，"呐"和"呙"，"岂"和"屺"等，可见字型是汉字的一种重要特征信息。

根据构成汉字的各字根之间的位置关系，可以把所有的汉字分为3种字型：左右型、上下型和杂合型，并根据各类型拥有汉字的数量顺序命名为代号：1、2、3，如表4-2所示。

表4-2 汉字的3种字型

字型代号	字 型	字 例	特 征
1	左右型	汉、湘、结、封、咽	字根之间可有间距，总体左右排列
2	上下型	字、示、莫、花、华	字根之间可有间距，总体上下排列
3	杂合型	困、园、道、乘、太、司、年、果	字根之间虽有间距，但不分上下左右，浑然一体，不分块

1. 左右型

左右型汉字的主要特点是字根之间有一定的间距，从整字的总体看呈左右排列状。在左右型的汉字中，主要包括以下3种情况。

⊙ 双合字：是指在所有的汉字中，由两个字根所组成的汉字。在左右型的双合字中，组成整字的两个字根分列在一左一右，其间存在着明显的界限，且字根间有一定的间距，如"汉"、"根"、"线"、"仅"、"肚"、"胡"等。汉字"根"的示例如图4-6所示。如果一个汉字的一边由两个字根构成，且这两个字根之间是外内型关系，但整个汉字却属于左右型，这种汉字也称为左右型的双合字，如"咽"和"枫"等。汉字"咽"的示例如图4-7所示。

两个字根列在一左一右，其间存在着明显的界限，且有一定的间距

图4-6 左右型双合字

右侧的两个字根呈外内型关系

图4-7 左右型双合字

⊙ 三合字：是指由3个字根所组成的汉字。在左右型的三合字中，组成整字的3个字根从左至右排列，这3部分为并列结构，如"做"、"湘"和"测"等。汉字"测"的示例如图4-8所示。或者，汉字中单独占据一边的一个字根与另外两个字根呈左右排列，

且在同一边的两个字根呈上下排列，如"谈"、"倍"等。汉字"倍"的示例如图 4-9 所示。

图 4-8　左右型三合字　　　　　　　　　图 4-9　左右型三合字

- 四合字或多合字：由 4 个字根组成的汉字称作四合字。由多于 4 个字根组成的汉字叫做多合字。在左右型的四合字或多合字中，组成整字的字根明显地分成左右两部分，无论左右哪一边的字根数多，在五笔字型编码方案中都将这种汉字定义为左右型汉字，如"键"、"械"等。

2. 上下型

上下型汉字的主要特点是字根之间有一定的间距，从整字的总体看呈上下排列状。在上下型的汉字中，也包括以下 3 种情况。

- 双合字：在上下型的双合字中，组成整字的两个字根的位置是上下关系，这两个字根之间存在着明显的界限，且有一定的距离，如"字"、"全"、"分"等。汉字"字"的示例如图 4-10 所示。
- 三合字：在上下型的三合字中，组成整字的 3 个字根也分成两部分，虽然上(下)部分的字根数要多出一个，但它们仍为上下两层的位置关系。三合字又分为 3 种情况：第一种情况是上方由两个字根左右分布，如"华"；第二种情况是 3 个字根上中下排列，如"莫"，如图 4-11 所示；第三种情况是下方由两个字根左右分布，如"荡"，如图 4-12 所示。
- 四合字或多合字：在上下型的四合字或多合字中，组成整字的字根也明显地分成上下两部分，无论是上半部分字根数多还是下半部分字根数多，均将这类汉字看作是上下型汉字。如"赢"，如图 4-13 所示。

图 4-10　上下型双合字

图 4-11　上下型三合字

图 4-12　上下型三合字　　　　　　　　　图 4-13　上下型四合字

3. 杂合型

杂合型汉字的主要特点是字根之间虽然有一定的间距，但是整字不分上下左右，或者浑然一体。杂合型是指除左右型和上下型以外的汉字，即整字的字根之间没有明确的左右型或上下型位置关系。杂合型的汉字可以分为以下几种类型。

- ⊙ 单体型：单体型汉字指本身独立成字的字根，如"马"、"由"等。汉字"马"的示例如图 4-14 所示。
- ⊙ 内外包围型：内外包围型汉字通常由内外字根组成，整字呈包围状，如"国"、"匡"、"进"、"过"等。汉字"国"的示例如图 4-15 所示。

图 4-14　单体型汉字　　　　　　　　　图 4-15　内外包围型汉字

- ⊙ 相交型：在相交型汉字中，组成汉字的两个字根相交，如"农"、"电"、"无"等。汉字"电"的示例如图 4-16 所示。
- ⊙ 带点结构型：带点结构或者单笔划与字根相连的汉字也被划分为杂合型，如"犬"、"太"、"自"等。汉字"太"的示例如图 4-17 所示。

图 4-16　相交型汉字　　　　　　　　　图 4-17　带点结构型汉字

④.2　五笔字型字根以及分布

五笔字型输入法中字根的键盘布局，既考虑了各个键位的使用频率和键盘指法，又实现了使字根代号从键盘中央向两侧依大小顺序排列。这种布局的目的是为了使用户易于掌握键位和提高击键效率。

④.2.1 认识字根

字根是在理论上不可拆分的构成汉字的最小基本元件。由汉字的 5 种笔画交叉连接而形成的相对不变的结构叫作字根。在五笔字型的字根中，大部分是笔画简单的汉字和部首，还有少数是新造的无意义的笔画组合，并归纳了 130 个基本字根，使用这些字根可以像搭积木那样组合出全部的汉字。

字根的选择主要有以下几方面的规则。

- ◉ 能组成很多的汉字，例如，"大"字根可以组成的汉字有"太"、"头"、"天"、"夫"、"失"、"夹"、"尖"等。
- ◉ 组字能力不强，但组成的字特别常用，如"白"(组成"的")、"西"(组成"要")等。
- ◉ 绝大多数的字根都是汉字的偏旁部首，如"人、口、手、金、木、水、火、土"等。
- ◉ 相反，为了减少字根的数量，一些不太常用的或者可以拆成几个字根的偏旁部首，便没有被选为字根，如"比"、"歹"、"凤"、"气"、"欠"、"殳"、"斗"、"户"、"龙"、"业"、"鸟"、"穴"、"聿"、"皮"、"老"、"酉"、"豆"、"里"等。
- ◉ 在五笔输入法中，有的字根还包括几个近似字根，主要有以下几种情况：字源相同的字根，如"心"、"忄"和"水"，"氵"等；形态相近的字根，如"廾"、"艹"、"廿"和"土"、"士"和"干"；"厂"、"ナ"和"⺁"；"四"、"罒"和"皿"等；便于联想的字根。如"耳"、"卩"、"阝"等。

> 💿 **提示** --
>
> 所有近似字根和主字根在同一个键位上，编码时使用同一个代码。字根是组字的依据，也是拆字的依据，是汉字最基本的组成部分。在五笔编码方案中，字根是人为决定的，并不取决于其本身的性质和结构是否"可分"。因此，不能用通常分析部首偏旁的方法来拆分字根。

④.2.2 字根的区和位

在五笔字型输入法中，将字根分布在 25 个英文字母键(不含 Z 键)上，分配方法是按字根起笔的类型划分为 5 个区，如图 4-18 所示。

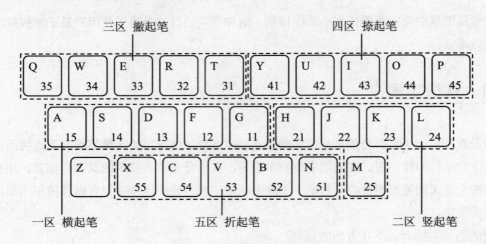

图4-18　5个区在键盘上的布局

计算机
基础与实训教材系列

从图4-18中可以看出，每个区包括5个英文字母键，每一个键称为一个位。区和位都给予从1~5的编号，分别叫作区、位号。每个键都是唯一的一个两位数的编号，区号作为十位数字，位号作为个位数字，如图4-19所示。字根的区位号叫作字根的代码。

S键位于1区4位 →

```
S
14
```

图4-19　字根区位号

提示

　　Z键为万能键，它不用于定义字根，而是用于五笔字型的学习。

位号的定义原则如下：

- 一般来说，任何一个字根都可以用它所在的区位号来表示。如字根"大"在1区3位，其区位号为13，13就是字根"大"的代码。
- 复笔划字根的数值尽量与位号一致，例如，单笔划"一"排在第一位，2个单笔划的复合字根"二"排在第二位，3个单笔划的复合字"三"排在第三位，依此类推。
- 个别字根按拼音分位，如：字根"力"拼音为Li，就放在L位；字根"口"的拼音为Kou，就放在K位。

④.2.3　字根的分布

　　了解了字根在键盘上的区位划分后，就应该知道键盘上任意字母键(除Z键外)的对应区位码；反之，知道了区位码，也就知道了对应的字母键。但是了解这些并不足够，还需要掌握一些字根在键盘上的分布情况。因此，上一节字根的区和位内容仅仅是基础。

　　将五笔字型基本字根分布在键盘的字母键上，形成字根键盘，如图4-20所示。

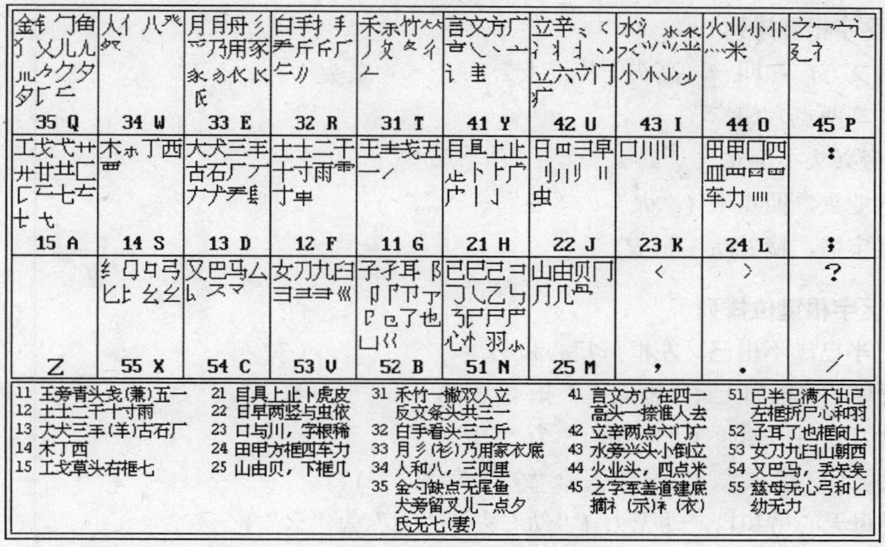

35 Q	34 W	33 E	32 R	31 T	41 Y	42 U	43 I	44 O	45 P
15 A	14 S	13 D	12 F	11 G	21 H	22 J	23 K	24 L	
乙 55 X	54 C	53 V	52 B	25 M					

图 4-20　字根在键盘上的分布

记住这些字根及其键位是学习五笔的基本功和首要步骤，由于字根较多，为了便于记忆，研制者编写了一首"助记歌"，增加些韵味，易于上口，帮助初学者记忆，如下所示。

字根助记歌：

1 (横) 区字根键位排列

11G　王旁青头戋(兼)五一 (借同音转义)

12F　土士二干十寸雨

13D　大犬三羊古石厂

14S　木丁西

15A　工戈草头右框七

2 (竖) 区字根键位排列

21H　目具上止卜虎皮 ("具上"指具字的上部"且")

22J　日早两竖与虫依

23K　口与川，字根稀

24L　田甲方框四车力

25M　山由贝，下框几

3 (撇) 区字根键位排列

31T　禾竹一撇双人立 ("双人立"即"彳") 反文条头共三一("条头"即"夂")

32R　白手看头三二斤 ("三二"指键为 32)

33E　月乡(衫)乃用家衣底 ("家衣底"即"豕")

34W　人和八，三四里 ("三四"即 34)

35Q　金勺缺点无尾鱼 (指"勹") 犬旁留义儿一点夕，氏无七(妻)

4（捺）区字根键排列

41Y 言文方广在四一，高头一捺谁人去

42U 立辛两点六门扩

43I 水旁兴头小倒立

44O 火业头，四点米（"火"、"业"、"灬"）

45P 之宝盖，摘礻（示）衤（衣）

5（折）区字根键位排列

51N 已半巳满不出己，左框折尸心和羽

52B 子耳了也框向上（"框向上"指"凵"）

53V 女刀九臼山朝西（"山朝西"为"彐"）

54C 又巴马，丢矢矣（"矣"丢掉"矢"为"厶"）

55X 慈母无心弓和匕，幼无力（"幼"去掉"力"为"幺"）

④.2.4 字根分布规律

五笔字型字根在键盘上的分布是有规律可循的，掌握这些规律可以使初学五笔的用户更容易地记忆字根。

⊙ 字根的首笔代号与它所在的区号一致。如表4-3所示。

表4-3 区号与首笔代号

字　根	首　笔	代　号	区　号
大	横（一）	1	1
四	竖（丨）	2	2
人	撇（丿）	3	3
立	捺（丶）	4	4
刀	折（乙）	5	5

⊙ 字根的次笔代号基本上与它所在的位号一致。如表4-4所示。

表4-4 位号与次笔代号

字　根	首　笔	代　号	次　笔	代　号	区位号	键
石	一	1	丿	3	13	D
上	丨	2	一	1	21	H
门	丶	4	丨	2	42	U
阝	乙	5	丨	2	52	B

◉ 有时字根的分位是依据该字根的笔画而定的。如表 4-5 所示。

表 4-5 笔画和位号

字 根	笔 画 数	区 位 号	字 根	笔 画 数	区 位 号
一	1	11	川	3	23
乙	1	51	彡	3	33
刂	2	22	氵	3	43
冫	2	42	巛	3	53
巜	2	52	灬	4	44

◉ 个别字根按拼音分位，如："力"字拼音为 Li，就放在 L 位；口的拼音为 Kou，就放在 K 位。

◉ 有些字根以义近为准放在同一位，如：传统的偏旁"亻"和"人"、"忄"和"心"、"扌"和"手"等。

◉ 有些字根以与键名字根或主要字根形近或渊源一致为准放在同一位，如：在 I 键上就有几个与"水"字型相近的字根。

 提示 -

　　一般来说，大部分字根按照以上规律进行分配，但有些字根的分配不符合以上的规律，需要特别记忆。这些规律只是帮助用户理解而总结出来的。

④.3 分区拆字

　　由于字根数目较多，用户记忆起来会比较困难，以下将会结合字根助记歌，详细介绍每个字根分区，协助用户记忆字根在键盘上的位置。

④.3.1 第一区字根

　　第一区字根为横起笔，包含键盘上的 G 键、F 键、D 键、S 键和 A 键，键名分别为"王"、"土"、"大"、"木"和"工"，字根的区位号是 11~15，如图 4-21~4-25 所示。

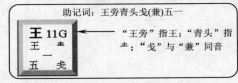

图 4-21　G 键基本字根

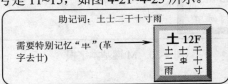

图 4-22　F 键基本字根

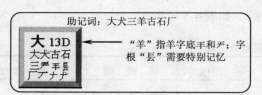

图 4-23　D 键基本字根

图 4-24　S 键基本字根

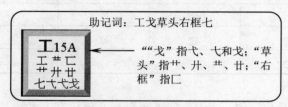

图 4-25　A 键基本字根

4.3.2　第二区字根

　　第二区字根为竖起笔，包含键盘上的 H 键、J 键、K 键、L 键和 M 键，键名分别为"目"、"日"、"口"、"田"和"山"，字根的区位号是 21~25，如图 4-26~4~30 所示。

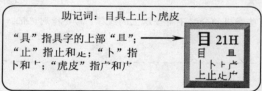

图 4-26　H 键基本字根

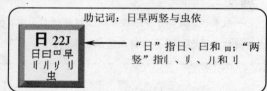

图 4-27　J 键基本字根

图 4-28　K 键基本字根

图 4-29　L 键基本字根

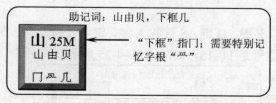

图 4-30　M 键基本字根

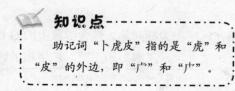

　　知识点

　　助记词"卜虎皮"指的是"虎"和"皮"的外边，即"虍"和"广"。

④.3.3　第三区字根

　　第三区字根为撇起笔，包含键盘上的 T 键、R 键、E 键、W 键和 Q 键，键名分别为"禾"、"白"、"月"、"人"和"金"，字根的区位号是 31~35，如图 4-31~4-35 所示。

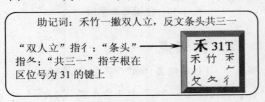

图 4-31　T 键基本字根

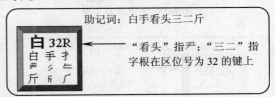

图 4-32　R 键基本字根

图 4-33　E 键基本字根

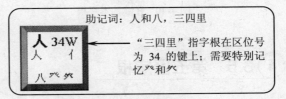

图 4-34　W 键基本字根

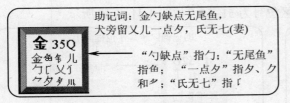

图 4-35　Q 键基本字根

 知识点

　　在 W 键中，癶、夂和"八"为象形字。

④.3.4　第四区字根

　　第四区字根为捺起笔，包含键盘上的 Y 键、U 键、I 键、O 键和 P 键，键名分别为"言"、"立"、"水"、"火"和"之"，字根的区位号是 41~45，如图 4-36~4-40 所示。

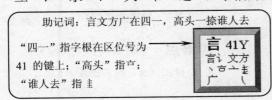

图 4-36　Y 键基本字根

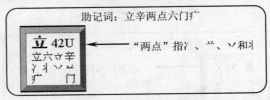

图 4-37　U 键基本字根

计算机 基础与实训教材系列

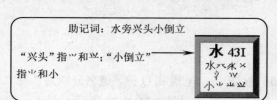

图 4-38 I 键基本字根

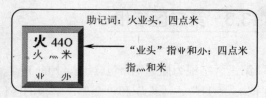

图 4-39 O 键基本字根

图 4-40 P 键基本字根

知识点

I 键的键名"水"与"氵"意同；O 键的键名"火"与 4 个点"灬"为同源根。

4.3.5 第五区字根

第五区字根为折起笔，包含键盘上的 N 键、B 键、V 键、C 键和 X 键，键名分别为"己"、"子"、"女"、"又"和"纟"，字根的区位号为 51~55，如图 4-41~4-45 所示。

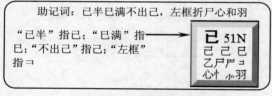

图 4-41 N 键基本字根

图 4-42 B 键基本字根

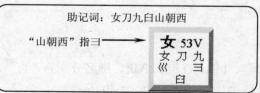

图 4-43 V 键基本字根

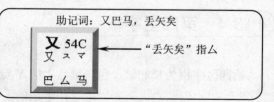

图 4-44 C 键基本字根

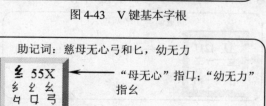

图 4-45 X 键基本字根

知识点

在 X 键上，幺、口与键名"纟"同形。

4.4 五笔字型的拆分

汉字都是由字根组成的。在输入汉字前，必须得把汉字拆分成一个一个的字根，然后将这些字根在键盘上"对号入座"，再按照一定的录入规则，依次按相应的键输入汉字。本节重点介绍汉字的拆分原则。

4.4.1 五笔字根之间的 4 种关系

正确地将汉字分解成字根是五笔字型输入法的关键。基本字根在组成汉字时，按照它们之间的位置关系可以分成单、散、连和交 4 种关系。

1. 单

单字根本身就是一个独立的汉字，如"马"、"牛"、"田"，"车"、"月"等。在五笔字型中，又将这样的字根称为"成字字根"，其编码有专门规定，不需要判别字型。

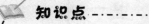

> **知识点**
>
> 成字字根中有 25 个字根，又称为键名字根，是 25 个字母键上的第一个字根(键名)，即"王"、"土"、"大"、"木"、"工"、"目"、"日"、"口"、"田"、"山"、"禾"、"白"、"月"、"人"、"金"、"言"、"立"、"水"、"火"、"之"、"已"、"子"、"女"、"又"、"纟"。

2. 散

如果汉字由不止 1 个字根构成，并且组成汉字的基本字根之间保持了一定距离。既不相连也不相交。这种字根之间的关系称为"散"，如"功"、"字"、"李"等。"李"字的"散"字根结构如图 4-46 所示。

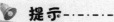 由字根"木"和"子"组成，且有一定距离

> **提示**
>
> 只有左右型和上下型结构的汉字才具有"散"字根结构。

图 4-46 "李"字的"散"字根结构

3. 连

有的汉字是由一个基本字根和单笔画组成的。这种汉字的字根之间有相连关系，即称为"连"。具有"连"字根结构的汉字的字型均为杂合型。"连"主要分为以下两种情况。

- 基本字根连一个单笔画：即单笔画与字根相连，单笔画可在基本字根的上下左右，如"月"字下连"一"成为"且"，如图 4-47 所示。如果单笔画与字根有明显间距的都不认为相连，如"旧"、"乞"等。

- 基本字根连带一点：该类型的汉字是由一个基本字根和一个孤立的点构成，该点在任何位置时，均认为相连，如"勺"、"主"、"太"等。其中。"太"字的"连"字根结构如图 4-47 所示。需要注意的是，带点结构的汉字不能当作散的关系。

4. 交

"交"是指两个或两个以上字根交叉、套叠后构成汉字的结构，其基本字根之间没有距离。例如，"里"由"日"和"土"交叉构成，如图 4-48 所示。一切由基本字根相交叉构成的汉字字型均属于杂合型。

单笔画(一)与字根(月)相连

带点结构

字根"日"和"土"相交而成

图 4-47　"连"字根结构　　　　　图 4-48　"交"字根结构

④.4.2　汉字的拆分原则

汉字的拆分是学习五笔字型输入法最重要的部分。有的汉字因为拆分方式不同，可以拆分成不同的字根，这就需要按照统一的拆分原则来进行汉字的拆分。下面介绍汉字拆分所要遵循的 5 个原则。只有熟练掌握如下的 5 个拆分原则，才能准确地拆分出汉字的字根。

1. 书写顺序

按书写顺序拆分汉字是最基本的拆分原则。书写顺序通常为从左到右、从上到下、从外到内及综合应用，拆分时也应该按照该顺序来拆分。

例如，汉字"则"拆分成"贝、刂"，而不能拆分成"刂、贝"；汉字"名"拆分成"夕、口"，而不能拆分成"口、夕"；汉字"因"拆分成"囗、大"，而不能拆分成"大、囗"；汉字"坦"拆分成"土、曰、一"，而不能拆分成"曰、一、土"等，以保证字根序列的顺序性，如图 4-49 所示。

(1) 从左到右

则 = 贝 + 刂 (√)   惟 = 忄 + 亻 + 圭 (√)

　= 刂 + 贝 (✗)　　　= 亻 + 圭 + 忄 (✗)

(2) 从上到下

名 = 夕 + 口 (√)   定 = 宀 + 一 + 龰 (√)

　= 口 + 夕 (✗)　　　= 一 + 宀 + 龰 (✗)

(3) 从外到内

因 = 囗 + 大 (√)   旬 = 勹 + 田 (√)

　= 大 + 囗 (✗)　　　= 田 + 勹 (✗)

(4) 综合应用

坦 = 土 + 曰 + 一 (√)　　　据 = 扌 + 尸 + 古 (√) —— 违反了从左到右的原则

　= 曰 + 一 + 土 (✗)　　　= 扌 + 古 + 尸 (✗) ←—— 违反了从外到内的原则

竖 = 刂 + 又 + 土 (√)　　　照 = 日 + 刀 + 口 + 灬 (√) —— 违反了从上到下和从左到右的原则

　= 土 + 刂 + 又 (✗)　　　= 灬 + 刀 + 口 + 日 (✗) ←—

—— 违反了从上到下的原则

图 4-49　书写顺序

2. 取大优先

取大优先也称为"优先取大"或者"能大不小"、"尽量向前凑"，是指拆分汉字时，应以再添一个笔画便不能成为字根为限，每次都拆取一个笔画尽可能多的字根，如图 4-50 所示。"取大优先"原则的要求如下：

- ⦿ 在一个汉字有几种可能拆分时，拆出的字根数最少的那一种是正确的。
- ⦿ 在字根拆分的每一个步骤中，如果在同一部位上有不止一种拆分方法，就必须选用笔画最多的字根。

提示

大部分汉字的拆分是很容易的，但是有些汉字有两种或多种拆分的可能，例如"夫"字，由"二"和"人"构成，还是由"一"和"大"构成。为了消除矛盾，使其具有唯一性，五笔字型输入法中规定了汉字的拆分原则。

泉 = 白 + 水 (√)　　　外 = 夕 + 卜 (√)

　= 丿 + 曰 + 水 (✗)　　= 勹 + 丶 + 卜 (✗)

形 = 一 + 廾 + 彡 (√)　　圈 = 囗 + 古 (√)

　= 二 + 川 + 彡 (✗)　　= 囗 + 十 + 口 (✗)

图 4-50　取大优先

3. 兼顾直观

兼顾直观是在拆分汉字时，要考虑拆分出的字根符合人们的直观判断和感觉以及汉字字根的完整性，有时并不符合"书写顺序"和"取大优先"两个规则，形成个别例外情况，例如，"国"拆分成"囗、王、丶"，而不能拆分成"冂、王、丶、一"；"自"拆分成"丿"、"目"，而不能拆分成"亻、乙、三",如图4-51所示。

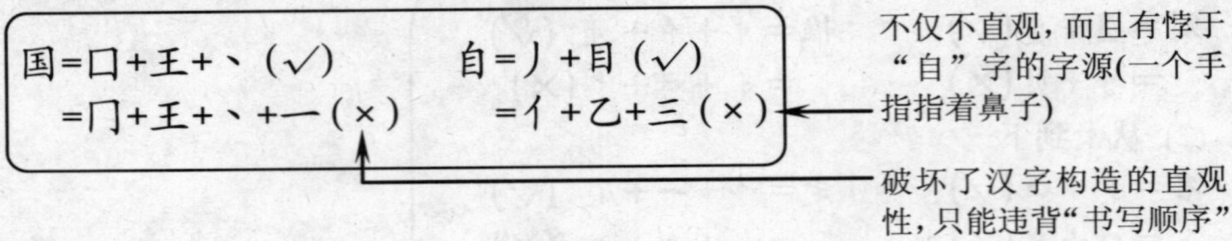

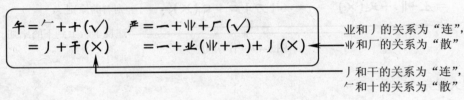

图4-51　兼顾直观

4. 能散不连

能散不连指当一个汉字被拆分成几个部分时,而这几个部分又是复笔字根时,它们之间的关系既可为"散",也可为"连"时,按"散"拆分。例如,"午"拆分成"亇、十",而不能拆分成"丿、干";"严"拆分成"一、业、厂",而不能拆分成"一、业、丿",如图4-52所示。

业和丿的关系为"连",
业和厂的关系为"散"

$$午 = 亇 + 十 (\checkmark)　严 = 一 + 业 + 厂 (\checkmark)$$
$$= 丿 + 干 (\times)　= 一 + 业(业 + 一) + 丿 (\times)$$

丿和干的关系为"连",
亇和十的关系为"散"

图4-52　能散不连

5. 能连不交

能连不交指当一个汉字既可以拆分成相连的几个部分,也可以拆分成相交的几个部分时,在这种情况下相连的拆字法是正确的。例如,"天"拆分成"一、大",而不能拆分成"二、人";"丑"拆分成"乙、土",而不能拆分成"刀、二",如图4-53所示。

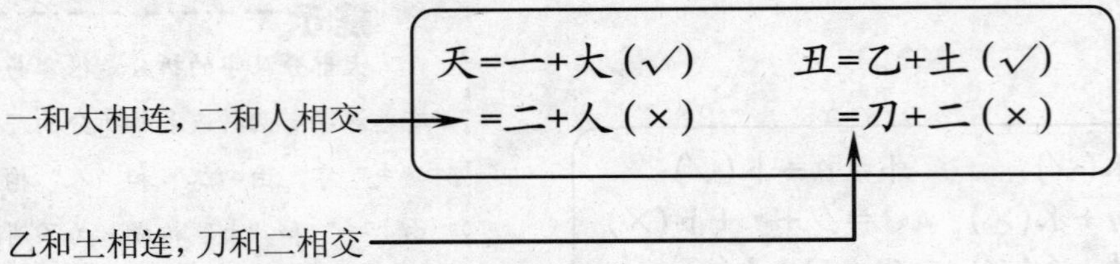

一和大相连,二和人相交

$$天 = 一 + 大 (\checkmark)　丑 = 乙 + 土 (\checkmark)$$
$$= 二 + 人 (\times)　= 刀 + 二 (\times)$$

乙和土相连,刀和二相交

图4-53　能连不交

知识点

在拆分汉字时,依照"能散不连,能连不交"原则,遵守"散"比"连"优先,"连"比"交"优先的原则。此外,在拆分汉字时,只需要汉字的第一、二、三和最后一个字根。初学者按照上面的规则并不能拆分所有的汉字,一些特殊汉字各字根之间的关系并不容易区分,需要读者多加练习。

④.4.3 常见的易拆错的汉字

对于五笔字型输入法的初学者来说，拆分汉字是件不容易的事情。本节列举的汉字很容易拆错，表 4-6 列出了易拆错的汉字的字根拆分方法供读者参考。读者在拆分汉字时，应该体会拆分汉字的方法，总结拆分经验，并多加练习，熟能生巧。

表 4-6 易拆错的汉字

汉 字	拆分字根	注 意	汉 字	拆分字根	注 意
魂	二 厶 白 厶	"鬼"的拆分	姬	女 匚 丨丨	书写顺序
舞	𠂉 卅 一 丨	取大优先	励	厂 𠂇 乙 力	"万"的拆分
末	一 木	兼顾直观	曲	冂 卅	兼顾直观
未	二 小	与"末"区分	所	厂 コ 斤	书写属性
曳	日 匕	兼顾直观	特	丿 扌 土 寸	牛的拆分
峨	山 丿 扌 丿	"我"的拆分	剩	禾 丬 匕 刂	禾的变形
彤	冂 一 彡	书写顺序	盛	厂 乙 乙 皿	笔画折的形状
函	了 八 凵	书写顺序	片	丿 丨 一 乙	书写顺序
身	丿 冂 三 丿	兼顾直观	凹	几 冂 一	书写顺序
书	乙 乙 丨 丶	书写顺序	凸	丨 一 冂 一	书写顺序
鼠	白 乙 冫 乙	书写顺序	序	广 マ 卩	书写顺序
廉	广 丷 彐 小	兼顾直观	段	亻 三 几 又	"亻"的变形
年	𠂉 丨 十	取大优先	捕	扌 一 月 丶	兼顾直观
面	丆 冂 刂 三	书写顺序	是	日 一 龰	书写顺序
既	彐 厶 匚 儿	厶和匚的变形	成	厂 乙 乙 丿	笔画折的形状
袂	衤 冫 コ 人	"衤"不是字根	遇	日 冂 丨 辶	兼顾直观
赛	宀 二 刂 贝	"卅"的拆分	追	亻 コ コ 辶	"亻"的变形
途	人 禾 辶	禾的变形	承	了 三 八	兼顾直观
尴	尢 乙 刂 皿	左包围不是九	尬	尢 乙 人 刂	左包围不是九
饮	勹 乙 勹 人	勹的变形	呀	口 匚 丨 丨	书写顺序
骼	罒 月 夂 口	"骨"的拆分	而	丆 冂 刂	书写顺序
貌	罒 勹 白 儿	罒的变形	满	氵 卅 一 人	书写顺序

计算机 基础与实训教材系列

④.4.4　常见的疑难汉字拆分

　　本节列举一些汉字进行拆字练习，提高读者的实战能力。在学习时应举一反三，学会一个字拆分就应该会拆分与之类似的字。例如，学会拆分"骗"字，就应该能拆分"偏"、"编"和"谝"等，如图4-54所示。

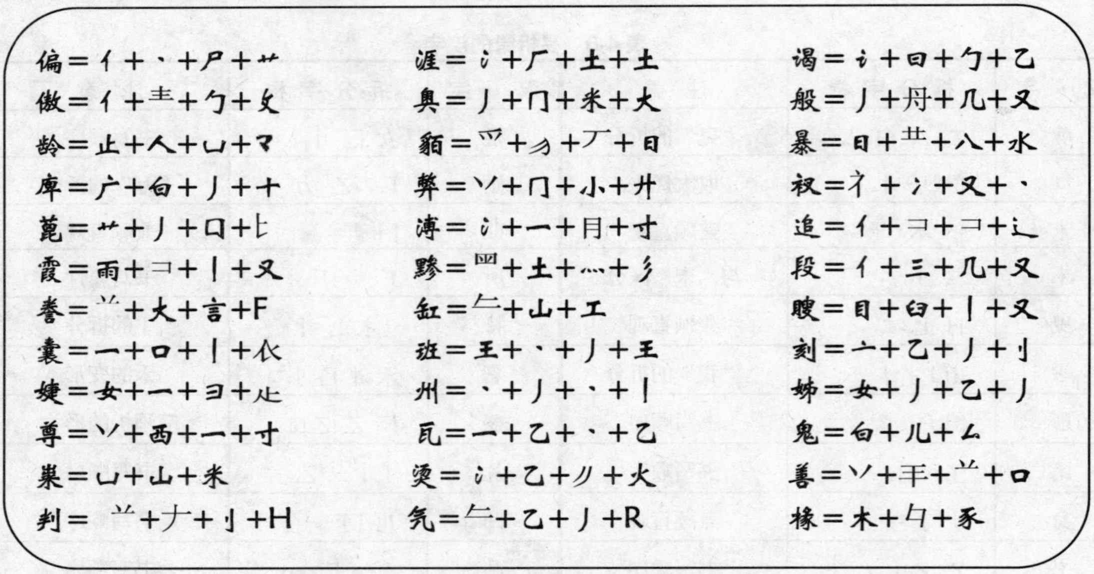

偏 = 亻 + 丶 + 丶 + 尸 + 艹　　　　涯 = 氵 + 厂 + 土 + 土　　　　谒 = 讠 + 曰 + 勹 + 乙

傲 = 亻 + 圭 + 勹 + 攵　　　　奥 = 丿 + 冂 + 米 + 大　　　　般 = 丿 + 舟 + 几 + 又

龄 = 止 + 人 + 囗 + マ　　　　貊 = 罒 + 豸 + 厂 + 日　　　　暴 = 日 + 艹 + 八 + 水

庳 = 广 + 白 + 丿 + 十　　　　辨 = 丷 + 冂 + 小 + 廾　　　　衩 = 衤 + 冫 + 又 + 丶

茛 = 艹 + 丿 + 口 + 匕　　　　溥 = 氵 + 一 + 月 + 寸　　　　追 = 亻 + 彐 + 彐 + 辶

霞 = 雨 + 𠃌 + 丨 + 又　　　　躜 = 囗 + 土 + 灬 + 彡　　　　段 = 亻 + 三 + 几 + 又

眷 = 丷 + 大 + 言 + F　　　　缸 = 乍 + 山 + 工　　　　腰 = 目 + 臼 + 丨 + 又

襄 = 一 + 口 + 丨 + 𧘇　　　　班 = 王 + 丶 + 丿 + 王　　　　剡 = 亠 + 乙 + 丿 + 刂

婕 = 女 + 一 + 彐 + 龰　　　　州 = 丶 + 丿 + 丶 + 丨　　　　姊 = 女 + 丿 + 乙 + 丿

尊 = 丷 + 酉 + 一 + 寸　　　　瓦 = 一 + 乙 + 丶 + 乙　　　　鬼 = 白 + 儿 + 厶

巢 = 凵 + 山 + 米　　　　燙 = 氵 + 乙 + 丿 + 火　　　　善 = 丷 + 丰 + 艹 + 口

判 = 丷 + 十 + 刂 + H　　　　气 = 乍 + 乙 + 丿 + R　　　　椽 = 木 + 彑 + 豕

图 4-54　疑难汉字的拆分

④.5　习题

1. 简述汉字的 5 种笔画。
2. 认识字根的区和位。
3. 字根的分布规律是什么？
4. 熟记字根助记歌。
5. 理解汉字的拆分原则，并进行拆分汉字的练习。

第5章

五笔字型编码规则

学习目标

　　熟记五笔字型的字根在键盘上的分布情况，是学习五笔字型输入法的关键。但是要正确地将汉字输入电脑，还需要记住五笔字型取码原则。通过对本章学习，用户应认识键名字和成字字根，熟练掌握它们的输入方法，在此基础上学会键外汉字的输入方法。

本章重点

- ◉ 键名字和成字字根的输入
- ◉ 键外汉字的输入
- ◉ 判断末笔识别码
- ◉ 易混淆汉字的输入

⑤.1　键面汉字的输入

　　键面字，顾名思义是在五笔字根键盘上能找到的字。实质上，键面汉字是指在五笔字根键盘上存在的字根本身就是一个汉字，主要包括键名字、成字字根和单笔画3种。本节将详细介绍这3种键面汉字的输入方法。

⑤.1.1　输入键名字

　　各个键上的第一个字根，也就是"字根助记歌"中打头的那个字根，称为键名。绝大多数的键名本身就是一个汉字，如金、工、木和人等，也就是字根表中每个字母键所对应排在第一位的那个字。五笔字型的字根分布在键盘的25个字母键上，每个字母键都有一个键名字，键名字的分布如图5-1所示。

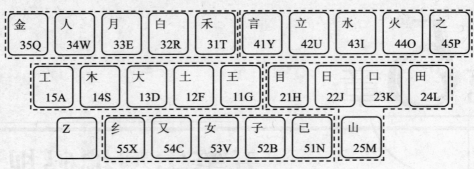

图 5-1 键名字的分布

 提示

　　键名汉字是组字频度高的字根，还是很常用的汉字。要记住所有的字根，就必须先熟记这 25 个键名汉字。

　　在五笔字型输入法中，共有 25 个键名，它们的输入方法就是把它们所在的键连击 4 下，如表 5-1 所示。

表 5-1　键名字列表

键 名 字 根	区　　位	按　　键
王	11	GGGG
土	12	FFFF
大	13	DDDD
木	14	SSSS
工	15	AAAA
目	21	HHHH
日	22	JJJJ
口	23	KKKK
田	24	LLLL
山	25	MMMM
禾	31	TTTT
白	32	RRRR
月	33	EEEE
人	34	WWWW
金	35	QQQQ
言	41	YYYY
立	42	UUUU

(续表)

键 名 字 根	区　　位	按　　键
水	43	IIII
火	44	OOOO
之	45	PPPP
已	51	NNNN
子	52	BBBB
女	53	VVVV
又	54	CCCC
纟	55	XXXX

因此，把每一个键击打 4 下，即可输入 25 个汉字，如下所示。

王 土 大 木 工　　目 日 口 田 山　　禾 白 月 人 金
言 立 水 火 之　　已 子 女 又 纟

⑤.1.2　输入成字字根

在五笔字型字根键盘的每个字母键上，除了键名汉字外，还有一些字根本身就是一个汉字，这些字根被称为成字字根，如表 5-2 所示。

表5-2　成字字根表

区　　位	成　字　字　根
一区	戈、五、一、士、二、干、十、寸、雨、大、犬、三、古、石、厂、丁、西、戈、廿、七
二区	上、止、卜、丨、日、早、刂、虫、川、甲、四、车、力、由、贝、门、几
三区	竹、攵、彳、丿、手、扌、斤、彡、乃、用、家、豕、亻、八、钅、勹、儿、夕
四区	讠、文、方、广、宀、丶、辛、六、疒、门、冫、氵、小、灬、米、辶、夂、㔾、宀
五区	巳、己、尸、心、忄、羽、乙、了、耳、卩、阝、子、也、山、刀、九、臼、彐、厶、巴、马、幺、弓、匕

 知识点

　　成字字根除了是简单的汉字外，一些部首的输入，也是按成字字根输入规则进行的，即五笔字型编码系统把这些部首也当作成字字根使用。

输入成字字根的方法：首先击打一下成字字根所在的键(称之为"报户口")，然后按书写顺序输入该字根的第一、第二个单笔画和其最后一个单笔画，不足 4 键时，加打空格键，其输入公式如下：

编码 = 报户口＋首笔画＋次笔画＋末笔画

= 报户口＋ 首笔画 ＋ 次笔画 ＋ 空格键

按照上面的公式，即可输入成字字根，如表 5-3 所示。

表 5-3　输入成字字根

成字字根	键　　位	首　笔　画	次　笔　画	末　笔　画	编　　码
丁	14 (S)	一 (G)	｜ (H)	空格键	SGH
干	12 (F)	一 (G)	一 (G)	｜ (H)	FGGH
石	13 (D)	一 (G)	丿 (T)	一 (G)	DGTG
贝	25 (M)	｜ (H)	乙 (N)	、 (Y)	MHNY
巴	54 (C)	乙 (N)	｜ (H)	乙 (N)	CNHN
七	15 (A)	一 (G)	乙 (N)	空格键	AGN
六	42 (U)	、 (Y)	一 (G)	、 (Y)	UYGY
车	24 (L)	一 (G)	乙 (N)	｜ (H)	LGNH
马	54 (C)	乙 (N)	乙 (N)	一 (G)	CNNG
米	44 (O)	、 (Y)	一 (G)	丿 (T)	OYTY
乃	33 (E)	丿 (T)	乙 (N)	空格键	ETN
戈	15 (A)	一 (G)	乙 (N)	丿 (T)	AGNT
羽	51 (N)	乙 (N)	、 (Y)	一 (G)	NNYG
弓	55 (X)	乙 (N)	一 (G)	乙 (N)	XNGN
心	51 (N)	丿 (T)	乙 (N)	、 (Y)	NTNY

【例 5-1】练习输入成字字根。

(1) 拆分以下特殊成字字根(报户名+首笔画+空格键)

二：FJ　三：DG　四：LH　五：GG　六：UY　七：AG　九：VT　车：LG

刀：VN　用：ET　力：LT　儿：QT　小：IH　方：YY　米：OY　止：HH

早：JH　由：MH　几：MT　也：BN　马：CN　心：NY　手：RT

(2) 成字字根练习(报户口＋首笔画＋次笔画＋末笔画/空格键)

士：FGHG　戈：GGGT　干：FGGH　雨：FGHY　寸：FGHY　古；DGHG

犬：DGTY　廿：AGH　弋：AGNY　戈：AGNT　辛：UYGH　卜：HHY

文：YYGY　耳：BGHG　臼：VTH　斤：RTTH　尸：NNGT　川：KTHH

贝：MHNY　竹：TTG　乃：ETN　羽：NNYG　弓：XNGN　匕：XTN

(3) 一些偏旁部首的编码

丷：UYG 凵：BNH 冖：PYN 幺：XNNY 勹：QTN 扌：RGHG 宀：PYYN

巛：VNNN 厶：CNY 灬：OYYY 囗：LHNG 彳：TTTH 彡：ETTT 夂：TTNY

卄：AGHH 钅：QTGN 丬：UYGH 忄：NYHY 疒：UYGG 匚：AGN 氵：IYYG

刂：JHH 廴：PNY 亠：YYG 弋：AGNT 廾：AGTH 辶：PYNY 彐：VNGG

弌：AGNY 攵：TTGY

⑤.1.3 输入单笔画

在五笔字型字根表中，有横(一)、竖(丨)、撇(丿)、捺(丶)、折(乙)5 种基本笔画，也称为 5 种单笔画。

在五笔字型输入法中，若按照成字字根的输入法的规定，打入所在的键后，再打一下单笔画所在的键即可，结果造成了它们的编码只有两码，中文里的汉字成千上万，如果让这 5 个不常用的"汉字"占用两码，显得非常可惜，于是使用一个更好的方法，将这 5 个单笔画占用的两码让给其他一些更常用的汉字，而人为地在这两个正常码之后再加两个 L，加 L 键是因为 L 键除了用于方便操作外，作为竖笔画结尾的单体型字识别键码是极不常用的，之所以要加两个 L 而不是一个 L，是为了避免引起重码的现象。因此，单笔画的输入方法是：按单笔画所在键位两次+两次字母键 L，表 5-4 所示列出了这 5 中单笔画的编码。

表 5-4 输入单笔画

单 笔 画	单笔画键位	单笔画键位	字 母 键	字 母 键	编 码
一	11 (G)	11 (G)	24 (L)	24 (L)	GGLL
丨	21 (H)	21 (H)	24 (L)	24 (L)	HHLL
丿	31 (T)	31 (T)	24 (L)	24 (L)	TTLL
丶	41 (Y)	41 (Y)	24 (L)	24 (L)	YYLL
乙	51 (N)	51 (N)	24 (L)	24 (L)	NNLL

 知识点

"一"是一个使用频率很高的汉字，除了按照单笔画输入规则输入外，还有更简便的输入方法：击 G 键再击空格键即可。

⑤.2　键外汉字的输入

键外汉字是指在五笔字根键盘上找不到的汉字。在五笔字型输入法中，键外汉字以字根来进行编码，键外汉字的字根包括超过 4 码、正好 4 码和不足 4 码 3 种情况。在这 3 种情况下，由于不同的键外汉字所含的字根数不同，因此，它们的取码原则不同。下面具体介绍在这 3 种情况下键外汉字的输入方法。

1. 字根超过 4 码键外汉字的输入

超过 4 码是指拆分汉字过程中，将汉字拆分的基本字根数目大于 4 个的情况，又被称为多元字。在这种情况下，则用第一、二、三、末 4 个字根组成编码。例如，"赢"字可拆分为"亠(Y)、乙(N)、口(K)、月(E)、贝(M)、几(M)、、(Y)" 7 个字根，取其第一、二、三、末 4 个字根，即"亠(Y)、乙(N)、口(K)、、(Y)"；"撕"字可拆分成"扌(R)、廾(A)、三(D)、八(W)、斤(R)" 5 个字根，取其第一、二、三、末 4 个字根，即"扌(R)、廾(A)、三(D)、斤(R)"，如图 5-2 所示。

字根：亠、乙、口、月、贝、几、、
键：Y、N、K、E、M、M、Y
编码：YNKY

字根：扌、廾、三、八、斤
键：R、A、D、W、R
编码：RADR

图 5-2　多元字的输入

【例 5-2】练习输入以下多元字。

(1) 惬=忄+匚+一+人(NAGW)　　涮=氵+尸+冂+刂(INMJ)　　徽=彳+山+一+攵(TMGT)

(2) 魁=白+儿+厶+又(RQCC)　　窦=宀+八+十+大(PWFD)　　擒=扌+人+文+厶(RWYC)

(3) 牌=丿+丨+一+十(THGF)　　翘=七+丿+一+羽(ATGN)　　鼎=目+乙+冖+乙(HNDN)

2. 字根正好 4 码键外汉字的输入

正好 4 码是指拆分汉字过程中，将汉字拆分成的基本字根数目正好为 4 个的情况，又被称为四元字。在这种情况下，则取其 4 码即可。例如，"庵"字可拆分为"广(Y)、大(D)、日(J)、乙(N)" 4 个字根，即取编码 YDJN；"侗"字可拆分为"亻(W)、冂(M)、一(G)、口(K)" 4 个字根，即取编码 WMGK，如图 5-3 所示。

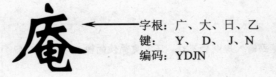

字根：广、大、日、乙
键：Y、D、J、N
编码：YDJN

字根：亻、冂、一、口
键：W、M、G、K
编码：WMGK

图 5-3　四元字的输入

【例 5-3】练习输入以下四元字。

(1) 都=土+丿+日+阝 (FTJB)　　碟=石+廿+乙+木 (DANS)　　转=车+二+乙+丶 (LFNY)

(2) 热=扌+九+丶+灬 (RVYO)　　特=丿+扌+土+寸 (TRFF)　　凭=亻+丿+土+几 (WTFM)

(3) 俺=亻+大+日+乙 (WDJN)　　蒙=艹+冖+一+豕 (APGE)　　沛=氵+一+冂+丨 (IGMH)

3. 字根不足 4 码键外汉字的输入

不足 4 码是指拆分汉字过程中,将汉字拆分成的基本字根数目不足 4 个的情况。若汉字的字根不足 4 码,则先打完字根码,再补加一个末笔字型识别码(简称识别码),这里还可以分为以下两种小情况:

◉ 只有两个字根的汉字,称为二元字,例如,"草"字,先取"艹(A)、早(J)"两个字根,然后输入识别码"J";"仃"字,先取"亻(W)、丁(S)"两个字根,然后输入识别码"H",如图 5-4 所示。

字根:艹、早
键:　A、J
识别码:J
编码:AJJ

字根:亻、丁
键:　W、S
识别码:H
编码:WSH

图 5-4　二元字的输入

◉ 只有三个字根的汉字,我们称为三元字,例如,"芸"字,先取"艹(A)、二(F)、厶(C)"三个字根,然后输入识别码"U";"屉"字,先取"尸(N)、廿(A)、乙(N)"三个字根,然后输入识别码"V",如图 5-5 所示。

字根:艹、二、厶
键:　A、F、C
识别码:U
编码:AFCU

字根:尸、廿、乙
键:　N、A、N
识别码:V
编码:NANV

图 5-5　三元字的输入

 知识点

识别码对于初学者而言属于重点内容,也是难点之一,但对识别码的运用要在理解的基础上加以记忆,并用大量的练习来加深对识别码的认识。关于识别码的知识我们将在 5.3 节中进行介绍。

【例 5-4】练习输入以下二元字或者三元字。

(1) 伯=亻+白+识别码 G (WRG)　　艾=艹+乂+识别码 U (AQU)

兀=一+儿+识别码 V (GQV)　　卫=卩+一+识别码 D (BGD)

(2) 字=十+宀+子+识别码 F (FPBF)　　屮=凵+丨+识别码 K (BHK)

千=丿+十+识别码 K (TFK)　　丹=冂+亠+识别码 D (MYD)

(3) 丑=乙+土+识别码 D (NFD)　　牙=匚+丨+丿+识别码 E (AHTE)

　　户=丶+尸+识别码 E (YNE)　　毛=丿+二+乙+识别码 V (TFNV)

综上所述，可以将键外汉字的编码概括为：含 4 个或 4 个以上字根的汉字，用 4 个字根码组成编码；不足 4 个字根的汉字，编码处包括字根码以外，还有补加一个识别码，如仍然不足 4 码，可按空格键。

⑤.3　末笔识别码

在五笔字型输入法中，有很多汉字拆分后不足 4 个字根，这时，就需要依据末笔识笔码来输入汉字。在上一节介绍字根不足 4 码键外汉字的输入的取码原则时，曾提到末笔识别码，本节就向用户详细介绍末笔识别码的由来、组成和使用方法。

⑤.3.1　末笔识别码的由来

对于一些不足四码的汉字，如"沐"、"汀"和"洒"，它们的拆字方法又都一样，均拆分为 IS，单凭字根不能完全区分，因此便用末笔识别码来进行区分，即在字根输入完后，再输入一个末笔识别码来识别汉字。

　　如：　"沐"的末笔为"丶"，故将其拆分为"氵、木、丶"；

　　　　　"汀"的末笔为"丨"，故将其拆分为"氵、丁、丨"；

　　　　　"洒"的末笔为"一"，故将其拆分为"氵、西、一"。

> **提示**
>
> 　　末笔识别码是五笔字型中用来处理重码的方法，它只适用于两三个字根组成的字，但是并非所有两三个字根的字都需要加识别码，凡是由五笔字型编码系统定义为简码的汉字，都不需要加识别码。关于简码将在第 6 章中进行具体介绍。

⑤.3.2　末笔识别码的组成

末笔识别码是为减少重码而补码的代码。末笔识别码，顾名思义它包括末笔识别码和字型识别码，即它由"末笔"和"字型"两部分组成，如表 5-5 所示。

表 5-5 末笔识别码表

字 型 末 笔 笔 画		左 右 型 1	上 下 型 2	杂 合 型 3
横	1	11 G	12 F	13 D
竖	2	21 H	22 J	23 K
撇	3	31 T	32 R	33 E
捺	4	41 Y	42 U	43 I
折	5	51 N	52 B	53 V

在两位的末笔识别码中，前一位是末笔笔画代号，汉字末笔的横、竖、撇、捺和折 5 种笔画代号分别为 1～5，后一位是字型代号，根据汉字的各个基本字根在整字中所处的位置关系可以把汉字分为 3 种类型。

- 左右型：左右型的代号为 1，该型字的末笔按键在每区的第一键位。如"汉、汀、洒、仅、化、沐"等。
- 上下型：上下型的代号为 2，该型字的末笔按键在每区的第二键位。如"字、全、分、花、华、莫"等。
- 杂合型：杂合型的代号为 3，该型字的末笔按键在每区的第三键位。如"困、凶、这、司、乘、进"等。

从数学角度来说，末笔识别码共用 5×3=15 种组合(11~13、21~23、31~33、41~43、51~53)，故对应 15 个字母。

根据末笔识别码的编码规则，用户便可以写出需要末笔区分的汉字代码，如：

"沐"的末笔为"、"，且为左右结构，故其代码为 ISY。

"汀"的末笔为"丨"，且为左右结构，故其代码为 ISH。

"洒"的末笔为"一"，且为左右结构，故其代码为 ISG。

【例 5-5】以图示的方法解释二元字或三元字的末笔识别码。

左 右 ◄──── 代号 1

末笔是横，代号 1

识别码：**11 G**，编码：**WRG**

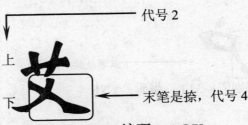

代号 2

上

下

末笔是捺，代号 4

识别码：**42 U**，编码：**AQU**

杂合型，代号 3

末笔是折，代号 5

识别码：53 V，编码：GQV

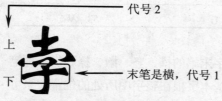

代号 2

上
下

末笔是横，代号 1

识别码：12 F，编码：FPBF

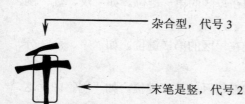

杂合型，代号 3

末笔是竖，代号 2

识别码：23 K，编码：TFK

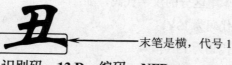

杂合型，代号 3

末笔是横，代号 1

识别码：13 D，编码：NFD

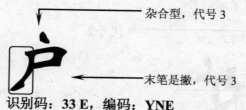

杂合型，代号 3

末笔是撇，代号 3

识别码：33 E，编码：YNE

杂合型，代号 3

末笔是横，代号 1

识别码：13 D，编码：BGD

杂合型，代号 3

末笔是竖，代号 2

识别码：23 K，编码：BHK

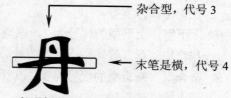

杂合型，代号 3

末笔是横，代号 4

识别码：13 D，编码：MYD

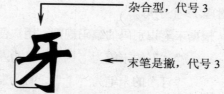

杂合型，代号 3

末笔是撇，代号 3

识别码：33 E，编码：AHTE

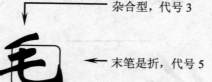

杂合型，代号 3

末笔是折，代号 5

识别码：53 V，编码：TFNV

5.3.3 对末笔识别码的特殊约定

在使用末笔识别码时，要注意以下特殊约定：

◉ 如果一个汉字加了末笔识别码后仍不足四码，则必须打空格键。

◉ "远、进、运"等字，不以"辶"的末笔为末笔画，约定以去掉"辶"后的整个字的末笔作为末笔画来构造识别码。可以概括为由"辶"、"廴"等组成的半包围的汉字，它们的末笔约定以被包围部分的末笔作为末笔画来构造识别码，主要是因为带"辶"、"廴"的汉字实在太多，如果都作考虑，那好多字的识别码都是一样的，减少了许多识别码的信息量。"进、远"字的构造如图 5-6 所示。

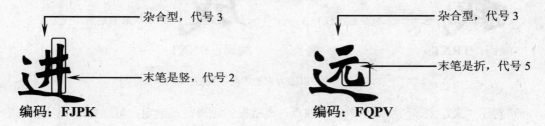

图 5-6 带"辶"的汉字构造

◉ "团、回、国"等字，不以"囗"的末笔为末笔画，即由"囗"组成的全包围的汉字，它们的末笔约定以被包围部分的末笔作为末笔画来构造识别码。"团、回"字的构造如图 5-7 所示。

图 5-7 带"囗"的汉字构造

◉ 所有的键名和成字字根，都不再使用末笔识别码。如：厂(编码：DGT)，虽不足四码，也不用末笔识别码。

◉ 关于"刀、力、九、匕"等汉字，鉴于这些字根的笔顺常常因人而异，特别规定为当它们参加识别时，一律以其伸得最长的折"乙"笔画作为末笔。例如，"男"和"花"都是以折为末笔码，其构造如图 5-8 所示。

图 5-8 以折为末笔的汉字构造

◉ "我"、"成"、"戋"等字的末笔遵从"从上到下"的原则，一律规定撇"丿"为其末笔。例如，"我"和"成"都是以撇为末笔码，其构造如图5-9所示。

图5-9 以撇为末笔的汉字构造

◉ 对于"义、太、勺"等字中的单独点，离字根的距离很难确定，可远可近。因此，规定这种单独点与其附近的字根是相连的。既然连在一起，便属于杂合型(代号3)。其中"义"为特殊字，他的笔顺还需要按上述"从上到下"的原则，认为是"先点后撇"。而"太"、"勺"则都是义以捺"丶"为末笔码，其构造如图5-10所示。

图5-10 以捺为末笔的汉字构造

◉ 以下各字为杂合型(代号3)：司、床、厅、龙、尼、式、反、办、后、皮、习、处、疗、压、死，但相似的字，如右、左、布、包、者、有、友、看、灰、冬等可视为上下型(代号2)。

⑤.3.4 快速判断末笔识别码

在了解末笔识别码的编码规则后，用户可以使用以下的方法快速判断汉字的末笔识别码。

◉ 对于左右型(代号1)的汉字，当输完字根后，补打一个末笔笔画，就相当于加了一个识别码，例如：

钟：钅、口、丨　　末笔画为"丨"，补一个"丨(H)"即为识别码，编码为QKHH。

值：亻、十、且、一　末笔画为"一"，补一个"一(G)"即为识别码，编码为WFHG。

冰：冫、水、丶　　末笔画为"丶"，补一个"丶(Y)"即为识别码，编码为UIY。

杉：木、彡、丿　　末笔画为"丿"，补一个"丿(T)"即为识别码，编码为SET。

⊙ 对于上下型(代号 2)汉字，当输完字根后，补打由两个末笔画复合构成的"字根"，就相当于加了一个识别码，例如：

　　　耷：大、耳、二　　　末笔画为"一"，2 型，补打"二(F)"即为识别码，编码为 DBF。

　　　军：冖、车、刂　　　末笔画为"丨"，2 型，补打"刂(J)"即为识别码，编码为 PLJ。

　　　忘：亠、乙、心、冫　末笔画为"、"，2 型，补打"冫(U)"即为识别码，编码为 YNNU。

⊙ 对于杂合型(代号 3)汉字，当输完字根后，补打由 3 个末笔画复合构成的"字根"，就相当于加了一个识别码，例如：

　　　冉：冂、土、三　　　末笔画为"一"，3 型，补打"三(D)"即为识别码，编码为 MFD。

　　　串：口、口、丨、川　末笔画为"丨"，3 型，补打"川(K)"即为识别码，编码为 KKHK。

　　　远：辶、二、儿、巛　末笔画为"丿"，3 型，补打"巛(V)"即为识别码，编码为 FQPV。

　　　丙：一、冂、人、冫　末笔画为"、"，3 型，补打"冫(I)"即为识别码，编码为 GMWI。

　　　曳：日、匕、彡　　　末笔画为"丿"，3 型，补打"彡(E)"即为识别码，编码为 JXE。

综上所述，对于一个汉字来说，只要认准末笔，认清字型，直接打一个相当于识别码的字根就可以了，掌握这种方法可以帮助用户快速判断汉字末笔识别码。

【例 5-6】快速判断【例 5-4】中汉字的末笔识别码，并输入编码。

(1) 伯=亻+白+一 (WRG)　　　艾=艹+乂+冫 (AQU)

　　 兀=一+儿+巛 (GQV)　　　卫=卩+一+三 (BGD)

(2) 孛=十+冖+子+二 (FPBF)　　中=凵+丨+川 (BHK)

　　 千=丿+十+川 (TFK)　　　 丹=冂+丶+三 (MYD)

(3) 丑=乙+土+三 (NFD)　　　牙=匚+丨+丿+彡 (AHTE)

　　 户=丶+尸+彡 (YNE)　　　毛=丿+二+乙+巛 (TFNV)

⑤.4　五笔字型编码流程图简介

为了帮助用户进行记忆，将五笔字型的编码规则总结成如下一首口诀。

　　　五笔字型均直观，依照笔顺把码取；

　　　键名汉字打 4 下，基本字根请照搬；

　　　一二三末取 4 码，顺序拆分大优先；

　　　不足 4 码要注意，末笔字型补后边。

这首口诀概括了五笔字型输入法编码的如下几项原则：

⊙ 取码顺序按照从左到右，从上到下，从外到内的书写顺序(依照笔顺把码取)。

⊙ 按 4 下按键即可输入键名汉字(键名汉字打 4 下)。

⊙ 字根数为 4 或者大于 4 时,按一、二、三、末字根顺序取 4 码(一二三末取 4 码)。

⊙ 不足 4 码时,打完字根识别码后,补末尾字型识别码于尾部。该情况下,码长为 3 或 4(不足 4 码要注意,末笔字型补后边)。

⊙ "基本字根请照搬"和"顺序拆分大优先"是汉字的拆分原则,表示在拆分中以基本字根为单位,并且在拆分时按照"取大优先"原则,尽可能先拆出笔画多的字根(或者拆分出的字根数量尽量少)。

五笔字型编码流程图总结了汉字输入的全部方法,并具体介绍输入不同类型的汉字。包括了键面字中的键名字根、成字字根和单笔画输入,建外字中超过 4 码、正好 4 码和不足 4 码 3 种情况下汉字的输入法,如图 5-11 所示。

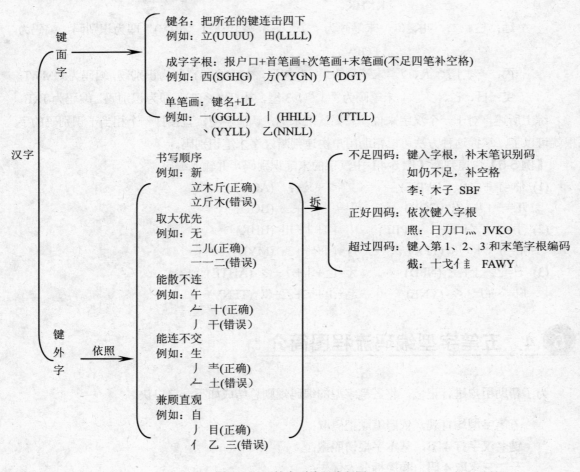

图 5-11　五笔字型编码流程图

⑤.5　易混淆汉字

有很多汉字在外形上相近，特别是汉字中的偏旁部首比较类似，在拆解时容易张冠李戴，造成混淆。熟练掌握常用的混淆字的拆解方法，是减少输入错误的好方法。表 5-6 中列出了易混淆的常用汉字，可以看出主要区分的就是这些汉字中形似的偏旁，用户应该熟练掌握它们的拆分规则。

表5-6　易混淆汉字表

拆 分 规 则		汉 字 举 例
戋 —— G	次笔是横	
戈 —— A	次笔是折	代伐钱划式
弋 —— A	次笔是折	
七 —— A	起笔是横	龙皂切顷北
匕 —— X	起笔是折	
手 —— D	起笔是横	看拜着养羊
手 —— R	起笔是撇	
勹 —— R	起笔是撇	角争刍冗军
宀 —— D	起笔是捺	
七 —— A	横、折	
匕 —— X	折、撇	晓曳茂拽戌
乀 —— N	折	
卩 —— B	折、竖	予矛敖傲遂
勹 —— Q	撇、折	
冂 —— E	里面是两横	且助县直具
且 —— H	里面是三横	
⊐ —— N	框口向左	
匚 —— A	框口向右	区凶冈巨阜
凵 —— B	框口向上	
冂 —— M	框口向下	
彐 —— V	字根，山口向左	
屮 —— M	字根，山口向上	雪岂出录虐
⺕ —— AG	复合字根，匚+一	
㔾 —— B	两笔：折、折	卷顾异巷包
巳 —— N	三笔：折、横、折	
小 —— I	一竖两点，字根	
小 —— N	一竖三点，"心"变形	示不暴恭添
氺 —— I	一竖四点，"水"变形	

计算机　基础与实训教材系列

(续表)

拆 分 规 则		汉 字 举 例
田——L	字根	
甲——L	字根	
由——M	字根	田由甲申电
申——JH	曰+丨	
电——JN	曰+乚	
龶——G	字根，青字头	
丯——D	字根，羊字底	青羊丰表善
丰——DH	三+丨	
夕——Q	字根，夕多一点	
夕丶——W	字根，祭字头	炙然燃祭察
釆——TO	丿+米	彩釉菜番翻
采——ES	爫+木	
羽——N	字根	羽习翔翌
习——NU	𠃌+冫	
牛——TR	丿+扌	牧特牛牟牵
牛——RH	𠂉+丨	
生——TF	丿+土	告先靠制掣
牛——RH	𠂉+丨	
午——TFJ	𠂉+十	
牛——RH	𠂉+丨	午牛朱生壬
生——TGD	丿+龶	
矢——TDU	𠂉+大	矢失朱耒耒
失——RW	𠂉+人	
天——GD	一+大	
夭——TDI	丿+大	天夭夫
夫——FW	二+人	
圭——Y	字根	佳佳推奎集
圭——FF	复合字根，土+土	
末——GS	一+木	
未——FI	二+小	末未朱抹茱
朱——RI	𠂉+小	
辛——U	字根	辞新宰辣椽
亲——US	复合字根，立+木	

(续表)

拆 分 规 则		汉 字 举 例
人——W	字根	八入扒籴全
入——TY	复合字根，丿+乀	八入扒籴全
儿——Q	字根	儿几兄亮朵
几——M	字根	
力——L	字根	叻叼叻召另
刀——V	字根	
刁——NG	复合字根，乛+一	
子——B	字根	子孑孓了予
孒——BY	复合字根，了+乀	
市——YMH	亠+冂+丨	市柿沛饰币
帀——GMH	一+冂+丨	
戊——DNYT	厂+乙+丶+丿	戊戌戍戒戎
戌——DGNT	厂+一+乙+丿	
戍——DYNT	厂+丶+乙+丿	
戒——AAK	戈+廾	
戎——ADE	戈+	
甘——AFD	廿+二	某甜世革度
廿——A	字根	
尢——DNV	尢+乚	尢兀兀廾井
兀——GQV	一+儿	
开——GJK	一+刂	

 提示 -

　　以上列举了部分容易混淆的汉字，并对其进行了分析，对于这些汉字的拆法，用户需要记住，并且多
加练习，熟能生巧，以后再遇到类似的汉字就知道拆分方法了。

⑤.6　上机练习

　　本章主要介绍了键面字和键外字的输入方法。本上机练习将通过输入键面字和输入键位字来
掌握汉字的输入方法。

⑤.6.1　输入键面字

　　为了进一步掌握键面字的输入方法，在记事本中输入表 5-7 所示的汉字。

表5-7　输入键面字

键名字根	编　码	成字字根	编　码	单笔画	编　码
人	WWWW	甲	LHNH	乙	NNLL
火	OOOO	口	LHNG	丶	YYLL
工	AAAA	彐	VNGG	丿	TTLL
田	LLLL	疒	UYGG	丨	HHLL
立	UUUU	马	CN	一	GGLL
金	QQQQ	耳	BGHG		
白	RRRR	匕	XTN		
已	NNNN	廿	AGH		

(1) 选择【开始】|【所有程序】|【附件】|【记事本】命令，启动记事本程序，如图 5-12 所示。

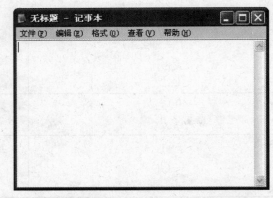

图 5-12　打开记事本

(2) 单击任务栏输入法图标，从弹出的快捷菜单中选择【王码五笔型输入法 86 版】命令(如图 5-13 所示)，启动五笔输入法，效果如图 5-14 所示。

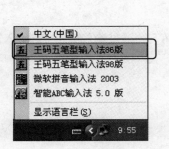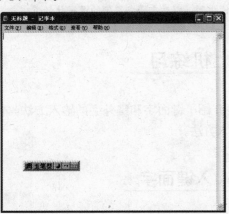

图 5-13　选择输入法命令　　　　　　　图 5-14　启动五笔输入法

(3) 输入键名汉字时，只需要按 4 次键盘上对应的字母键，如"人"，按 4 次键盘上的 W 键即可输入，如图 5-15 所示。

(4) 参照步骤(3)，在记事本中输入表格列出的所有的键名字，效果如图 5-16 所示。

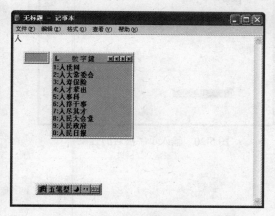

图 5-15　输入键名字"人"

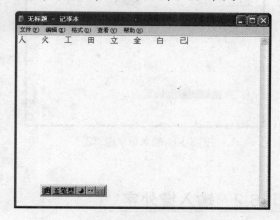

图 5-16　输入键名字的效果

计算机 基础与实训教材系列

(5) 按 Enter 键，继续输入成字字根。在输入成字字根时，必须按照成字字根输入公式(报户口 + 首笔画 + 次笔画 + 末笔画/空格键)击打键盘上对应的字母键，如"甲"由键位加"一(H)、乙(N)、一(G)、一(G)、丨(H)"笔画组成，得到该字的编码为 LHNH，依次按键盘上的 L、H、N、H 键，即可输入该汉字，如图 5-17 所示。

(6) 参照步骤(5)，在记事本中输入表格列出的所有的成字字根，效果如图 5-18 所示。

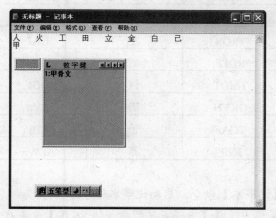

图 5-17　输入成字字根"甲"

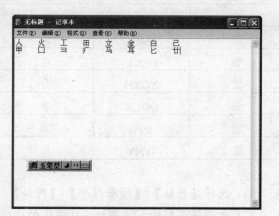

图 5-18　输入成字字根的效果

(7) 按 Enter 键，继续输入单笔画。按单笔画所在键位两次后，再继续按两次字母键 L，即可输入单笔画，如按两次 N 字母键后，再按两次 L 字母键，即可输入单笔画"乙"，如图 5-19 所示。

(8) 按照步骤(7)，在记事本中输入表格列出的所有的单笔画，效果如图 5-20 所示。

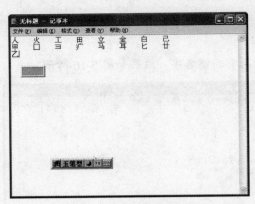

图 5-19　输入单字根 "乙"

图 5-20　输入单字根后的效果

5.6.2　输入键外字

　　键外字包括超过 4 码、正好 4 码和不足 4 码的汉字输入方法。输入表 5-8 所示的汉字，进一步熟悉键位字的输入方法(注意：表中的小写字母为末笔交叉识别码)。

表 5-7　输入键面字

超 过 4 码	编　　码	正好 4 码	编　　码	不足 4 码	编　　码
薄	AIGF	被	PUHC	专	FNYi
啊	KBSK	敝	UMIT	或	AKGd
稠	TMFK	物	TRQR	左	DAf
餐	HQCE	捱	RDFF	酒	ISGg
鬻	XOXH	身	TMDT	钱	QGt
鳝	QGUK	事	GKVH	切	AVn
渤	IFPL	垂	TGAF	予	CBj
瀛	IYNY	量	JGJF	苏	ALWu

　　(1) 选择【开始】|【所有程序】|【附件】|【记事本】命令，启动记事本程序。

　　(2) 单击任务栏输入法图标，从弹出的快捷菜单中选择【王码五笔型输入法 86 版】命令启动五笔输入法。

　　(3) 在记事本中输入超过 4 码的汉字 "薄" 时，由于该汉字是由 "艹、氵、一、月、丨、丶寸" 字根组成，根据超过 4 码的编码规则 "一二三末取 4 码"，得到该汉字的编码 AIGF，依次按下键盘上的 A、I、G、F 键，即可输入该汉字，如图 5-21 所示。

　　(4) 参照步骤(3)，在记事本中输入表格列出的所有的超过 4 码的汉字，效果如图 5-22 所示。

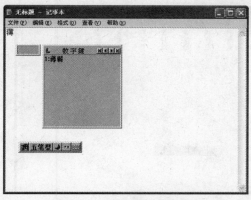

图 5-21 输入键名字"薄"

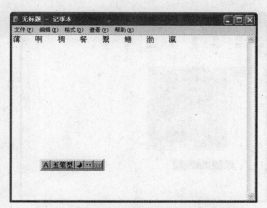

图 5-22 输入超过 4 码的汉字的效果

(5) 按 Enter 键，继续输入正好 4 码的汉字。在输入该汉字时，必须首先拆分汉字的字根，如"被"由"衤、冫、广、又"字根组成，按照正好 4 码的编码规则"一二三末取 4 码"，得到该汉字的编码 PUHC，依次按键盘上的 P、U、H、C 键，即可输入该汉字，如图 5-23 所示。

(6) 参照步骤(5)，在记事本中输入表格列出的所有的正好 4 码的汉字，效果如图 5-24 所示。

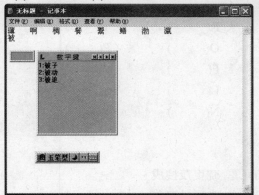

图 5-23 输入键名字"被"

图 5-24 输入正好 4 码的汉字的效果

(7) 按 Enter 键，继续输入不足 4 码的汉字。在输入该汉字时，必须首先知道末笔识别码的类型，如汉字"专"，它是杂合型(代号 3)汉字，根据快速判断末笔识别码的方法，判断"专"由"二、乙、末笔画、"组成，由于末笔画为"、"3 型，补打"氵(i)"(即为识别码)，因此该编码为 FNYi，依次按键盘上的 F、N、Y、I 键，即可输入该汉字，如图 5-25 所示。

知识点

其他不足 4 码的汉字末笔识别码快速判断："或"杂合型(代码 3)，末笔提"一"3 型，补打"三(d)"；"酒"左右型(代码 1)，末笔"一"1 型，补打"一(g)"；"左"上下型(代码 2)，末笔"一"2 型，补打"二(f)"；"切"左右型(代码 1)，末笔"乙"1 型，补打"乙(n)"；"予"上下型(代码 2)，末笔"丨"2 型，补打"刂(j)"；"苏"上下型(代码 2)，末笔"、"2 型，补打"氵(u)"。

(8) 参照步骤(7)，在记事本中输入表格列出的所有的不足 4 码的汉字，效果如图 5-26 所示。

图 5-25　输入键名字"专"

图 5-26　输入不足 4 码的汉字的效果

5.7　习题

1. 写出下列字母的键名字。

Q(　　)　　　W(　　)　　　　E(　　)　　　　R(　　　)　　　　T(　　)

Y(　　)　　　U(　　)　　　　I(　　)　　　　O(　　)　　　　P(　　)

A(　　)　　　S(　　)　　　　D(　　)　　　　F(　　)　　　　G(　　)

H(　　)　　　J(　　)　　　　K(　　)　　　　L(　　)　　　　M(　　)

C(　　)　　　V(　　)　　　　B(　　)　　　　N(　　)　　　　X(　　)

2. 如何快速判断末笔识别码？试举例说明。

3. 用五笔字型输入下列汉字。

代伐钱划式　　龙皂切顷北　　看拜着养羊　　角争刍冘军　　晓曳茂拽戍

予矛敖傲邀　　且助县直具　　区凶冈巨阜　　雪岂出录虐　　卷顾异巷包

示不暴恭添　　田由甲申电　　青羊丰表善　　炙然燃祭察　　彩釉菜番翻

羽习翔翌　　　牧特牛牟牵　　告先靠制掣　　午牛朱生壬　　矢失朱末未

天夭矢夫失　　隹佳推奎集　　末未朱抹茱　　辞新宰辣榇　　八入扒伞全

儿几兄亮朵　　叨叼叻召另　　子孑了了予　　市柿沛饰币　　戊戌戍戒戌

的一是在了　　不和有大这　　主中人上为　　们地个用工　　时要动国

产以我到他　　会作来分生　　对于学下级　　就年阶义发　　成部民可

出能方进同　　行面说种过　　命度革而多　　子后自社加　　小机也经

力线本电高　　量长党得实　　家定深法表　　着水理化争　　现所二起

第**6**章

简码与词组的输入

学习目标

为了保证五笔字型编码系统能够为所有汉字都给出一个编码，必须采用四码制，但是每个汉字的编码越少越好，因此，五笔字型编码系统又对一码、二码、三码等短码加以利用，创设了简码字。另外，在五笔字型编码中，又将一部分两个以上的词和词组定义为一个整体，可用四码输入。这样大大减少了击键次数，提高了输入效率。通过对本章的学习，用户应掌握简码和词组的输入方法，并了解重码和万能学习键的概念和使用方法。

本章重点

- ⊙ 简码输入
- ⊙ 词组输入
- ⊙ 重码的处理
- ⊙ 万能学习键 Z 的使用方法

6.1　简码的输入

在五笔字型输入法中，为了减少击键次数，提高汉字的输入速度，对于一些常用的字，除了按其全码输入外，还可以只取前面的 1～3 个字根，再加空格键输入，这样可以达到减少码长和提高效率的目的。根据所取字根数目的不同，简码可分为一级简码、二级简码和三级简码。

6.1.1　一级简码

一级简码有 25 个，这 25 个汉字都是最常用的汉字，称为高频字码。它们分布在 5 个区的 11~54 这 25 个键位上，根据每键位上的字根形态特征，每键安排了一个最常用的高频汉字，如

图 6-1 所示。

键名	Q	W	E	R	T	Y	U	I	O	P
简码	我	人	有	的	和	主	产	不	为	这
键名		A	S	D	F	G	H	J	K	L
简码		工	要	在	地	一	上	是	中	国
键名			Z	X	C	V	B	N	M	
简码				经	以	发	了	民	同	

图 6-1　一级简码

 知识点

　　可按 5 个区将一级简码编成如下口诀: 一地在要工, 上是中国同, 和的有人我, 主产不为这, 民了发以经。记忆时将双手放在键盘上, 一边依次敲击相应的键位, 一边念口诀, 反复地练习就可将它牢记于心。

　　输入一级简码的方法: 只需击一级简码所在的键, 再击空格键一次, 即可输入。例如, 输入"这"字, 先按 P 键一次, 如图 6-2 所示, 再按空格键一次即可。当然, 25 个高频字的一级简码也可以用全码输入。例如, 输入"这"字时, 根据快速判断末笔识别码的方法, 可以得到"这"属于杂合型(代码 3), 末笔画"丶"3 型, 补打"辶 (I)", 依次按键盘上的 Y、P、I 键即可输入该字, 如图 6-3 所示。

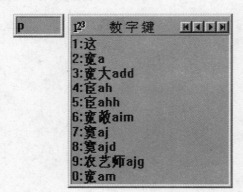

图 6-2　一级简码输入

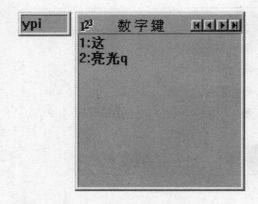

图 6-3　常规输入汉字"这"

　　除了通过背口诀的方式来记忆一级简码外, 还可以通过联想记忆来记忆一级简码。联想记忆规则如下。

- 除"不、有"两字位, 它们都是按首字排入 5 个区的。例如, 一、地、在、要、工的第一笔都是"一", 所以排在第一区; 上、是、中、国、同的第一笔都是"丨", 所以排在第二区; 和、的、人、我的第一笔都是"丿", 所以排在第三区; 主、产、为、这的第一笔都是"丶", 所以排在第四区; 民、了、发、以、经的第一笔都是"乙", 所以排在第五区。

⊙ 绝大多数的第二笔画符合各区中"一、丨、丿、丶、乙"这5位的规律，许多高频字的第一个字根(个别字是第二个字根)即在该键位上。例如，横区：1 区 2 位土"地"，1 区 3 位𠂇"在"，1 区 4 位西"要"；竖区：2 区 2 位日"是"，2 区 3 位口"中"，2 区 4 位囗"国"，2 区 5 位门"同"；撇区：3 区 1 位禾"和"，3 区 2 位白"的"，3 区 3 位"有"的第二个字根为月，"我"特例，要死记；折区：5 区 1 位已"民"，5 区 2 位了"子"，5 区 5 位纟"经"，"发(第二字根为丿)、以(第二字根为丶)"符合3、4 位的规律。

⊙ 捺区的高频字是按逐次加点(丶、冫、氵、灬)的规律性排列。例如，"主"字上有一点；"产"字中间有两点，而且它由键名字"立"加"一、丿"组成；"不"字的第二个字根是"小"，可以将其看作3点，因此"小"字根置于 3 区 3 位上；"为"字的繁体下面有 4 点，故排在 3 区 4 位；"这"字是由"辶"组成的半包围的汉字，而"辶"是 3 区 5 位上的一个字根。

【例 6-1】使用一级简码输入口诀"一地在要工，上是中国同，和的有人我，主产不为这，民了发以经"。

(1) 从右到左依次按下第一区上的字母键，当按完每个键后再按空格键一下，输入汉字"一地在要工"。

(2) 从左到右依次按下第二区上的字母键，当按完每个键后再按空格键一下，输入汉字"上是中国同"。

(3) 从右到左依次按下第三区上的字母键，当按完每个键后再按空格键一下，输入汉字"和的有人我"。

(4) 从左到右依次按下第四区上的字母键，当按完每个键后再按空格键一下，输入汉字"主产不为这"。

(5) 从右到左依次按下第五区上的字母键(除 Z 键)，当按完每个键后再按空格键一下，输入汉字"民了发以经"。

6.1.2 二级简码

二级简码由单字全码的前两个字根码(或者说由一级简码的前两个字根码)组成。25 个键位共有 25×25=625 种组合，因而可以安排 625 个二级简码汉字。二级简码就是只需任意连续按两个键(包括同一键连续按两次)，然后再按一个空格键，就可以输入一个汉字。二级简码的输入可以避开取最后一个识别码和其余编码所带来的麻烦，所以输入时相当快捷。

二级简码的输入方法是：依次按汉字的前两个字根所在的键，然后再按一个空格键。例如，"姨"字应拆分为女、一、弓和人，这几个字根依次分布在 V、G、X 和 W 四个键上。事实上，在按下 V 和 G 键后，"姨"字就显示在字词列表框中了，如图 6-4 所示。再按下空格键即可输入该汉字。

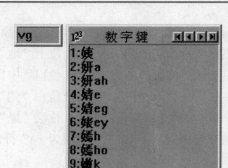

图 6-4　输入二级简码

> **提示**
>
> 并不是所有的汉字都可以使用二级简码来输入，25 个键位中最多允许 625 个汉字可用二级简码，但由于有几个空位，因此实际上没有那么多。

二级简码大概有 625 个，表 6-1 列出了每个键位上对应的二级简码，如果有空位则表示该键位上没有对应的二级简码。

表 6-1　二级简码全表

	GFDSA	HJKLM	TREWQ	YUIOP	NBVCX
G	五于天末开	下理事画现	玫珠表珍列	玉平不来	与屯妻到互
F	二寺城霜载	直进吉协南	才垢圾夫无	坟增示赤过	志地雪支
D	三夺大厅左	丰百右历面	帮原胡春克	太磁砂灰达	成顾肆友龙
S	本村枯林械	相查可楞机	格析极检构	术样档杰棕	杨李要权楷
A	七革基苛式	牙划或功贡	攻匠菜共区	芳燕东 芝	世节切芭药
H	睛睦 盯虎	止旧占卤贞	睡 肯具餐	眩瞳步眯瞎	卢 眼皮此
J	量时晨果虹	早昌蝇曙遇	昨蝗明蛤晚	景暗晃显晕	电最归紧昆
K	呈叶顺呆呀	中虽吕另员	呼听吸只史	嘛啼吵 喧	叫啊哪吧哟
L	车轩因困	四辊加男轴	力斩胃办罗	罚较 辚边	思 轨轻累
M	同财央朵曲	由则 崭册	几贩骨内风	凡赠峭 迪	岂邮 凤嶷
T	生行知条长	处扣各务向	笔物秀答称	入科秒秋管	秘季委么第
R	后持拓打找	年提扣押抽	手折扔失换	扩拉朱搂近	所报扫反批
E	且肝须采肛	胀胆肿肋肌	用遥朋脸胸	及胶膛 爱	甩服妥肥脂
W	全会估休代	个介保佃仙	作伯仍从你	信们偿伙	亿他分公化
Q	钱针然钉氏	外旬名甸负	儿铁角欠多	久均乐炙锭	包凶争色
Y	主计庆订度	让刘训为高	放诉衣认义	方说就变这	记离良充率
U	闰半关亲并	站间部曾商	产瓣前闪交	六立冰普帝	决闻妆冯北
I	汪法尖洒江	小浊澡渐没	少泊肖兴光	注洋水淡学	沁池当汉涨
O	业灶类灯煤	粘烛炽烟灿	烽煌粗粉炮	米料炒炎迷	断籽娄烃
P	定守害宁宽	寂审宫军宙	客宾家空宛	社实宵灾之	官字安 它
N	怀导居怵民	收慢避惭届	必怕 愉懈	心习悄屡忱	忆敢恨怪尼
B	卫际承阿陈	耻阳职阵出	降孤阴队隐	防联孙耿辽	也子限取陛

(续表)

	GFDSA	HJKLM	TREWQ	YUIOP	NBVCX
V	姨寻姑杂毁	叟旭如舅妯	九　奶　婚	妫嫌录灵巡	刀好妇妈姆
C	骊对参骠戏	骒台劝观	矣牟能难允	驻骈　驼	马邓艰双
X	线结顷　红	引旨强细纲	张绵级给约	纺弱纱继综	纪弛绿经比

 提示

用户在记忆二级简码表时，也可采取记忆字根时的方法，编一些口诀来记。由于二级简码的字数太多，因此不能死记，要多看二级简码表，从中找出一些规律，以便于记忆。

【例6-2】 练习输入以下二级简码。

早=J+H	昌=J+J	蝇=J+K	曙=J+L	遇=J+M
少=I+T	泊=I+R	肖=I+E	兴=I+W	光=I+Q
相=S+H	查=S+J	可=S+K	楞=S+L	机=S+M
让=Y+H	刘=Y+J	训=Y+M	为=Y+L	高=Y+M
矣=C+T	牟=C+R	能=C+E	难=C+W	允=C+Q
玫=G+T	珠=G+R	表=G+E	珍=G+W	列=G+Q
耻=B+H	阳=B+J	职=B+K	阵=B+L	出=B+M
旭=V+J	如=V+K	舅=V+L	妯=V+M	驼=C+P
官=P+N	字=P+B	安=P+V	它=P+X	
岂=M+N	邮=M+B	凤=M+C	巍=M+X	
中=K+H	虽=K+J	吕=K+K	另=K+L	员=K+M
沁=I+N	池=I+B	当=I+V	汉=I+C	涨=I+X

 **6**.1.3　三级简码

三级简码由单字的前 3 个字根码组成，只要一个汉字的前 3 个字根代码在整个编码体系中是唯一的，一般都可以使用三级简码输入。在五笔字型输入法中，可以使用三级简码输入的汉字共有 4400 多个，因此不可能一一背诵出来，只能在实际中掌握一些规律。

三级简码的输入方法是：取汉字的前 3 个字根，再按空格键，即第 1 个字根+第 2 个字根+第 3 个字根+空格键。例如，"丽"字超过 4 个字根，应拆分为一、冂、丶和丶，这 4 个字根依次分布在 G、M、Y、Y 键上。事实上，按下这 G、M、Y 键，"丽"字就显示在字词列表框中了，如图 6-5 所示，再按下空格键即可输入该字。

三级简码的输入虽然没有减少总的击键次数(4 次)，但用空格键代表了末笔字根或末笔识别码，节省了鉴别和判断的时间，仍然提高了汉字的输入速度。

计算机 基础与实训教材系列

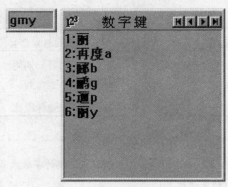

图6-5　输入三级简码

在五笔输入法中,可以使用各级简码输入的汉字已经占据了常用汉字中的绝大多数,因此用户若能掌握好简码输入,可以使输入变得简明直观,从而大幅度提高输入速度。

【例6-3】练习输入以下三级简码。

湖=I+D+E　　拆=R+R+Y　　拒=R+A+N　　般=E+M+C　　厚=D+J+B　　魏=T+V+R
概=S+V+C　　储=W+Y+F　　党=I+P+K　　动=F+C+L　　姐=V+E+G　　战=H+K+A
猴=Q+T+W　　深=I+P+W　　邹=Q+V+B　　补=P+U+H　　丛=W+W+G　　案=P+V+S
尽=N+Y+U　　次=U+Q+W　　础=D+B+M　　盖=U+G+L　　逞=K+G+P　　残=G+P+G
布=D+M+H　　想=S+H+N　　存=D+H+B　　起=F+H+N　　周=M+F+K　　括=R+T+D
奔=D+F+A　　超=F+H+V　　洁=I+F+K　　阶=B+W+J　　那=V+F+B　　特=T+R+F
轮=L+W+X　　图=L+T+U　　臣=A+H+N　　劲=C+A+L　　创=W+B+J　　昂=J+Q+B
乱=T+B+N　　政=G+H+T　　吹=K+Q+W　　恋=Y+O+N　　毕=X+X+F　　秦=D+W+T
笨=T+S+G　　会=W+F+C　　而=D+M+J　　况=U+K+Q　　忽=Q+R+N　　群=V+T+K

6.2　词组的输入

中文以单字为基本单位,而单字又可以灵活地组成成千上万的词组。所以,在汉字输入方法中,一个词组无论包括多少个汉字,取码时最多只取4码,这种以词组为单位的输入功能常可达到减少码长、提高输入速度的目的。五笔字型输入法提供的词组输入功能,可以输入二字词组、三字词组、四字词组,甚至多字词组。

6.2.1　输入二字词组

二字词组在汉语词汇库中所占据的比重非常大,熟练掌握二字词组的输入是用户提高文字输入速度的关键。

二字词组的取码规则为:按书写顺序,取两个字的全码的前两个代码,共四码(即第一个字的第一个字根+第一个字的第二个字根+第二个字的第一个字根+第二个字的第二个字根)。例如，输入二字词组"无论"，分别取两个汉字的前两个字根码"二、儿、讠、人"，其完整编码为 FAYW；输入二字词组"回忆"，分别取两个汉字的前两个字根码"囗、口、忄、乙"，其完整编码为 LKNN，如图 6-6 所示。

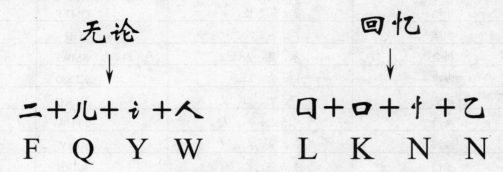

图 6-6　二字词组的取码规则的分析

为了方便用户进一步的练习，表 6-2 列出了一些常用二字词组编码。

表 6-2　二字词组的编码

二 字 词 组	拆 分 字 根	编　　码
中国	口、丨、囗、王	KHLG
江苏	氵、工、艹、力	IAAL
南京	十、冂、亠、小	FMYI
部队	立、口、阝、人	UKBW
经济	纟、又、氵、文	XCIY
汉字	氵、又、宀、子	ICPB
实践	宀、丶、口、止	PUKH
程度	禾、口、广、廿	TKYA
称呼	禾、勹、口、丿	TQKT
选择	丿、土、扌、又	TFRC
机器	木、几、口、口	SMKK
系统	丿、幺、纟、亠	TXXY
过程	寸、辶、禾、口	FPTK
行动	彳、二、二、厶	TFFC
符合	竹、亻、人、一	TWWG
爱情	爫、冖、忄、龶	EPNG
版本	丿、丨、木、一	THSG
规则	二、人、贝、刂	FWMJ
答案	竹、人、宀、女	TWPV
恩赐	囗、大、贝、日	LDMJ

计算机 基础与实训教材系列

(续表)

二字词组	拆分字根	编码
防止	阝、方、止、丨	BYHH
钢笔	钅、冂、竹、丿	QMTT
海洋	氵、亠、冫、丷	ITIU
机会	木、几、人、二	SMWF
咖啡	口、力、口、三	KLKD
历史	厂、力、口、乂	DLKQ
寒冷	宀、二、冫、人	PFUW
欧洲	匚、乂、氵、丶	AQIY
拍摄	扌、白、扌、耳	RRRB
奇迹	大、丁、亠、小	DSYO
热烈	扌、九、一、歹	RVGQ
沙漠	氵、小、氵、廿	IIIA
探索	扌、宀、十、冖	RPFP

【例6-3】练习输入以下二字词组。

季节=禾+子+艹+卩(TBAB)   蕴含=艹+纟+人+丶(AXWY)   健壮=亻+彐+丬+士(WVUF)

舞蹈=𠂉+卌+口+止(RLKH)   极端=木+乃+立+山(SEUM)   文章=文+丶+立+早(YYUJ)

升值=丿+艹+丿+十(TAWF)   奇妙=大+丁+女+小(DSVI)   因为=口+大+丶+力(LDYL)

衣服=亠+𧘇+月+卩(YEEB)   飞翔=乙+冫+丷+羊(NUUD)   青春=丰+月+三+人(GEDW)

考试=土+丿+讠+弋(FTYA)   技巧=扌+十+工+一(RFAG)   掌握=⺌+冖+扌+尸(IPRN)

⑥.2.2   输入三字词组

三字词组的取码规则为：取前两字的第一码，再取最后一字的前两码，共四码(即第一个字的第一个字根+第二个字的第一个字根+最后一个汉字的前两个字根)。例如，输入三字词组"研究生"，分别取前两个汉字的第一个字根"石、宀"，再取第三个汉字的前两个字根"丿、丰"，其完整编码为DPTG；输入三字词组"计算机"，分别取前两个汉字的第一个字根"讠、竹"，再取第三个汉字的前两个字根"木、几"，其完整编码为YTSM，如图6-7所示。

🔊 **提示**--

读者在完成前面章节的学习后，要把绝大部分的精力和时间放在打字练习上。只有长时间的练习，才能练出打字的真本事，记住"手指上的功夫"不练是修不成的。

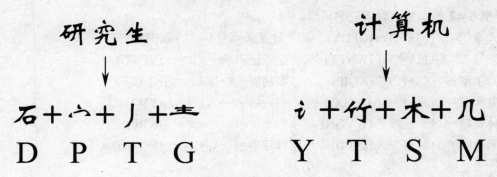

图 6-7 三字词组的取码规则的分析

为了方便用户进行三字词组的练习，表 6-3 列出了一些常用三字词组编码。

表 6-3 三字词组的编码

三字词组	拆分字根	编 码
唯物论	口、丿、讠、人	KTYW
相对论	木、又、讠、人	SCYW
办事员	力、一、口、贝	LGKM
会议厅	人、讠、厂、丁	WYDS
标准化	木、冫、亻、匕	SUWX
电视台	日、礻、厶、口	JPCK
驾驶员	力、马、口、贝	LCKM
服务员	月、夂、口、贝	ETKM
注意力	氵、立、乙、丿	IULT
劳动者	艹、二、土、丿	AFFT
颐和园	匚、禾、口、二	ATLF
动物园	二、丿、口、二	FTLF
照相机	日、木、木、几	JSSM
现代化	王、亻、亻、匕	GWWX
联合国	耳、人、口、王	BWLG
解放军	勹、方、冖、车	QYPL
小朋友	小、月、广、又	IEDC
马拉松	马、扌、木、八	CRSW
指南针	扌、十、钅、十	RFQF
奥运会	丿、二、人、二	TFWF
大学生	大、丷、丿、丰	DITG
国庆节	囗、广、艹、卩	LYAB

计算机 基础与实训教材系列

【例6-4】练习输入以下三字词组。

天安门=一+宀+门+丶(GPUY)　　阴谋家=阝+讠+宀+豕(BYPE)

领导者=人+巳+土+丿(WNFT)　　记者证=讠+土+讠+一(YFYG)

哈尔滨=口+勹+氵+宀(KQIP)　　多功能=夕+工+厶+月(QACE)

共和国=艹+禾+口+王(ATLG)　　主人翁=丶+人+八+厶(YWWC)

体育馆=亻+宀+勺+乙(WYQN)　　中小学=口+小+⺍+宀(KIIP)

阅览室=门+刂+宀+一(UJPG)　　修订本=亻+讠+木+一(WYSG)

⑥.2.3　输入四字词组

四字词组的取码规则为：各取每字的第一码即可，共四码(即第一个字的第一个字根+第二个字的第一个字根+第三个字的第一个字根+第四个字的第一个字根)。例如，输入四字词组"程序设计"，分布取4个汉字的第一个字根"禾、广、讠、讠"，其完整编码为TYYY；输入四字词组"和平共处"，分布取4个汉字的第一个字根"禾、一、艹、夂"，其完整编码为TGAT，如图6-8所示。

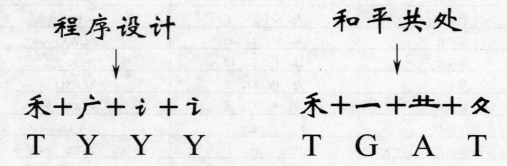

图6-8　四字词组的取码规则的分析

一般情况下，由4个字组成几乎是成语。表6-4列出了一些常用四字词组编码，供用户参考练习。

表6-4　四字词组的编码

四 字 词 组	拆 分 字 根	编　码
安全检查	宀、人、木、木	PWSS
不可否认	一、丁、一、讠	GSGY
百折不挠	丆、扌、一、扌	DRGR
操作系统	扌、亻、丿、纟	RWTX
莫明其妙	艹、日、艹、女	AJAV
综合利用	纟、人、禾、用	XWTE

（续表）

四字词组	拆分字根	编　码
想方设法	木、亠、讠、氵	SYYI
无可奈何	二、丁、大、亻	FSDW
丰衣足食	三、亠、口、人	DYKW
翻天覆地	丿、一、西、土	TGSF
恰如其分	忄、女、艹、八	NVAW
名胜古迹	夕、月、古、亠	QEDY
组织纪律	纟、纟、纟、彳	XXXT
全心全意	人、心、人、立	WNWU
轻描淡写	车、扌、氵、冖	LRIP
讳疾忌医	讠、疒、己、匸	YUNA
精益求精	米、丷、寸、米	OUFO
满腔热情	氵、月、扌、忄	IERN
新陈代谢	立、阝、亻、讠	UBWY

计算机基础与实训教材系列

【例6-5】练习输入以下死字词组。

人民政府=人+巳+一+广(WNGY) 　　高等院校=亠+竹+阝+木(YTBS)

艰苦奋斗=又+艹+大+丷 (CADU) 　　电话号码=曰+讠+口+石(JYKD)

参考资料=厶+土+氵+米(CFUO) 　　更新换代=一+立+扌+亻(GURW)

蒸蒸日上=艹+艹+日+上(AAJH) 　　强词夺理=弓+讠+大+王(XYDG)

同甘共苦=门+廿+艹+艹(MAAA) 　　克勤克俭=古+廿+古+亻(DADW)

工农联盟=工+冖+耳+日(APBJ) 　　世界经济=廿+田+纟+氵(ALXI)

⑥.2.4　输入多字词组

四个字以上的词组称为多字词组。多字词组的编码规则为：取第一、二、三及最后一个字的第一码，共四码(即第一个字的第一个字根+第二个字的第一个字根+第三个字的第一个字根+最后一个字的第一个字根)。例如，输入多字"全国人民代表大会"，分布取第 1、2、3 和最后一个汉字的字根"人、口、人、人"，其完整编码为 WLWW；输入多字"中央人民广播电台"，分布取第 1、2、3 和最后一个汉字的字根"口、冂、人、厶"，其完整编码为 KMWC，如图6-9 所示。

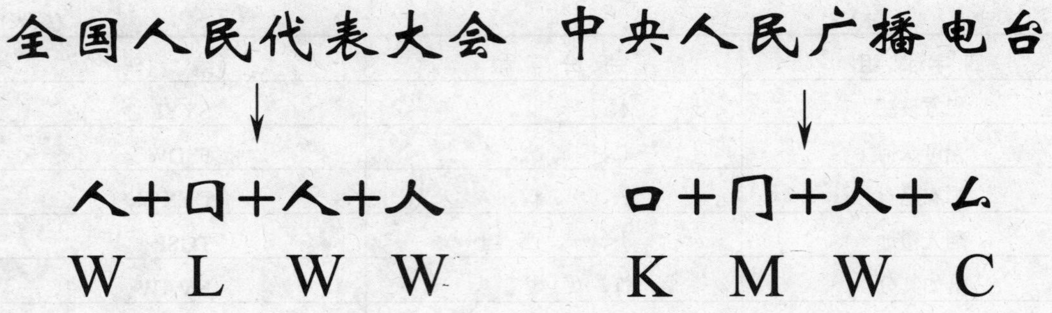

全国人民代表大会　中央人民广播电台

↓　　　　　　　　↓

人＋口＋人＋人　　口＋门＋人＋厶

W L W W　　　K M W C

图 6-9　多字词组的取码规则的分析

表 6-5 列出了一些常用多字词组编码，供用户参考练习。

表 6-5　多字词组的编码

多字词组	拆分字根	编码
家庭联产承包责任制	宀、广、耳、亠	PYBR
马克思主义	马、古、田、丶	CDLY
中央电视台	口、门、日、厶	KMJC
军事委员会	冖、一、禾、人	PGTW
发展中国家	乙、尸、口、宀	NNKP
全国人民代表大会	人、口、人、人	WLWW
历史唯心主义	厂、口、口、丶	DKKY
中国人民解放军	口、囗、人、冖	KLWP
中华人民共和国	口、亻、人、囗	KWWL
坚持四项基本原则	刂、扌、四、贝	JRLM

综上所述，用户可以使用词组码便捷地输入大量的词组。由于在五笔字型输入法的键数和码长条件下，共有 39 万个可能编码，而汉字单字码及其简码只占用了 12000 多个，故还有大量的空闲码位，可以用于词组码。这也使得用户不用切换便可以混合使用单字码和词组码，这种设计在实际操作中给操作人员带来了极大的方便，从而提高了汉字的输入速度。

 提示

　　词汇码的输入和单字码的输入可混合进行。记得词汇编码就打词汇以求其快，记不清则打单字以求其准。二者之间不需要任何换挡操作。这种设计在实际使用中给操作人员带来了极大的方便，会使用户感到使用五笔字型的词汇方式输入汉字是一种享受。此外，当新建词汇与已有编码发生冲突时，用户别慌，首先发生冲突的可能性只有百分之二，其次，系统还允许词汇重码。

【例6-6】练习输入以下四字词组。

风马牛不相及=几+马+⺈+乃(MCRE)　　　中央各部委=口+冂+夂+禾(KMTT)

可望而不可及=丁+亠+丆+乃(SYDE)　　　以经济建设为中心=乙+纟+氵+心(NXIN)

现代化建设=王+亻+亻+讠(GWWY)　　　中国科学院=口+口+禾+阝(KLTB)

一切从实际出发=一+七+人+乙(GAWN)　　打破沙锅问到底=扌+石+氵+广(RDIY)

辩证唯物主义=辛+讠+口+丶(UYKY)　　　新疆维吾尔自治区=立+弓+纟+匚(UXXA)

政治协商会议=一+氵+十+讠(GIFY)　　　理论联系实际=王+讠+耳+阝(GYBB)

【例6-7】使用词组码输入"热烈祝贺中国北京 2008 年夏季奥林匹克运动会 8 月 8 日盛大开幕"。

热烈　　祝贺　中国　北京　2008 年　夏季　　奥林匹克　运动会

RVGQ　PYLK KHLG UXYI 2008 RH　DHTB TSAD　　　FFWF

8 月 8 日　　盛大　　开幕。

8EEE8JJJJ　　DNDD GAAJ。

 提示

在五笔字型输入法中,单字码和词组码可以共存而互不影响,词组码的输入和单字码的输入可以混合进行。

6.3　重码与万能学习键 Z

重码率是衡量一种汉字编码方案是否科学实用的一个相当重要的标准。也就是说在输入一个汉字编码后,该编码是代表唯一的汉字,还是代表多个汉字。在五笔字型输入法中,还将 Z 键作为特殊的辅助键——万能学习键。本节将介绍出现重码后的解决方案,以及字母键 Z 的使用方法。

6.3.1　重码

在五笔输入法的编码中,将极少一部分无法唯一确定编码的汉字,用相同的编码来表示,这些具有相同编码的汉字称为"重码字",如图 6-10 所示。

五笔输入法对重码字按其使用频率进行了分级处理。输入重码字的编码时,重码字同时显示在字词列表框中,较为常用的字排在第一的位置上,并且警报报警,发出"嘟"的声音,提示用户出现重码字。

从输入打字的要求看,键位要尽量少、码长要尽量短、重码也要尽量少,这自然也不是件容易的事情。五笔字型方案中对重码字也用屏幕编码显示的方法，让用户按最前排数字键选择所用的汉字。如果用户要输入的就是那个常用的字，则只管输入下文，就像没有重码字时一样，完全不影响输入速度。如果需要的是不常用的那个字，则根据它的位置号按数字键，即可输入该字。例如，想要输入如图 6-10 所示的重码字，按下空格键或者数字键 1 即可输入汉字"枯"，而按下数字键 2 即可输入汉字"柘"，如图 6-11 所示。

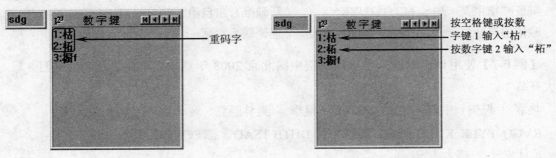

图 6-10　重码字　　　　　　　　　图 6-11　输入重码字

在五笔字型输入法中，重码本来就很少，加上重码在提示行中的位置是按使用频率排列的，常用字总是排在最前面。因此，实际需要挑选的机会很少。

🔊 提示

> 重码率是衡量一种汉字编码方案是否科学实用的一个相当重要的标准。也就是说在输入一个汉字编码后，该编码是代表唯一一个汉字，还是代表多个汉字。

⑥.3.2　万能学习键 Z

在标准键盘上一共有 26 个字母键，五笔字型的字根被分成 5 个区，每区 5 个位，共用了 25 个键，还剩下 Z 键未被使用。它可以代替其他 25 个字母键中的任何一键来输入汉字，所以，Z 键输入法又称为选择式易学输入法。

初学者由于对键盘字根不太熟悉，或者难以确定某个汉字的拆分方法时，可以把未知的部分用 Z 键来代替。在一个汉字的编码中，不管未知的字根在汉字排在第几位，都可以用 Z 键来代替。Z 键主要有以下两种使用方法。

◉ 代替编码：当用户使用完整编码输入某个汉字时，如果不知道其中的个别编码，可以使用 Z 键代替。例如，输入"借"字时，只知道字根"亻"的编码 W，使用 Z 键代替后面的编码，输入 WZ 时，显示结果如图 6-12 所示。如果在字词列表框中没有用户所需要的汉字，可以使用"＝"或 Page Down 键向后翻页，也可以使用"－"或 Page UP 键向前翻页，直到找到为止。

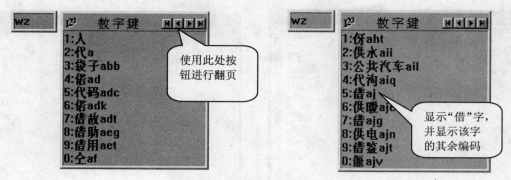

图 6-12　Z 键替代编码

◉ 代替末笔识别码：输入汉字时，在不清楚该字的末笔识别码的情况下，也可以使用 Z 键代替末笔识别码。例如，在输入"艾"字时，用户不清除其末笔识别码，可键入一个 Z 键替代，如图 6-13 所示。

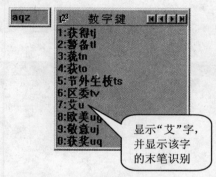

图 6-13　Z 键代替末笔识别码

提示

　　Z 键虽然给用户提供了很大的方便，但还应注意不要过多地使用 Z 键。未知的字根越多，选择的范围就越广，则输入的速度也就越慢。

计算机 基础与实训教材系列

6.4　上机练习

　　本章学习了简码和词组的输入等内容，用户可以在使用五笔字型输入法输入文章时提高输入的速度和效率。本上机练习主要练习简码和词组的输入方法。

6.4.1　输入短文

　　通过在记事本中输入短文来巩固输入简码和词组的方法，输入完毕后，短文的最终效果如图 6-14 所示。

(1) 选择【开始】|【所有程序】|【附件】|【记事本】命令，启动记事本程序。

(2) 在打开的【记事本】窗口中，可以看到光标默认定位在第一行行首，如图 6-15 所示。

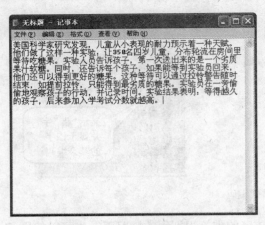

图 6-14　显示最终输入效果

图 6-15　打开【记事本】窗口

(3) 在语言栏上单击输入法图标，从弹出的快捷菜单中选择"王码五笔字型输入法 86 版"命令，如图 6-16 所示。

(4) 在键盘中按五笔编码 UGLG 对应的 U、G、L、G 键，输入二字词组"美国"，如图 6-17 所示。

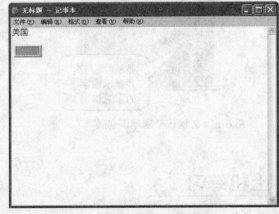

图 6-16　选择输入法

图 6-17　输入二字词组

(5) 按照步骤(4)，输入二字词组"科学"(科学的编码为 TUIP)。

(6) 在键盘中按 P、E 键，即可输入五笔编码 pe，如图 6-18 所示。

(7) 按空格键输入二级简码"家"，如图 6-19 所示。

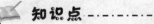 **知识点**

　　按照三字词的编码规则"取前两个汉字的第一个字根和最后一个汉字的前两个字根"，将"科学家"拆分成三字词的输入方法，得到编码 TIPE，然后用户依次按键盘上的 T、I、P、E 键，即可快速输入三字词"科学家"。

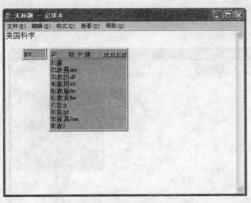

图 16-18　输入编码 pe

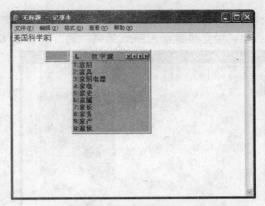

图 16-19　输入二级简码"家"

(8) 参照步骤(4)，依次输入二字词组"研究"(编码 DGPW)、"发现"(编码 NTGM)，效果如图 6-20 所示。

(9) 按下键盘"，"键，输入标点符号"，"，如图 6-21 所示。

图 16-20　输入二字词组

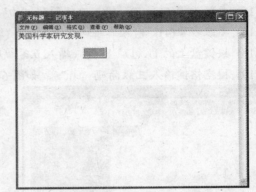

图 16-21　输入符号

(10) 参照步骤(6)和(7)，输入二级简码"儿"(编码 QT)，如图 6-22 所示。

(11) 按键盘上 U、J、F、F 键，输入汉字"童"，效果如图 6-23 所示。

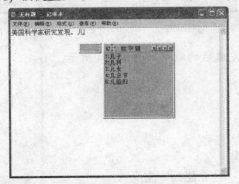

图 16-22　输入二级简码"儿"

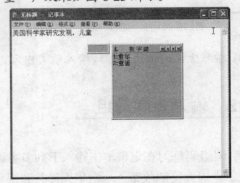

图 16-23　输入汉字"童"

(12) 参照步骤(4)，依次输入二字词组"从小"(编码 WWIH)、"表现"(编码 GEGM)。

(13) 在键盘上按 R 键，输入五笔编码 r，如图 16-24 所示。

(14) 按空格键输入一级简码"的"，如图 6-25 所示

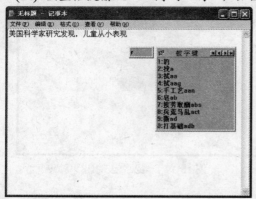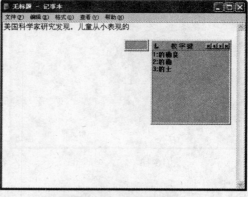

图 16-24　输入编码 r　　　　　　　　图 16-25　输入一级简码"的"

(15) 参照步骤(11)，输入汉字"耐"(编码为 DMJF)。

(16) 参照步骤(6)和(7)，输入二级简码"力"(编码 LT)。

(17) 参照步骤(4)，输入二字词组"预示"(编码 CBIF)。

(18) 按键盘上的 U、D、H 键，输入五笔编码 ude，如图 6-26 所示。

(19) 按空格键输入三级简码"着"，如图 6-27 所示。

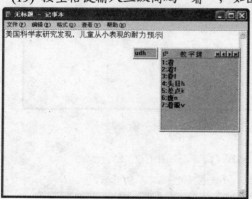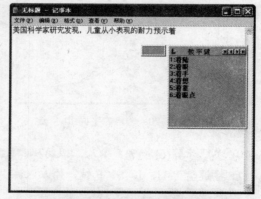

图 16-26　输入编码 ude　　　　　　　图 16-27　输入三级简码"着"

(20) 按照上面的方法，继续输入短文内容，完成后的效果如图 16-14 所示。

.4.2　输入多字词组

使用词组码练习在记事本中输入下列多字词组。

中国人民解放军　　　中华人民共和国　　　马克思列宁主义

全国人民代表大会　　四个现代化　　　　　以经济建设为中心

新技术革命　　　　　人民大会堂　　　　　广西壮族自治区

军事委员会　　　　政治协商会议　　　　全民所有制

　　(1) 选择【开始】|【所有程序】|【附件】|【记事本】命令，启动记事本程序。

　　(2) 在语言栏上单击输入法图标，从弹出的快捷菜单中选择"王码五笔字型输入法 86 版"命令，启动五笔字型输入法。

　　(3) 按照多字词组的编码规则"取第一、二、三及最后一个字的第一码，共四码"，取"中国人民解放军"的第 1、2、3 和最后一个汉字的字根"口、口、人、一"，得到编码 KLWP，依次按键盘上 K、L、W、P 键，即可输入多字词组"中国人民解放军"，效果如图 16-28 所示。

　　(4) 按 4 次空格键后，参照步骤(3)，输入多字词组"中华人民共和国"(编码为 KWWL)，效果如图 16-29 所示。

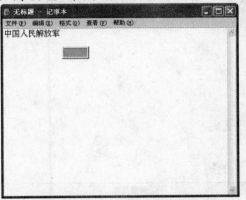

图 6-28　输入"中国人民解放军"

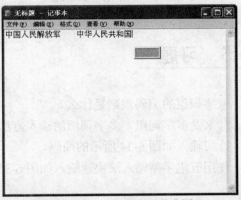

图 6-29　输入"中华人民共和国"

　　(5) 参考照步骤(3)，按 4 次空格键后，依次按键盘上 C、D、L、Y 键，输入法自动显示重码字词列表框(如图 6-30 所示)，按下 Enter 键，即可输入多字词组"马克思列宁主义"，如图 6-31 所示。

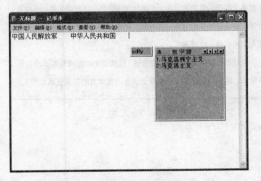

图 6-30　显示重码字词列表框

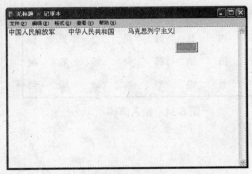

图 6-31　输入"马克思列宁主义"

　　(6) 按下 Enter 键自动换行，参考照步骤(3)，继续输入字词"全国人民代表大会"(编码为 WLWW)，效果如图 6-32 所示。

　　(7) 按照上面的方法，继续输入其他多字词组，完成后的效果如图 16-33 所示。

计算机 基础与实训教材系列

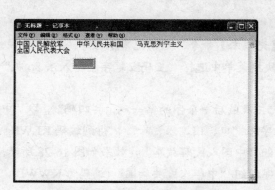

图 6-32　输入"全国人民代表大会"

图 6-33　输入所有的多字词组

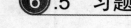 .5　习题

1. 双字词组的编码规则是什么？
2. 什么是多字词组？多字词组的输入方法是什么？
3. 练习输入如图 6-34 所示的简码。
4. 使用五笔字型输入法快速输入如图 6-35 所示的短文。

的	有	主	不	这	人	民	同
为	以	上	中	要	工	国	了
奶	肖	粗	家	联	骨	你	驼
兴	内	驻	嫌	灵	办	罗	棕
华	情	洁	晶	而	轮	案	根
冲	亘	论	彩	阶	础	毕	邹

图 6-34　输入简码

提醒自我

　　有个老太太坐在马路边望着不远处的一堵高墙，总觉得它马上就会倒塌，见有人向墙走过去，她就善意地提醒道："那堵墙要倒了，远着点走吧。"被提醒的人不解地看着她大模大样地顺着墙根走过去了——那堵墙没有倒。老太太很生气："怎么不听我的话呢？！"又有人走来，老太太又予以劝告。三天过去了，许多人在墙边走过去，并没有遇上危险。第四天，老太太感到有些奇怪，又有些失望，不由自主便走到墙根下仔细观看，然而就在此时，墙缝倒了，老太太被掩埋在灰尘砖石中，气绝身亡。

　　提醒别人时往往很容易，很清醒，但能做到时刻清醒地提醒自己却很难。所以说，许多危险来源于自身，老太太的悲哀便因此而生。

图 6-35　输入短文

计算机基础与实训教材系列

第7章

Word 2003 使用基础

学习目标

　　Word 2003 是美国 Microsoft 公司推出的文字处理软件。它继承了 Windows 友好的图形界面，可方便地进行文字、图形、图像和数据处理，是最常使用的文档处理软件之一。用户只有在充分了解基本操作后，也才能更加深入地学习 Word 2003 的中高级操作。

本章重点

- ⊙ 启动和退出 Word 2003
- ⊙ Word 2003 基本操作界面
- ⊙ Word 2003 视图模式
- ⊙ Word 文档的基本操作

7.1 启动和退出 Word 2003

　　Word 2003 是由美国微软公司 Microsoft 开发的一个文字处理应用程序，是 Office 办公自动化套装程序 Office 2003 中文版的重要组件，具有便捷、易学和功能丰富等特点。当用户安装完 Office 2003，Word 2003 也将自动安装到系统中，这时即可正常启动和退出 Word 2003。

7.1.1 启动 Word 2003

　　启动 Word 2003 的方法很多，最常用的有以下几种。

1. 常规启动

　　常规启动是指在 Microsoft Windows 操作系统中最常用的启动方式。启动 Windows 后，选择【开始】|【所有程序】| Microsoft Office | Microsoft Office Word 2003 命令，启动 Word 2003，

如图 7-1 所示。

2. 从【开始】菜单的【高频】栏启动

单击【开始】按钮，在弹出的【开始】菜单中的【高频】栏中选择 Microsoft Office Word 2003 命令，启动 Word 2003，如图 7-2 所示。

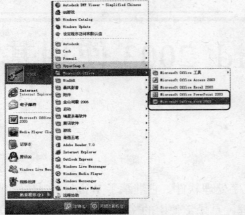

图 7-1　开始菜单　　　　　图 7-2　从【高频】栏选择

 知识点

如果用户在安装 Office 2003 时选择自定义安装，那么由于选择的组件不同，在图 7-2 中看到的子菜单项也会不同。此外，在 Windows 2000 以上的版本中，由于系统菜单会把不常用的菜单项自动隐藏，所以看到的菜单项也会有所不同。

3. 通过桌面快捷方式启动

当 Word 2003 安装完后，可手动在桌面上创建 Word 2003 快捷图标。要创建快捷图标，可在【开始】菜单的 Word 2003 处右击，从弹出的快捷菜单中选择【发送到】|【桌面快捷方式】命令即可，如图 7-3 所示。双击桌面上的快捷图标，就可以启动 Word 2003 了。

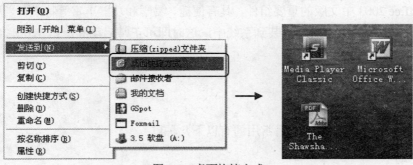

图 7-3　桌面快捷方式

4. 通过创建新文档启动

成功安装 Microsoft Office 2003 后,当在桌面或者文件夹内的空白区域右击鼠标,将弹出如图 7-4 所示的快捷菜单,此时选择【新建】|【Microsoft Word 文档】命令,即可在桌面或者当前文件夹中创建一个名为"新建 Microsoft Word 文档"的文件。此时该文件的文件名处于可修改状态,用户可以重命名该文件,如图 7-5 所示。双击文件图标,即可打开新建的 Word 2003 文件。

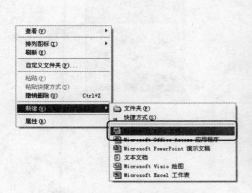

图 7-4 在快捷菜单中选择相应命令

图 7-5 可修改名称的文件图标

7.1.2 退出 Word 2003

退出 Word 2003 有很多方法,常用的主要有以下几种。

⊙ 单击 Word 2003 窗口右上角的【关闭】按钮 ×。

⊙ 在主菜单中选择【文件】|【退出】命令。

⊙ 双击标题栏【程序图标】按钮 。

⊙ 单击标题栏【程序图标】按钮 ,从弹出的快捷菜单中选择【关闭】命令。

⊙ 按 Alt+F4 组合键。

7.2 Word 2003 基本操作界面

与以前的版本相比较,Word 2003 的界面更友好、更合理,功能更强大,为用户提供了一个智能化的工作环境。启动 Word 2003 后,就进入其主界面,如图 7-6 所示。Word 2003 的操作界面主要由标题栏、菜单栏、工具栏、任务窗格、状态栏及文档编辑区等部分组成。本节将具体介绍这些组成部分。

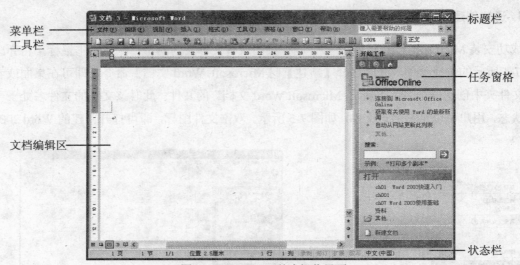

图 7-6　Word 2003 基本操作界面

计算机 基础与实训教材系列

⑦.2.1　标题栏

标题栏位于窗口的顶端，用于显示当前正在运行的程序名及文档名等信息，如图 7-7 所示。标题栏最右端有 3 个按钮，分别用来控制窗口的最小化、最大化和关闭应用程序。

图 7-7　标题栏

标题栏上各按钮的作用如下。

◉ 【程序图标】按钮🖫：单击该图标按钮，将弹出一个控制菜单，可以进行还原、移动和调整窗口大小等操作，如图 7-8 所示。

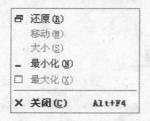

图 7-8　控制菜单

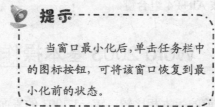

提示

当窗口最小化后，单击任务栏中的图标按钮，可将该窗口恢复到最小化前的状态。

◉ 【最小化】按钮：单击该按钮，即将窗口最小化为任务栏中的一个图标按钮。

◉ 【最大化】按钮：单击该按钮，即可将窗口显示大小布满整个屏幕。

◉ 【还原】按钮：单击该按钮，即可使窗口恢复到用户自定义的大小。

⑦.2.2　菜单栏

标题栏下方是菜单栏，包括【文件】、【编辑】、【视图】、【插入】、【格式】、【工具】、【表格】、【窗口】和【帮助】9 个菜单，涵盖了所有 Word 文件管理、正文编辑用到的菜单命令，如图 7-9 所示。

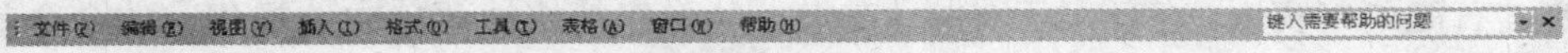

图 7-9　菜单栏

单击菜单栏中的菜单项，都会打开一个下拉菜单，其中的命令都是不一样的，如图 7-10 所示。

图 7-10　【格式】菜单

提示

在【键入需要帮助的问题】文本框中输入关键词，然后按 Enter 键，就可弹出与该关键词相关的帮助主题列表，从中选择所需的帮助主题就可打开帮助窗口并显示详细的帮助内容。

在图 7-10 中，菜单命令将以不同的状态列出，不同状态含义如下所示。

- ◉ 命令名称右侧带有三角符号：该命令下面还包含子命令。
- ◉ 命令名称右侧带有省略号：执行该命令，将打开一个对话框，在其中可以设置多项参数。
- ◉ 命令名称显示为灰色：该命令不可用。
- ◉ 命令名称右侧带有字母：该命令的快捷键。
- ◉ 命令名称左侧带有图标：该命令已设置为工具按钮。

提示

在菜单命令旁边有一个带下划线的字母。按下 Alt 键不放，再按相应的字母键就可以执行该命令。

⑦.2.3　工具栏

在 Word 2003 中，将常用命令以工具按钮的形式表示出来。使用工具栏可以快速执行常用操作，并且可以代替在菜单上选择某些命令，从而提高工作效率。

1. 显示或隐藏工具栏

默认情况下，Word 2003 的操作界面显示【常用】和【格式】工具栏。用户可以根据需要显示或隐藏某个工具栏。要显示或隐藏某个工具栏，可以通过以下几种方法来实现。

- 通过菜单命令来实现。选择【视图】|【工具栏】命令下的相应子命令就可以显示或隐藏相应的工具栏。

- 通过右键菜单实现。在任意工具栏上右击，从弹出的快捷菜单中选择相应的命令就可以显示或隐藏相应的工具栏。

- 通过对话框实现。选择【工具】|【自定义】命令，打开【自定义】对话框，选择【工具栏】选项卡，在【工具栏】列表框中选中或取消选中工具栏前面的名称复选框，就可以显示或隐藏相应的工具栏，如图 7-11 所示。

图 7-11　【工具栏】选项卡

 提示

默认状态下，【常用】和【格式】工具栏在一列中显示，有些按钮不能被查看，可将鼠标指针移至两个工具栏连接处，当鼠标指针变成←→时，向左（右）拖动即可显示出来。

2. 添加或删除工具栏按钮

Word 2003 允许用户在【常用】工具栏和【格式】工具栏中添加或删除命令按钮，以方便操作。添加和删除工具栏按钮可以通过以下两种方法来实现。

- 通过工具栏来实现。单击【常用】工具栏或【格式】工具栏右侧的按钮，弹出一个下拉菜单，选择【添加或删除按钮】|【常用(或格式)】命令的子命令(如图 7-12 所示)，就可以添加或删除相应的按钮。

图 7-12　执行【添加或删除命令】

- 通过对话框实现。在【自定义】对话框中打开【命令】选项卡，在【类别】列表框中选择要添加的按钮所属的类别，在【命令】列表框中选择要添加的选项，再按住鼠标左键不放，将该选项拖放到工具栏中需要的位置即可添加按钮；在工具栏中按住不需要的按钮，将其拖离工具栏即可将其删除，如图 7-13 所示。

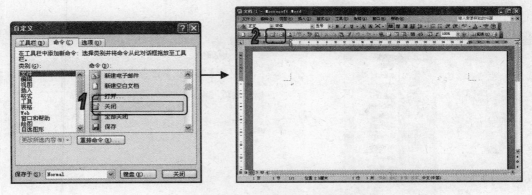

图 7-13　通过对话框实现添加按钮操作

⑦.2.4　状态栏

状态栏位于 Word 窗口的底部，用于显示文档当前页号、节号、页数、光标所在的列号等文档内容，如图 7-14 所示。状态栏中还显示了一些特定命令的工作状态，如录制宏、修订、扩展选定范围、改写以及当前使用的语言等，用户可双击这些按钮来设定其相应的工作状态。当这些命令按钮为高亮时，表示目前正处于工作状态，若变为灰色，则表示未在工作状态下。

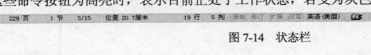

图 7-14　状态栏

> **提示**
>
> 如果要隐藏状态栏，可以选择【工具】|【选项】命令，打开【选项】对话框，在【视图】选项卡中取消选择【状态栏】复选框即可。

⑦.2.5　任务窗格

任务窗格是指 Word 应用程序中提供常用命令的分栏窗口，位于界面右侧。它会根据操作要求自动弹出，使用户及时获得所需的工具，从而节约时间、提高工作效率，并有效地控制 Word 的工作方式。

单击任务窗格右侧的下拉箭头，从弹出的下拉菜单中可以选择其他任务窗格命令，如图 7-15 所示。使用任务窗格命令，可以方便用户进行新建文档、文档更新、保护文档、邮件合并等操作。

此外，单击任务窗格右上角的【关闭】按钮，即可关闭任务窗格。

图 7-15　任务窗格菜单

7.2.6　文档编辑区

　　文档编辑区也就是工作区，在该区域中显示了当前正在编辑的文档内容。用户对文档所进行的各种操作，都是通过工作区显示和反馈的。一般情况下，光标总是停留在工作区的文档中。在默认打开的空白文档中，光标将定位在行首。当用户输入文字时，一行输入完毕，光标将自动定位到下一行。

7.3　Word 2003 视图模式

　　Word 2003 提供了 5 种基本的视图，即页面视图、阅读版式视图、Web 版式视图、大纲视图和普通视图。在不同情况下采用不同的视图方式可以方便页面编辑，提高工作效率。通过选择【视图】菜单下的相应命令或通过单击文档编辑区左下角的相应按钮，就可以在不同的视图方式间进行切换，如图 7-16 所示。

提示

　　如图 7-16 所示的是属于页面视图下的文档窗口。在一般情况下，普通用户都使用页面视图。

Web 版式视图

页面视图

大纲视图

普通视图　　　　　　　→　阅读版式视图

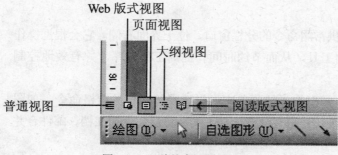

图 7-16　5 种基本视图

　　下面将具体介绍这 5 种基本视图。

- 页面视图：可以显示与实际打印效果完全相同的文件样式，文档中的页眉、页脚、页边距、图片及其他元素均会显示其正确的位置，如图 7-17 所示。在该视图下可以进行 Word 的一切操作。
- Web 版式视图：可以看到背景和为适应窗口而换行显示的文本，且图形位置与在 Web 浏览器中的位置一致，如图 7-18 所示。

图 7-17　页面视图

图 7-18　Web 版式视图

- 大纲视图：可以非常方便地查看文档的结构，并可以通过拖动标题来移动、复制和重新组织文本。在大纲视图中，可以通过双击标题左侧的"+"号标记，展开或折叠文档，使其显示或隐藏各级标题及内容，如图 7-19 所示。
- 阅读版式视图：以最大的空间来阅读或批注文档，如图 7-20 所示。在该版式下，将显示文档的背景、页边距，并可进行文本的输入、编辑等，但不显示文档的页眉和页脚。

图 7-19　大纲视图

图 7-20　全屏阅读视图

- 普通视图：简化了页面的布局，诸如页边距、页眉和页脚、背景、图形对象以及没有设置为嵌入型环绕方式的图片都不会在普通视图中显示，如图 7-21 所示。在该视图中，可以非常方便地进行文本的输入、编辑以及设置文本格式。

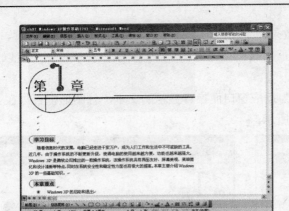

图 7-21　普通视图

提示

默认情况下，Word 2003 显示标尺以辅助 Word 文档中的对象对齐或定位。如果主菜单【视图】|【标尺】命令前被打勾，表示选中，此时显示标尺，用户可以通过再次选择【视图】|【标尺】命令来隐藏标尺。

Word 2003 默认设定 Word 文档的显示比例为 100%。在【常用】工具栏的【显示比例】下拉列表框中选择合适的显示比例，可以用来查看文档的细节或是全貌。如图 7-22 所示的是选择【双页】比例后的显示文档全貌的效果。

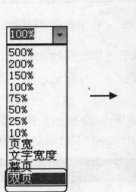

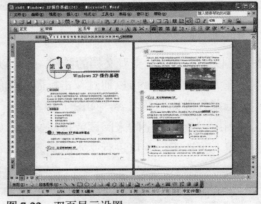

图 7-22　双页显示设置

此外，在 Word 2003 中还可以显示网格线以辅助定位。在主菜单中选择【视图】|【网格线】命令，即可在 Word 文档中显示由直线组成的网格线，如图 7-23 所示。

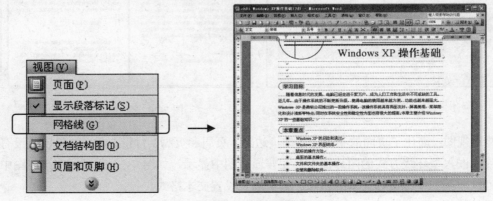

图 7-23　显示网格线

7.4　Word 文档的基本操作

　　Word 文档的基本操作主要包括创建新文档、保存文档、打开文档以及关闭文档等，而这些基本操作又是文档处理过程中最起码的工作。本节将详细介绍这些基本操作。

7.4.1　新建文档

　　在 Word 2003 中进行办公文本编辑工作前，需先创建一个文本编辑区域，这就是新建文档。新建的文档可以是空白文档，也可以是基于模板的文档。

1. 新建空白文档

　　在 Word 2003 中，空白文档是用户最常使用的传统的文档。要新建空白文档，可在【常用】工具栏上单击【新建空白文档】按钮，或者选择【文件】|【新建】命令，打开【新建文档】任务窗格，在【新建】选项组中单击【空白文档】链接即可，如图 7-24 所示。

图 7-24　【新建文档】任务窗格

提示

　　启动 Word 2003 后，系统将自动新建一个名为【文档 1】的文档，如果还需要新的空白文档，可以继续新建，并且自动以【文档 2】、【文档 3】等命名。

知识点

　　除以上介绍的方法外，还可以使用一种快捷方式来新建空白文档：按下 Ctrl+N 组合键。

2. 根据已有文档新建文档

　　根据现有文档创建新文档时，可将选择的文档以副本方式在一个新的文档中打开，这时用户就可以在新的文档中编辑文档的副本，而不会影响到原有的文档。

　　【例 7-1】根据已有的文档"ch01 Windows XP 操作基础"新建一篇文档。

　　(1) 启动 Word 2003，选择【文件】|【新建】命令，打开【新建文档】任务窗格。

　　(2) 在【新建】选项组中单击【根据现有文档】链接，打开【根据现有文档新建】对话框，在其中选择文档"第 1 章　初识 Word 2003"，如图 7-25 所示。

　　(3) 单击【创建】按钮，Word 2003 自动新建一个文档，其中的内容为所选的"ch01 Windows

计算机 基础与实训教材系列

XP 操作基础"的内容，如图 7-26 所示。

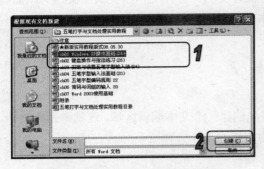

图 7-25　【根据现有文档新建】对话框

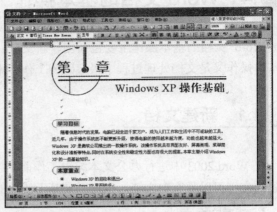

图 7-26　创建的新文档

提示

Word 2003 提供了多种模板，用户还可以通过模板方便地创建文档。方法很简单，在如图 7-24 所示的任务窗格中通过单击【本机上的模板】或【网络上的模板】链接来打开模板或下载模板，然后再根据已有文档来新建文档。

⑦.4.2　保存文档

文档的保存是一种常规的操作。对于新建的 Word 文档或正在编辑某个文档时，一旦发生计算机突然死机、停电等非正常关闭的情况，文档中的信息就会意外丢失，因此为了保护工作成果，定期的保存文档是非常重要的。

1. 保存新创建的文档

如果要对新创建的文档进行保存，可选择【文件】|【保存】命令或单击【常用】工具栏上的【保存】按钮，在打开的如图 7-27 所示的【另存为】对话框中，设置保存路径、名称及保存格式。

图 7-27　【另存为】对话框

提示

在保存新建的文档时，如果在文档中已输入了一些内容，Word 2003 自动将输入的第一行内容作为文件名。

2. 保存已保存过的文档

要对已保存过的文档进行保存时，可选择【文件】|【保存】命令或单击【常用】工具栏上的【保存】按钮 ，即可按照原有的路径、名称以及格式进行保存。

3. 另存为其他文档

要另存为其他文档，可选择【文件】|【另存为】命令，在打开的【另存为】对话框中，设置保存路径、名称及保存格式。

【例7-2】将【例7-1】创建的文档以"第1章 Windows XP 操作基础"命名，并将其保存在【我的文档】文件夹中。

(1) 在如图 7-26 所示所示的窗口中，选择【文件】|【另存为】命令，打开【另存为】对话框。

(2) 在【保存位置】下拉列表框中选择【我的文档】文件夹。

(3) 切换至五笔字型输入法，在【文件名】文本框中输入"第1章 Windows XP 操作基础"，在【保存类型】下拉列表框中选择【Word 文档】选项，如图 7-28 所示。

(4) 单击【保存】按钮，此时"第1章 Windows XP 操作基础"文档将保存在【我的文档】文件夹中。

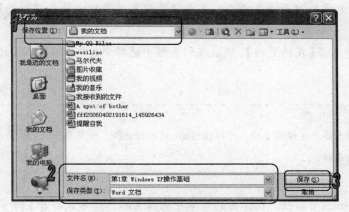

> **提示**
>
> 如果要保持另存为的文档与源文档同名，则必须选择与源文档不同的保存路径；如果要与源文档保存在同一个文件夹中则必须重命名另存为的文档。

图 7-28　保存文档

⑦.4.3　打开文档

打开文档是 Word 日常操作中最基本、最简单的一项操作，对任意文档进行编辑、排版操作，则首先必须将其打开。

打开文档的方法很简单，启动 Word 2003 后，选择【文件】|【打开】命令或在【常用】工具栏上单击【打开】按钮 ，打开【打开】对话框，如图 7-29 所示。在【查找范围】下的列表框中选择所要打开的文档，单击【打开】按钮即可打开所选的文档。

此外，Word 提供了多种文档的打开方式。用户可以在如图 7-29 所示的对话框中，选择需要打开的文件后，单击【打开】按钮右侧的小三角按钮，从弹出的如图 7-30 所示的命令菜单中选择所需的打开方式。例如，选择【以只读方式打开】命令，就可以以只读方式打开该文档。

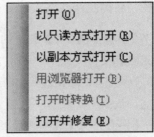

图 7-29　【打开】对话框　　　　　　　　　图 7-30　选择文档的打开方式

【例 7-3】以只读的方式打开保存在【我的文档】中的文档"第 1 章 Windows XP 操作基础"。

(1) 启动 Word 2003，选择【文件】|【打开】命令，或在【常用】工具栏上单击【打开】按钮，打开【打开】对话框。

(2) 在【查找范围】下列表框中选择【我的文档】，然后在列表框中选择文档"第 1 章 Windows XP 操作基础"，如图 7-31 所示。

知识点

在打开文档时，如果要一次打开多个连续的文档，可按住 Shift 键进行选择；如果要一次打开多个不连续的文档，可按住 Ctrl 键进行选择。

(3) 单击【打开】按钮右侧的小三角按钮，在弹出的菜单中选择【以只读方式打开】命令(如图 7-32 所示)，就可以以只读方式打开文档。

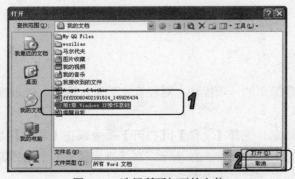

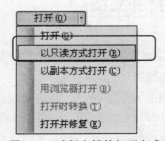

图 7-31　选择所要打开的文件　　　　　　　图 7-32　选择文档的打开方式

⑦.4.4　关闭文档

　　打开或创建了一个保存好的文档后，若需要建立其他的文档或者使用其他的应用程序，就需要关闭该文档，选择【文件】|【关闭】命令，或单击窗口右上角的【关闭】按钮 ☒ 即可。在关闭文档时，如果没有对文档进行编辑、修改，即可直接关闭；如果对文档做了修改，但还没有保存，系统将会打开一个如图 7-33 所示的提示框，询问是否保存对文档所做的修改。单击【是】按钮，即可保存并关闭该文档。

图 7-33　提示对话框

📖 **知识点** -

　　Word 2003 允许同时打开多个 Word 文档进行编辑操作，因此关闭文档并不等于退出 Word 2003，这里的关闭只是当前文档。

⑦.5　上机练习

　　本章上机练习主要通过自定义 Word 2003 工作环境和自定义工具栏，来练习设置工作环境、自动保存文档、自定义工具栏等操作。

⑦.5.1　自定义 Word 2003 工作环境

　　在 Word 2003 中，新建一个文档，将其以【我的资料】为名保存在 D 盘，并重新设置工作环境。

　　(1) 启动 Word 2003，程序自动新建一个名为【文档 1】的空白文档，如图 7-34 所示。

　　(2) 在【常用】工具栏上单击【保存】 🖫 按钮，打开【另存为】对话框，在【保存位置】下拉列表框中选择 D 盘，在【文件名】下拉列表框中输入"我的资料"，如图 7-35 所示。

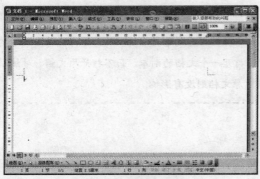

图 7-34　新建 Word 文档

图 7-35　设置保存的位置和名件名

（3）单击【确定】按钮，即可将文档以【我的文档】为名保存在 D 盘，如图 7-36 所示。

（4）选择【工具】|【选项】命令，打开【选项】对话框，选择【视图】选项卡，在【显示】选项组中，取消选中【状态栏】复选框，在窗口中不显示状态栏，增大编辑区的显示范围，如图 7-37 所示。

图 7-36　我的文档

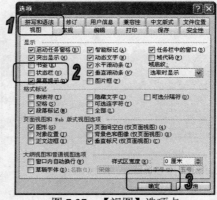

图 7-37　【视图】选项卡

（5）打开【保存】选项卡，在【保存选项】选项组中，选中【自动保存时间间隔】复选框，并在其后的微调框中输入自动保存的时间间隔，如图 7-38 所示。

（6）单击【确定】按钮，就可以每隔 10 分钟自动保存文档，在遇到死机或突然断电等意外情况时最大程度地减小用户的工作损失。

（7）选择【视图】|【工具栏】|【绘图】命令，在窗口中隐藏【绘图】工具栏，最终设置效果如图 7-39 所示。

 知识点

　　用户还可以根据自身的需要添加或删除工具栏上的命令按钮，单击工具栏右侧的 按钮，从弹出的下拉菜单中选择【添加和删除按钮】命令下的子命令，即可进行添加和删除命令按钮操作。

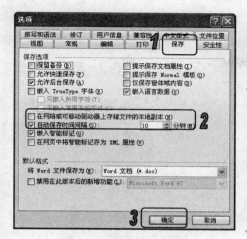

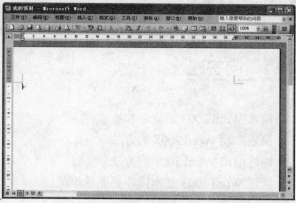

图 7-38　【保存】选项卡　　　　　　图 7-39　自定义的工作环境

7.5.2　自定义工具栏

使用【自定义】对话框将【常用】和【格式】工具栏分两行显示。

(1) 启动 Word 2003，选择【工具】|【自定义】命令，打开【自定义】对话框。

(2) 打开【选项】选项卡，选中【分两排显示'常用'工具栏和'格式'工具栏】复选框，如图 7-40 所示。

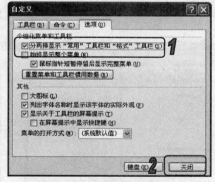

图 7-40　【选项】选项卡

提示

选中【列出字体名称时显示该字体的实际外观】复选框，则在打开【格式】工具栏的【字体】下拉列表框时，字体名称的外观呈现出格式化后的效果。

(3) 单击【关闭】按钮，此时工具栏分两行显示，如图 7-41 所示。

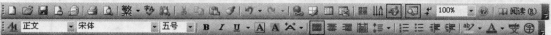

图 7-41　自定义工具栏

知识点

单击【常用】和【格式】工具栏右侧的按钮，从弹出的下拉菜单中选择【在一行显示按钮】命令，即可将两个工具栏合并为一行显示。

7.6 习题

7.6.1 问答题

1. 简述 Word 2003 的概念和特点。
2. 简述启动 Word 2003 的方法。
3. 简述退出 Word 2003 的方法。
4. 简述 Word 2003 基本操作界面的组成。

7.6.2 操作题

1. 在 Word 2003 中，使用【自定义】对话框将【格式】工具栏中的【带圈字符】按钮删除，将【上标】按钮添加到工具栏中，效果如图 7-42 所示。

图 7-42　添加和删除【格式】工具栏按钮

2. 以副本方式打开【我的文档】中的文档【第 1 章 Windows XP 操作基础】，效果如图 7-43 所示，然后对其进行编辑修改和保存。

3. 以阅读版式视图模式浏览上题中打开的【第 1 章 Windows XP 操作基础】，效果如图 7-44 所示。

图 7-43　以副本方式打开文档

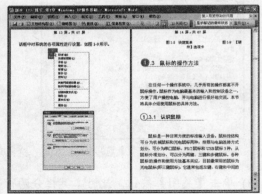

图 7-44　阅读版式

第8章

Word 文档编辑

学习目标

在文档中，文字是组成段落的最基本内容，任何一个文档都是从段落文本开始进行编辑的。当用户输入完所需的文本内容后，可以对相应的文本、段落进行格式化操作，还可以添加项目符号和编号以及设置段落边框和底纹，从而使文档不仅层次分明，而且便于用户阅读。

本章重点

- ◉ 文档的简单编辑
- ◉ 格式化文本
- ◉ 设置段落格式
- ◉ 设置项目符号和编号
- ◉ 设置段落边框和底纹

8.1 文档的简单编辑

在 Word 2003 中，文档的简单编辑主要包括文本的输入、选取、复制、移动、查找和替换等操作。这些操作是 Word 中最基本、最常用的操作。熟练地运用文本的简单编辑功能，可以节省大量的时间。

8.1.1 输入文本

在 Word 2003 中，建立文档的目的是为了输入文本内容。在输入文本前，文档编辑区的开始位置将会出现一个闪烁的光标，因此将其称为"插入点"。在 Word 文档输入的过程中，任何文本将会在插入点处出现。当定位了插入点的位置后，即可开始进行文本的输入。

输入文本实质上就是向文档中输入内容。除了普通的文字外，在 Word 中输入文本内容还包括汉字、特殊符号以及日期时间等，它们的输入方法不尽相同，下面将逐一介绍。

1. 输入普通文字

当新建一个空白文档后，就可以对其进行文本的输入，文本的输入包括直接输入和插入输入两种。

- ⊙ 直接输入：新建一个文档或者打开一个文档时，文本的插入点位于整篇文档的最前面，此时选择五笔字型输入法后，可以直接在该位置输入文字，如图 8-1 所示。
- ⊙ 插入输入：若文档中已存在文字，需要在某一指定位置输入文字时，可将光标移至文档编辑区中，光标在此处闪动时，然后切换到五笔字型输入法并输入文本，如图 8-2 所示。

计算机 基础与实训教材系列

图 8-1　直接输入　　　　　　　　　图 8-2　插入输入

当输入到行尾时，不要按 Enter 键，系统会自动换行。输入到段落结尾时，应按 Enter 键，表示段落结束。如果在某段落中需要强行换行，可以使用 Shift+Enter 组合键。

在输入过程中，Word 有插入和改写两种编辑状态。默认情况下，Word 2003 的输入状态为插入状态。当状态栏上"改写"文字处于灰色状态时，表示处于插入状态；当状态栏上的"改写"文字处于高亮显示状态时，表示处于改写状态。双击状态栏上的"改写"区域或者按键盘上的 Insert 键，可以在改写和插入状态之间进行切换。

2. 输入特殊字符

除了可以使用五笔字型输入法的软键盘输入特殊字符外，还可通过 Word 的插入功能输入特殊字符。

插入特殊字符的方法很简单，定位好文本插入点后，选择【插入】|【符号】命令，如图 8-3 所示，在随后打开的【符号】对话框中，切换至【符号】选项卡，在【字体】列表框中选择一种字体，并在其下的列表框中选择一种符号，如图 8-4 所示。然后，单击 插入(I) 按钮即可插入该字符。

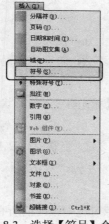

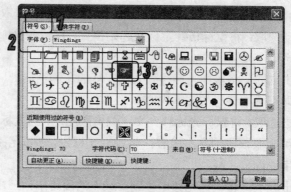

图 8-3 选择【符号】命令　　　　　　　图 8-4 【符号】对话框

3. 输入日期和时间

在 Word 2003 中，用户可以直接插入系统的当前日期和时间，并且可以选择日期和时间的格式。

将文本插入点定位到需要插入日期和时间的位置，选择【插入】|【日期和时间】命令，打开【日期和时间】对话框。在【语言(国家/地区)】下拉列表框中选择日期和时间的语言类型，在【可用格式】列表框中列出各种可用的日期和时间的格式，用户可以根据自己的需要选择格式，如图 8-5 所示。单击【确定】按钮，即可在文档中插入指定格式的系统时间和日期。

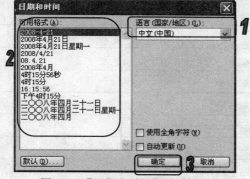

图 8-5 【日期和时间】对话框

提示

在图 8-5 所示的对话框中，选中【自动更新】复选框，当用户在不同时间打开文档时，文档中所插入的时间和日期将会随着系统时间和日期的更新而更新。

⑧.1.2 选择文本

在 Word 中，进行文本编辑和处理的方法和日常生活中处理事务的方法相似，这就是要明确处理的目标。它要求用户必须在进行操作之前选取或选中操作的对象。所谓选定对象就是将对象以反相显示或突出显示。选取文本既可以使用鼠标，也可以使用键盘，还可以结合鼠标和键盘进行选取。

1. 使用鼠标选取文本

鼠标可以轻松地改变插入点的位置，因此使用鼠标选取文本十分方便。

- ◎ 拖动选取：将鼠标指针定位在起始位置，再按住鼠标左键不放，向目的位置移动鼠标光标选取文本。
- ◎ 单击选取：将鼠标光标移到要选定行的左侧空白处，当鼠标光标变成 形状时，单击鼠标即可选取该行的文本内容。
- ◎ 双击选取：将鼠标光标移到文本编辑区左侧，当鼠标光标变成 形状时，双击鼠标左键，即可选取该段的文本内容；将鼠标光标定位到词组中间或左侧，双击鼠标即可选取该单字或词。
- ◎ 三击选取：将鼠标光标定位到要选取的段落中，三击鼠标可选中该段的所有文本内容；将鼠标光标移到文档左侧空白处，当鼠标变成 形状时，三击鼠标即可选中文档中所有内容。

2. 使用键盘选择文本

使用键盘上相应的快捷键，同样可以选取文本。利用快捷键选取文本内容的功能如表 8-1 所示。

表 8-1 选取文本的快捷键及功能

快 捷 键	功 能
Shift+→	选取光标右侧的一个字符
Shift+←	选取光标左侧的一个字符
Shift+↑	选取光标位置至上一行相同位置之间的文本
Shift+↓	选取光标位置至下一行相同位置之间的文本
Shift+Home	选取光标位置至行首
Shift+End	选取光标位置至行尾
Shift+PageDowm	选取光标位置至下一屏之间的文本
Shift+PageUp	选取光标位置至上一屏之间的文本
Ctrl+Shift+Home	选取光标位置至文档开始之间的文本
Ctrl+Shift+End	选取光标位置至文档结尾之间的文本
Ctrl+A	选取整篇文档

3. 结合鼠标和键盘选择文本

使用鼠标和键盘结合的方式不仅可以选取连续的文本，也可以选择不连续的文本。

- ◎ 选取连续的较长文本：将插入点定位到要选取区域的开始位置，按住 Shift 键不放，再移动鼠标光标至要选取区域的结尾处，单击鼠标，并释放 Shift 键即可选取该区域之间的所有文本内容。

- ◉ 选取不连续文本：选取任意一段文本，按住 Ctrl 键，再拖动鼠标选取其他文本，即可同时选取多段不连续的文本。
- ◉ 选取整篇文档：按住 Ctrl 键不放，将鼠标光标移到文本编辑区左侧空白处，当鼠标光标变成形状时，单击鼠标左键即可选取整篇文档。
- ◉ 选取矩形文本。将插入点定位到开始位置，按住 Alt 键不放，再拖动鼠标即可选取矩形文本。

8.1.3 复制文本

在文档中经常需要重复输入文本时，可以使用复制文本的方法进行操作以节省时间，加快输入和编辑的速度。所谓文本的复制，是指将要复制的文本移动到其他的位置，而原文本仍然保留在原来的位置。复制文本有以下几种方法：

- ◉ 选取需要复制的文本，选择【编辑】|【复制】命令，把插入点移到目标位置，再选择【编辑】|【粘贴】命令。
- ◉ 选取需要复制的文本，按 Ctrl+C 快捷键，把插入点移到目标位置，再按 Ctrl+V 快捷键。
- ◉ 选取需要复制的文本，在【常用】工具栏上单击【复制】按钮，把插入点移到目标位置，单击【粘贴】按钮。
- ◉ 选取需要复制的文本，按下鼠标右键拖动到目标位置，松开鼠标会弹出一个快捷菜单，从中选择【复制到此位置】命令。
- ◉ 选取需要复制的文本并右击，从弹出的快捷菜单中选择【复制】命令，把插入点移到目标位置并右击，从弹出的快捷菜单中选择【粘贴】命令。

8.1.4 移动文本

顾名思义，移动文本是指将当前位置的文本移到另外的位置，在移动的同时，会删除原来位置上的原版文本。移动文本的操作与复制文本类似，唯一的区别在于，移动文本后，原位置的文本消失，而复制文本后，原位置的文本仍在。移动文本有以下几种方法：

- ◉ 选取需要移动的文本，选择【编辑】|【剪切】命令，把插入点移到目标位置，再选择【编辑】|【粘贴】命令。
- ◉ 选取需要移动的文本，按 Ctrl+X 快捷键，把插入点移到目标位置，再按 Ctrl+V 快捷键。
- ◉ 选取需要移动的文本，在【常用】工具栏上单击【剪切】按钮，把插入点移到目标位置，单击【粘贴】按钮。
- ◉ 选取需要移动的文本，按下鼠标右键拖动到目标位置，松开鼠标会弹出一个快捷菜单，从中选择【称动到此位置】命令。

● 选取需要移动的文本并右击，从弹出的快捷菜单中选择【剪切】命令，把插入点移到目标位置并右击，从弹出的快捷菜单中选择【粘贴】命令。

⑧.1.5 查找和替换文本

Word 2003 提供的查找和替换功能可以快速搜索文字、词语和句子，并且对于文本中重复出现的错别字，使用替换功能还可以一次性对其进行纠正，从而减少工作强度和时间。

在 Word 2003 中，用户可以选择【编辑】|【查找】命令，打开【查找与替换】对话框，如图 8-6 所示，打开【查找】选项卡，在【查找内容】文本框中输入要查找的内容，单击【查找下一处】按钮，即可将光标定位在文档中第一个查找到的目标处。多次单击【查找下一处】按钮，可依次查找文档中对应的内容。

在【查找与替换】对话框中单击【替换】标签，打开【替换】选项卡，单击【高级】按钮，可展开该对话框用来设置文档的高级查找选项，如图 8-7 所示。

图 8-6 【查找】选项卡

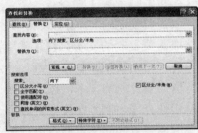

图 8-7 设置查找的高级选项

在展开的【查找和替换】对话框中，各选项的功能如下：

● 【查找内容】文本框：用来输入要查找的文本内容。

● 【替换为】文本框：用来输入要替换的文本内容。

● 【搜索】下拉列表框：用来选择文档的搜索范围。选择【全部】选项，将在整个文本中进行搜索；选择【向下】选项，可从插入点处向下进行搜索；选择【向上】选项，可从插入点处向上进行搜索。

● 【区分大小写】复选框：选择该复选框，可在搜索时区分大小写。

● 【全字匹配】复选框：选择该复选框，可在文档中搜索符合条件的完整单词，而不搜索长单词中的一部分。

● 【使用通配符】复选框：选择该复选框，可搜索输入【查找内容】文本框中的通配符、特殊字符或特殊搜索操作符。

● 【同音(英文)】复选框：选择该复选框，可搜索与【查找内容】文本框中文字发音相同但拼写不同的英文单词。

- ⊙ 【查找单词的所有形式(英文)】复选框：选择该复选框，可将【查找内容】文本框中的英文单词的所有形式替换为【替换为】文本框中指定单词的相应形式。

- ⊙ 【区分全/半角】复选框：选择该复选框，可在查找区分全角与半角。

- ⊙ 【格式】按钮：单击该按钮，将在弹出的下一级子菜单中设置查找文本的格式，例如字体、段落、制表位等。

- ⊙ 【特殊字符】按钮：单击该按钮，在弹出的下一级子菜单中可选择要查找的特殊字符，如段落标记，省略号，制表符等。

- ⊙ 【不限定格式】按钮：若设置了查找文本的格式后，单击该按钮可取消查找文本的格式设置。

替换功能不但可以查找文档中的需要替换的内容，还能将其替换成新的文本内容。替换的方法类似于查找的方法，下面将以实例来介绍其方法。

【例 8-1】新建一篇名为【提醒自我】的文档，在该文档中输入文本内容后，将文本【老太太】替换成【老婆婆】。

(1) 启动 Word 2003，系统自动新建一个名为【文档 1】的文档，在【常用】工具栏中单击【保存】按钮，将其保存名为【提醒自我】的文档，如图 8-8 所示。

(2) 单击 Windows 任务栏上的输入法图标，在弹出的快捷菜单中选择【王码五笔字型输入法86 版】命令，如图 8-9 所示。

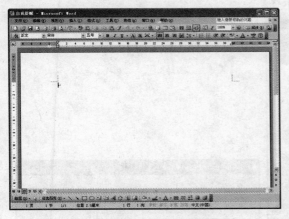

图 8-8　重命名文档

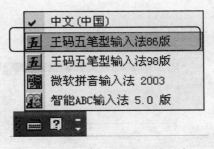

图 8-9　选择五笔字型输入法

(3) 在插入点处直接输入"提醒自我"，然后按 Enter 键，继续输入文本内容，输入后的效果如图 8-10 所示。

(4) 选择【编辑】|【替换】命令，打开【查找和替换】对话框，切换至【替换】选项卡。

(5) 切换至五笔字型输入法后，在【查找内容】文本框中输入"老太太"，在【替换为】文本框中输入"老婆婆"，如图 8-11 所示。

图 8-10　输入文档内容　　　　　　　　　　图 8-11　【替换】选项卡

(6) 单击【替换】按钮，在文本中以黑底显示查找到的第 1 处文本【老太太】，单击【替换】按钮，系统将自动将其替换，并继续查找下一处文本(如图 8-12 所示)，如果不想替换该处文本，单击【查找下一处】按钮。

(7) 单击【全部替换】按钮可替换整篇文档符合条件的内容，当完成对所有文本的搜索和替换后，系统将提示用户搜索结束并替换 5 处符合条件的文本，如图 8-13 所示。

(8) 单击【否】按钮，返回到【查找和替换】对话框，然后单击【关闭】按钮，关闭【查找和替换】对话框，此时也就完成了对文档中文本的替换操作。

(9) 单击【保存】按钮，将替换后的文档保存。

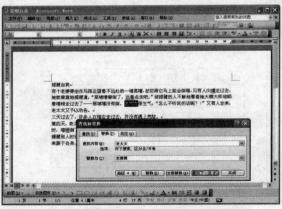

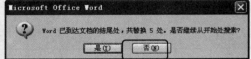

图 8-12　查找下一处文本　　　　　　　　图 8-13　信息提示框

⑧.1.6　删除文本

当需要删除错误或多余的文本时可以采用如下几种方法：
- 按键盘上 Delete 键可删除光标右面的文本。
- 按键盘上 Backspace 键可删除光标左侧的文本。

- ◉ 文本被选择以后按键盘上 Delete 键可删除选中的文本。
- ◉ 选取需要删除的文本，在【常用】工具栏中，单击【剪切】按钮 。
- ◉ 选取需要删除的文本，然后选择【编辑】|【清除】|【内容】命令。

 知识点-----------------------------------

　　【清除】菜单命令和【剪切】菜单命令是有区别的，【清除】是将文本完全删除，而【剪切】是将文本暂时移入剪贴板。

8.1.7　撤消与恢复

　　撤消与恢复功能在文档的编辑中经常用到。用户在进行输入、删除和改写文本时，Word 2003 会自动记录最新的操作，而该功能可以帮助用户撤消刚执行的操作，或者将撤消的操作进行恢复。

1. 撤消操作

　　所谓的撤消，是指取消刚刚执行的一项或多项操作。Word 2000 可以记录许多具体操作的过程，当发生误操作时，可以对其进行撤消。进行撤消操作的方法如下。

- ◉ 单击常用工具栏中的【撤消】按钮 。
- ◉ 单击菜单栏中的【编辑】菜单项。如果要撤消刚键入的文字，在打开的菜单中选择【撤消键入】命令；如果是刚执行了粘贴操作，打开【编辑】菜单时，【撤消键入】的命令变成了【撤消粘贴】命令，选择该选项，就撤消了刚才的粘贴。
- ◉ 按 Ctrl+Z 快捷键也可以撤消刚刚执行的操作。

2. 恢复操作

　　恢复是针对撤消而言的，大部分刚刚撤消的操作都可以恢复。如果用户后悔进行上一步的撤消操作，那么可以通过恢复操作，将文本恢复到撤消以前的状态。恢复操作的方法如下。

- ◉ 单击常用工具栏中的【恢复】按钮 。
- ◉ 单击菜单栏中的【编辑】菜单项。如果要恢复刚键入的文字，在打开的菜单中选择【恢复键入】命令；如果是刚执行了粘贴操作，打开【编辑】菜单时，【恢复键入】的命令变成了【恢复粘贴】命令，选择该命令，即可恢复刚才的粘贴。
- ◉ 按 Ctrl+Y 快捷键也可以恢复刚刚执行的操作。

8.2　格式化文本

　　在 Word 文档中，文字是组成段落的最基本内容，任何文档都是从段落文本开始进行编辑的。在输入文本内容后，可以对相应的段落文本进行格式化设置，从而使文档更加美观。

計算机 基础与实训教材系列

8.2.1 设置文本格式及效果

设置文本的字体、字号、字形和颜色是格式化文本中最基本的操作。用户可以通过【格式】工具栏进行设置，也可以通过【字体】对话框的【字体】选项卡进行设置。

【格式】工具栏如图 8-14 所示，用于设置字体格式。在文档中选中文本后，可以在【格式】工具栏上的【字体】下拉列表框中选择需要的字体；在【字号】下拉列表框中选择字号；单击【加粗】按钮 **B** 和【倾斜】按钮 *I* 设置文本字体加粗和倾斜；单击【字体颜色】按钮 **A**，在弹出的如图 8-15 所示的调色板中选择字体颜色。

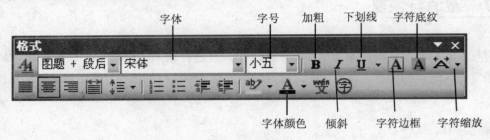

图 8-14　【格式】工具栏

在菜单栏上选择【格式】|【字体】命令，打开【字体】对话框，系统默认打开【字体】选项卡，如图 8-16 所示。在【中文字体】或【西文字体】下拉列表框中选择文本使用的字体；在【字形】列表框中选择文本使用的字形，或直接在【字号】文本框中输入所需要的字号；在【字体颜色】下拉列表框中选择文本使用的颜色。

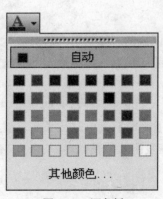

图 8-15　调色板

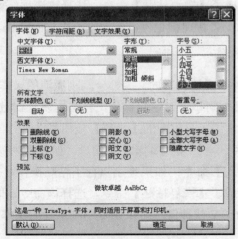

图 8-16　【字体】选项卡

若要以特定的字体、字号、字形和颜色输入较多的文本内容，也可先在【格式】工具栏中设置好文本的字体、字号、字形和颜色，然后在插入点处输入文本即可。

【例 8-2】在【例 8-1】所创建的文档【提醒自我】中，设置标题的字体为【隶书】，字号为【二号】，字体颜色为【蓝色】，并且使标题居中；设置正文字体为【宋体】，字号为【小四】，字体颜色为【红色】，字形为【倾斜】和【加粗】，设置后的效果如图 8-17 所示。

(1) 启动 Word 2003，打开文档【提醒自我】。

(2) 拖动鼠标选中文章的标题【提醒自我】，然后在【格式】工具栏的【字体】下拉列表框中选择【隶书】选项，如图 8-18 所示。

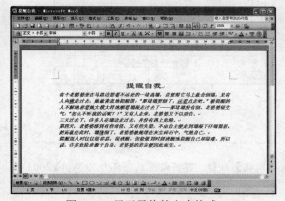
图 8-17　显示最终的文本格式

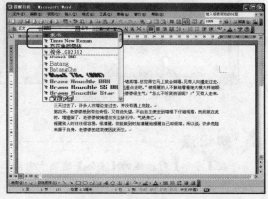
图 8-18　设置字体

(3) 在【字体】下拉列表框中选择【二号】选项，如图 8-19 所示。

(4) 单击【字体颜色】按钮，从弹出的调色板中选择【蓝色】色块，如图 8-20 所示。

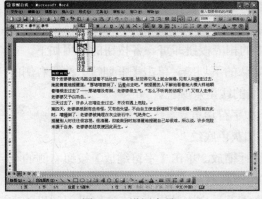
图 8-19　设置字号

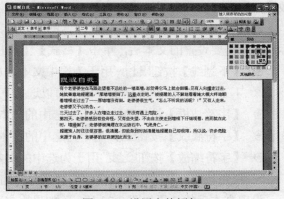
图 8-20　设置字体颜色

(5) 单击【居中】按钮，完成标题的设置，最终效果如图 8-21 所示。

(6) 拖动鼠标选中文本内容，在菜单栏上选择【格式】|【字体】命令，打开【字体】对话框的【字体】选项卡。

(7) 在【中文字体】下拉列表框中选择【宋体】选项；在【字形】列表框中选择【加粗 倾斜】选项；在【字号】列表框中选项【小四】选项；在【字体颜色】下拉列表框中选项【红色】选项，如图 8-22 所示。

(8) 单击【确定】按钮，关闭对话框，显示最终文本效果，如图 8-17 所示。

计算机 基础与实训教材系列

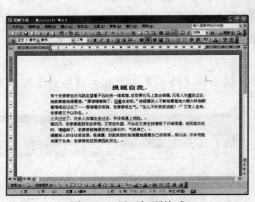

图 8-21　显示标题格式

图 8-22　设置正文格式

 知识点

在【字体】对话框的【字体】选项卡中，单击【默认】按钮，可将设置的字体作为 Word 2003 的默认字体。

在【字体】选项卡的【效果】选项组中可以设置文本效果，只需要选中某种效果前的复选框即可。文本效果包括下列划、字符边距、字符底纹、上标、下标及阴影等。对于不同的文本效果，用户可以分别通过【格式】工具栏和【字体】对话框来进行设置。

在【格式】工具栏中可以设置文本的下划线、字符边框、字符底纹、字符缩放及上标和下标。选择需要设置的文本后，单击【格式】工具栏中的相应按钮即可。各按钮的作用如下。

- ◉ 【下划线】按钮 ⍰：用于为选中文本添加默认的下划线。单击【下划线】按钮右侧的下三角按钮，从弹出的菜单中可以选择下划线的线型及颜色。
- ◉ 【字符边框】按钮 ⍰：用于为选中的文本添加字符边框。
- ◉ 【字符底纹】按钮 ⍰：用于为选中的文本添加灰色底纹。
- ◉ 【字符缩放】按钮 ⍰：用于为选中的文本进行缩放。单击【字符缩放】按钮右侧的小三角按钮，从弹出的菜单中选择字符的缩放比例。

设置文本后的效果如图 8-23 所示。如果用户要取消某种文本效果，可在选中设置效果的文本后，再次单击【格式】工具栏中的相应按钮即可。同样，也可以在【字体】选项卡的【效果】选项组中取消选中某种效果前的复选框。

下划线　字符边框　字符底纹　字符缩放　字符^上标　字符下标

图 8-23　设置文本效果

 知识点

按 Ctrl+=组合键可以将选中的字体设为下标效果；按 Ctrl+Shift+=组合键可以将选中的字体设为上标效果。

8.2.2　设置文本字符间距

字符间距是指文档中字与字之间的距离。在通常情况下，文本是以标准间距显示的，这样的字符间距适用于绝大多数文本。但有时候为了创建一些特殊的文本效果，需要将字符间距进行扩大或缩小。

要设置文本的字符间距，可以选择【格式】|【字体】命令，打开【字体】对话框。单击【字符间距】标签，打开【字符间距】选项卡，如图 8-24 所示。

图 8-24　【字符间距】选项卡

> **提示**
>
> 在 Word 2003 中，"提升"与"降低"效果只对同一行中的部分文字有效，而不能对于整行或者整段文字应用该效果。

在【字符间距】选项卡中，各选项的作用如下。

- ◉ 【缩放】下拉列表框：选择百分比数值，可以改变字符在水平方向上的缩放比例。
- ◉ 【间距】下拉列表框：包含【标准】、【加宽】、【紧缩】3 个选项。默认情况下为标准间距；若用户要加宽字符间距，可选择【加宽】选项，并在其后的【磅值】文本框中输入加宽的磅数；若用户要紧缩字符间距，可选择【紧缩】选项，并在其后的【磅值】文本框中输入紧缩的磅数。图 8-25 所示的是将相同文字进行加宽和紧缩后的效果对比。
- ◉ 【位置】下拉列表框：包括【标准】、【提升】和【降低】3 个选项。默认情况下为标准位置；若用户要提高字符位置，可选择【提升】选项，并在其后的【磅值】文本框中输入提升的磅数；若用户要降低字符位置，可选择【降低】选项，并在其后的【磅值】文本框中输入降低的磅数。图 8-26 所示的是将相同文字进行提升和降低后的效果对比。
- ◉ 【为字体调整字间距】复选框：选择该复选框，可以在大于某一尺寸的条件下自动调整字符间距，这一尺寸就是在其后的【磅或更大】文本框中指定磅值。

图 8-25　文本字符间距效果对比

图 8-26　文本位置效果对比

【例 8-3】在如图 8-17 所示的文档"提醒自我"中，将标题"提醒自我"应用空心效果，并设置文本间距为加宽 5 磅，效果如图 8-27 所示。

(1) 在如图 8-17 所示的文档"提醒自我"中，拖动鼠标选中标题文本"通知"。

(2) 选择【格式】|【字体】命令，打开【字体】对话框。

(3) 切换至【字符】选择卡，在【效果】选项组中选中【空心】复选框，如图 8-28 所示。

图 8-27　设置文本效果及字符间距后的效果　　　　图 8-28　设置标题文本效果

(4) 单击【字符间距】标签，打开【字体间距】选项卡。

(5) 在【间距】下拉列表框中选择【加宽】选项，并在其后的【磅值】文本框中输入 5 磅，如图 8-29 所示。

(6) 单击【确定】按钮，设置后的效果如图 8-27 所示。

提示

打开【字体】对话框中的【文字效果】选项卡，可以对文字进行动态效果设置，默认情况下，Word 2003 提供了 7 种动态效果，如图 8-30 所示。

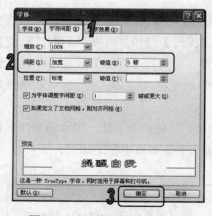

图 8-29　显示标题文本字符间距　　　　图 8-30　文本动态效果

⑧.2.3　设置文本文字方向

　　用户可以改变文档中文字的方向。例如，使文本框中的文字由横排改为竖排，竖排时文字自上而下排列。把图 8-27 所示的文档竖排后的效果如图 8-31 所示。

　　用户要改变文字方向，可选择【格式】|【文字方向】命令，将打开【文字方向】对话框，如图 8-32 所示。在对话框的【方向】选项组中选择一种文字排列方向，单击【确定】按钮即可。

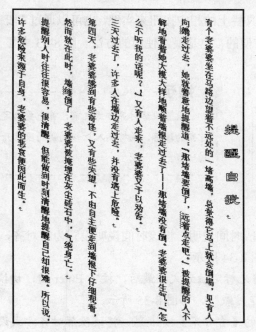

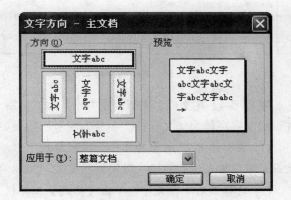

计算机 基础与实训教材系列

图 8-31　使文档中的文字竖排　　　　　　　图 8-32　【文字方向】对话框

⑧.3　设置段落格式

　　段落是构成整个文档的骨架，它是由正文、图表和图形等加上一个段落标记构成。所谓的段落，是指以一个回车键为结束标记的文字信息的集合。段落的格式化包括段落对齐、段落缩进、段落间距设置等。

⑧.3.1　设置段落对齐方式

　　段落对齐指文档边缘的对齐方式，包括两端对齐、居中对齐、左对齐、右对齐和分散对齐。这 5 种对齐方式的说明如下。

- ⊙ 两端对齐：默认设置，两端对齐时文本左右两端均对齐，但是段落最后不满一行的文字右边是不对齐的。
- ⊙ 左对齐：文本左边对齐，右边参差不齐。
- ⊙ 右对齐：文本右边对齐，左边参差不齐。
- ⊙ 居中对齐：文本居中排列。
- ⊙ 分散对齐：文本左右两边均对齐，而且每个段落的最后一行不满一行时，将拉开字符间距使该行均匀分布。

要设置段落对齐方式，可以通过单击【格式】工具栏上的相应按钮来实现，也可以通过【段落】对话框来实现。使用【格式】工具栏是最快捷方便的，也是最常使用的方法。图 8-33 中显示了各种段落对齐方式。

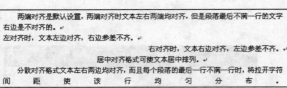

图 8-33　各种段落对齐效果

 提示

设置段落对齐方式之前，首先要选定对齐的段落，或将插入点移到新的段落开始位置。

【例 8-4】 在文档"提醒自我"中，添加最后一段时间说明，将该时间说明设置为右对齐，并设置文字字体为华文行楷，字号为四号，效果如图 8-34 所示。

(1) 在如图 8-27 所示的文档"提醒自我"中，将光标定位到文档最后，按下 Enter 键，切换至五笔字型输入法后，输入时间说明文字"2008 年 7 月载"，如图 8-35 所示。

(2) 选择最后一段文字，单击【格式】工具栏上的【右对齐】按钮，将该段落对齐方式设置为右对齐。

(3) 在工具栏上的【字体】下拉列表框中选择【华文行楷】选项，在【字体】下拉列表框中选择【四号】选项，设置完毕后的效果如图 8-34 所示。

图 8-34　设置段落对齐方法

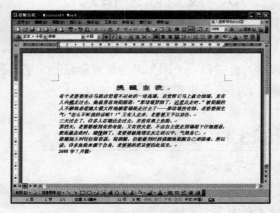

图 8-35　输入时间说明文字

8.3.2　设置段落缩进

　　段落缩进是指段落中的文本与页边距之间的距离。Word 2003 中共有 4 种格式：左缩进、右缩进、悬挂缩进和首行缩进。

- ◉ 左缩进：设置整个段落左边界的缩进位置。
- ◉ 右缩进：设置整个段落右边界的缩进位置。
- ◉ 悬挂缩进：设置段落中除首行以外的其他行的起始位置。
- ◉ 首行缩进：设置段落中首行的起始位置。

1．使用标尺设置段落缩进

　　通过水平标尺可以快速设置段落的缩进方式及缩进量。水平标尺中包括首行缩进标尺、悬挂缩进、左缩进和右缩进 4 个标记，如图 8-36 所示。拖动各标记就可以设置相应的段落缩进方式。

图 8-36　水平标尺

　　使用标尺设置段落缩进时，先在文档中选择要改变缩进的段落，然后拖动缩进标记到缩进位置，可以使某些行缩进。在拖动鼠标时，整个页面上出现一条垂直虚线，以显示新边距的位置，如图 8-37 所示。

图 8-37　使用标尺设置段落缩进

 提示

　　在使用水平标尺格式化段落时，按住 Alt 键不放，用鼠标光标拖动标记，水平标尺上将显示具体的值，用户可以根据该值设置缩进量。

2. 使用【段落】对话框设置缩进

通过【段落】对话框可以更精确地设置段落缩进量。选择【格式】|【段落】命令，打开【段落】对话框，选择【缩进和间距】选项卡，如图 8-38 所示。

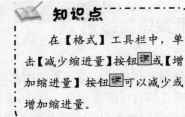

知识点

在【格式】工具栏中，单击【减少缩进量】按钮或【增加缩进量】按钮可以减少或增加缩进量。

图 8-38 【缩进和间距】选项卡

在【缩进】选项组的【左】文本框中输入左缩进值，则所有行从左边缩进；在【右】文本框中输入右缩进的值，则所有行从右边缩进；在【特殊格式】下拉列表框可以选择段落缩进的方式：选择【首行缩进】选项，并在【度量值】文本框中输入缩进量，则第一行按缩进值缩进，其余行不变；选择【悬挂缩进】选项，并在【度量值】文本框中输入缩进值，则除第一行外，其余各行均按缩进值缩进。

【例 8-5】在文档"提醒自我"中，将正文的首行缩进 2 个字符，效果如图 8-39 所示。

(1) 启动 Word 2003，打开文档"提醒自我"。

(2) 选中文档中的正文部分，然后选择【格式】|【段落】命令，打开【段落】对话框，切换至【缩进和间距】选项卡，在【特殊格式】下拉列表框中选择【首行缩进】选项，在【度量值】微调框中输入"2 字符"，如图 8-40 所示。

(3) 单击【确定】按钮，完成段落的缩进设置，效果如图 8-39 所示。

图 8-39 设置段落缩进   图 8-40 【缩进和间距】选项卡

8.3.3　设置段落间距

段落的间距是指段落与段落之间的距离，或者说是前后相邻的段落之间的距离。段落间距的设置包括文档行间距与段间距的设置。所谓行间距是指段落中行与行之间的距离；所谓段间距，就是指前后相邻的段落之间的距离。

1. 设置行间距

选定要设置行距的段落，然后选择【格式】|【段落】命令，打开【段落】对话框。切换至【缩进和间距】选项卡，在【间距】选项组中的【行距】列表框中选择某种行间距选项即可，如图 8-41 所示。

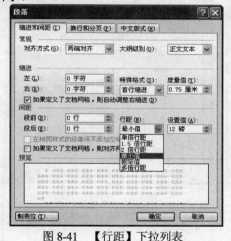

> **知识点**
>
> 　　行间距决定段落中各行文本之间的垂直距离。Word 2003 中默认的行间距值是单倍行距，用户可以根据需要重新设置。

图 8-41　【行距】下拉列表

【行距】列表框中各选项的说明如下。

- 单倍行距：行与行之间的间隔等于各行中最大字体的高度。
- 1.5 倍行距：行与行之间的间隔等于各行中最大字体高度的一倍半。
- 2 倍行距：行与行之间的间隔等于各行中最大字体高度的两倍。
- 最小值：行与行之间的间隔取决于在【设置值】文本框中设置的距离。当该行中字体大于所设的距离时，Word 会自动调整高度以容纳较大字体。
- 固定值：行与行之间的间隔等于在【设置值】文本框中设置的距离。
- 多倍行距：行与行之间的间隔等于各行中最大字体的高度的若干倍。

2. 设置段落间距

段间距决定段落前后空白距离的大小。在 Word 2003 中同样可以根据需要重新设置。设置段落间距时，在文档中选择要改变间距的段落，选择【格式】|【段落】命令，打开【段落】对话框。切换【缩进和间距】选项卡，在【间距】选项组的【段前】文本框中输入磅值，用于调整选择段落同它前面段落之间的距离；在【段后】文本框中输入磅值，用于选择段落同它后面段落之间的距离。单击【确定】按钮返回文档。

【例8-6】在文档"提醒自我"中，设置第一段文字段后间距为1行，设置最后一段文字的行间距为1.5倍，效果如图8-42所示。

(1) 启动Word 2003，打开文档"提醒自我"。

(2) 将光标放在第一段落，选择【格式】|【段落】命令，打开【段落】对话框。

(3) 切换至【缩进和间距】选项卡，在【间距】选项组中的【段后】文本框中输入1行，单击【确定】按钮，完成段落间距的设置，效果如图8-43所示。

(4) 将光标放在第一段落，选择【格式】|【段落】命令，打开【段落】对话框的【缩进和间距】选项卡。

(5) 在【间距】选项组中的【行距】下拉列表框中选择【1.5倍行距】选项后，单击【确定】按钮，完成设置，效果如图8-42所示。

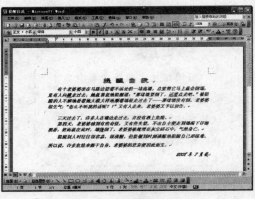
图8-42　设置段落间距

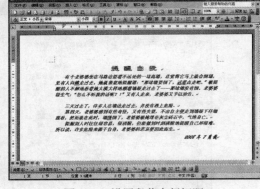
图8-43　设置段落中行间距

 知识点

用户还可以使用快捷键的方式来设置行距：按Ctrl+1快捷键设置文本为单倍行距；按Ctrl+5快捷键设置文本为1.5倍行距；按Ctrl+2快捷键设置文本为2倍行距。

⑧.4 设置项目符号和编号

为了使文章的内容条理更清晰，需要使用项目符号或编号来标识。使用项目符号和编号列表，可以对文档中并列的项目进行组织，或者将顺序的内容进行编号。Word 2003提供了7种标准的项目符号和编号，并且允许用户自定义项目符号和编号。

⑧.4.1 添加项目符号和编号

Word 2003提供了自动添加项目符号和编号的功能。在以"1."、"(1)"、"a"等字符开始的段落中按Enter键，下一段开始将会自动出现"2."、"(2)"、"b"等字符。

另外，用户也可以在输入文本之后，选中要添加符号或编号的段落，在【格式】工具栏上单击【项目符号】按钮，将自动在每一段落前面添加项目符号，例如，当用户为一段落添加了项目符号之后，按下 Enter 键开始一个新段落时，Word 会自动开始项目符号列表中的第二项，如图 8-44 所示；单击【编号】按钮，将以"1."、"2."、"3."的形式编号，将自动添加编码，例如，当用户为某一段落添加了编号之后，按下 Enter 键开始一个新段落时，Word 就会自动编号列表中的下一项，如图 8-45 所示。

图 8-44　自动添加项目符号

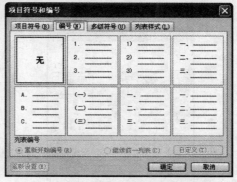

图 8-45　自动添加编号

 知识点

如果要结束自动创建项目符号或编号，可以连续按 Enter 键两次，也可以按 Backspace 键删除刚刚创建的项目符号或编号。

⑧.4.2　自定义项目符号和编号

在 Word 2003 中，提供了 7 种标准的项目符号和编号，并且允许自定义项目符号样式和编号。

选中需要改变或创建项目符号和编号的段落，选择【格式】|【项目符号和编号】命令，打开【项目符号和编号】对话框，选择【项目符号】选项卡，显示了 7 种标准的项目符号，还可以单击【自定义】按钮重新选择一种项目符号，如图 8-46 所示；选择【编号】选项卡，同样也显示了 7 种标准的编号，也可以单击【自定义】按钮重新选择一种编号，如图 8-47 所示。

图 8-46　【项目符号】选项卡

图 8-47　【编号】选项卡

下面以自定义项目符号为例，来介绍自定义项目符号和编号的方法。

【例 8-7】在如图 8-42 所示的文档"提醒自我"中，通过自定义项目符号功能，添加项目符号，效果如图 8-48 所示。

(1) 在打开的如图 8-42 所示的文档"提醒自我"中，选中最后一段文本内容。

(2) 在菜单栏上选择【格式】|【项目符号和编号】命令，打开【项目符号和编号】对话框，在其中选中任一样式的项目符号，如图 8-49 所示。

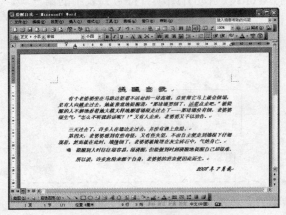

图 8-48　自定义项目符号和编号　　　　图 8-49　【项目符号和编号】对话框

(3) 单击【自定义】按钮，打开【自定义项目符号列表】对话框，如图 8-50 所示。

(4) 单击【图片】按钮，打开【图片项目符号】对话框，在其中选择需要的项目符号，如图 8-51 所示。

(5) 单击【确定】按钮，返回【自定义项目符号列表】对话框，并在该对话框的【预览】区域中可以观看效果。

(6) 单击【确定】按钮，所选的段落将添加自定义项目符号，效果如图 8-48 所示。

✍ 知识点

自定义编号的方法也很简单，在如图 8-49 所示的对话框中，选择任意一种编号样式后，单击【自定义】按钮，即可打开【自定义编号列表】对话框，在该对话框中用户可以自定义一种样式。

图 8-50　【自定义项目符号列表】对话框

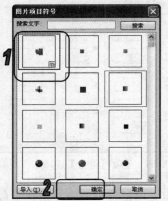

图 8-51　【图片项目符号】对话框

8.5　设置边框和底纹

使用 Word 编辑文档时，为了让文档更加吸引人，需要为文字和段落添加边框和底纹，来增加文档的生动性。

8.5.1　设置边框

Word 2003 提供了多种边框供选择，用来强调或美化文档内容。选择【格式】|【边框和底纹】命令，打开【边框和底纹】对话框，选择【边框】选项卡，如图 8-52 所示。在【设置】选项组中有 5 种边框样式，从中可选择所需的样式；在【线型】列表框中列出了各种不同的线条样式，从中可选择所需的线型；在【颜色】和【宽度】下拉列表框中，可以为边框设置所需的颜色和相应的宽度；在【应用于】下拉列表框中，可以设定边框应用的对象是文字或者段落。

要对页面进行边框设置，只需在【边框和底纹】对话框中打开【页面边框】选项卡，其中的设置基本上与【边框】选项卡相同，只是多了一个【艺术型】下拉列表框，通过该列表框可以定义页面的边框，如图 8-53 所示。

图 8-52　【边框】选项卡　　　　　图 8-53　【页面边框】选项卡

知识点

在【边框】选项卡的【应用于】下拉列表框中选择【文字】选项，可以对每一行文字添加边框。在【表格和边框】工具栏中也同样可以设置边框和底纹。

【例 8-8】在文档"提醒自我"中给第 3、4 段文本添加宽度为 3 磅的阴影边框，效果如图 8-54 所示。

(1) 启动 Word 2003，打开文档"提醒自我"。

(2) 选中第 3、4 段文本内容，然后选择【格式】|【边框和底纹】命令，打开【边框和底纹】对话框，切换至【边框】选项卡，在【设置】选项组中选择【阴影】选项，在【线型】列表框中选择一种线型，在【宽度】下拉列表框中选择【3 磅】选项，如图 8-55 所示。

(3) 单击【确定】按钮，完成边框设置，效果如图 8-54 所示。

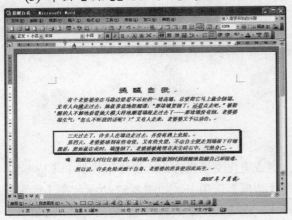

图 8-54　为段落添加边框

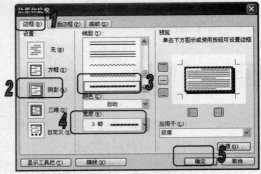

图 8-55　【边框】选项卡

知识点

对段落进行边框设置时，如果需要删除段落一边的边框，要在【预览】选项组中单击要删除的边框。

8.5.2　设置底纹

在【边框和底纹】对话框中打开【底纹】选项卡，如图 8-56 所示。在该选项卡中可以设置对底纹填充的颜色和图案等。其中，在【填充】选项组中列出了各种用来设置底纹的填充颜色；单击【其他颜色】按钮，可以从弹出的【颜色】对话框中自定义需要的颜色；在【图案】选项组中的"样式"下拉列表框中，可以选择填充图案的其他样式。

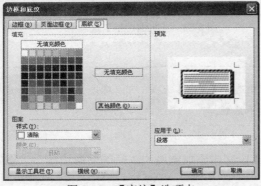

图 8-56　【底纹】选项卡

知识点

在 Word 2003 中，使用设置底纹功能，不仅可以给文字添加底纹，还可以给段落添加底纹，设置的方法大致相同。

【例 8-9】在文档"提醒自我"中，为边框文本添加灰色 20%的底纹，效果如图 8-57 所示。

(1) 启动 Word 2003，打开文档"提醒自我"。

(2) 选择边框内的文本，然后选择【格式】|【边框和底纹】命令，打开【边框和底纹】对话

框，切换至【底纹】选项卡，在【样式】下拉列表框中选择【20%】选项，如图 8-58 所示。

(3) 单击【确定】按钮，完成边框设置，效果如图 8-57 所示。

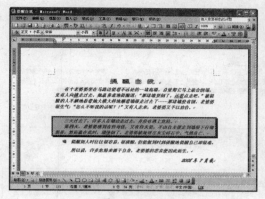

图 8-57　添加底纹

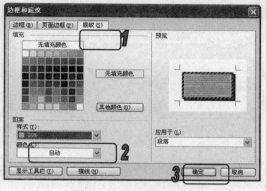

图 8-58　设置底纹

8.6　上机练习

本章主要介绍了文本的编辑以及设置文本格式和段落格式。下面通过两个上机练习来巩固本章所学的重点内容。

8.6.1　编辑"通知"

输入文本是 Word 2003 中最基本的操作。在输入文本之后，需要对文本进行必要的编辑操作。本练习通过编辑"通知"来练习文本的输入、选择、复制、移动、删除、查找和替换等操作。

(1) 启动 Word 2003，新建一个名为"通知"的文档，使用五笔输入法输入如图 8-59 所示的文本。

(2) 将插入点定位在正文开始处的"全体"文本之后，然后拖动鼠标选择文本"员工"并右击，从弹出的快捷菜单中选择【复制】命令，或者按 Ctrl+C 快捷键。

(3) 将插入点定位在称呼文本"各位"之后，然后右击，从弹出的快捷菜单中选择【粘贴】命令，或者按 Ctrl+V 快捷键，将所选择的文本复制到该处，如图 8-60 所示。

(4) 选中称呼文本"同志"，按 Delete 键，将该文本删除，效果如图 8-61 所示。

(5) 选中文本"中五一律由公司统一组织集体用餐，"，选择【编辑】|【剪切】命令，或者在【常用】工具栏上单击【剪切】按钮 。

(6) 将插入点定位在文本"在公司大门口集合出发，"之后，然后选择【编辑】|【粘贴】命令，或者在【常用】工具栏上单击【粘贴】按钮 ，即可将所选择的文本移动到该处，如图 8-62 所示。

图 8-59　输入文本　　　　　　　　　　　　图 8-60　复制文本

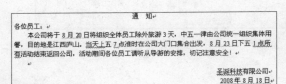

图 8-61　删除文本　　　　　　　　　　　　图 8-62　移动文本

(7) 选择【编辑】|【替换】命令，打开【查找和替换】对话框中的【替换】选项卡。

(8) 在【查找内容】文本框中输入【五】，在【替换为】文本框中输入【午】，如图 8-63 所示。

(9) 单击【替换】按钮，在文本中以黑底显示查找到的第一处文本【五】，单击【替换】按钮，系统将自动将其替换，并继续查找下一处文本。如果不想替换该处文本，可直接单击【查找下一处】按钮。

(10) 当完成对所有文本的搜索后，系统将提示用户搜索完成，单击【确定】按钮即可，最终结果如图 8-64 所示。

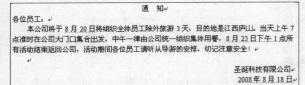

图 8-63　【替换】选项卡　　　　　　　　　图 8-64　显示最终效果

⑧.6.2　制作"校园选秀大赛公告"

创建一个"校园选秀大赛公告"，文档的最终效果如图 8-65 所示。

(1) 启动 Word 2003，新建一个名为"校园选秀大赛公告"的文档，并且输入文本，如图 8-66 所示。

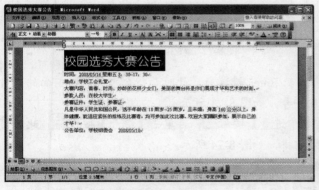

图 8-65　校园培训公告

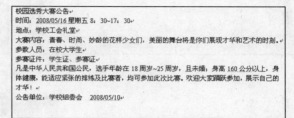

图 8-66　输入文本

(2) 拖动鼠标选中整行标题文字，在【格式】工具栏的【字体】下拉列表框中选择【幼圆】选项，在【字号】下拉列表框中选择【一号】选项，并且单击【加粗】按钮 **B**，效果如图 8-67 所示。

(3) 单击【下划线】按钮 **U** 后面的下三角按钮，从打开的菜单中选择【波浪线】格式，如图 8-68 所示。

图 8-67　对标题文字进行格式化　　　　　　　　图 8-68　添加下划线

(4) 单击【字符缩放】按钮 后面的下三角按钮，从弹出的菜单中选择【150%】选项，将字符缩放 150%，如图 8-69 所示。

(5) 拖动鼠标选中所有的正文内容，在【格式】工具栏的【字号】下拉列表框中选择【四号】选项，效果如图 8-70 所示。

(6) 拖动鼠标选中前五段的正文内容，选择【格式】|【项目符号和编号】命令，打开【项目符号和编号】对话框，如图 8-71 所示。

(7) 选择一种星型项目符号后，单击【确定】按钮，此时 Word 会自动在每行文字前添加预设的项目符号，效果如图 8-72 所示。

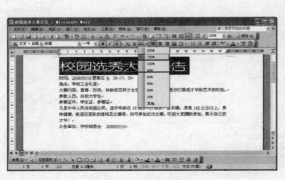

图 8-69 缩放字符

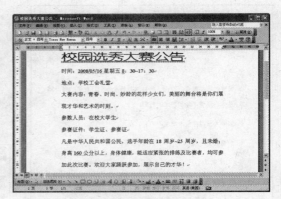

图 8-70 设置正文字号

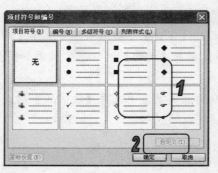

图 8-71 【项目符号和编号】对话框

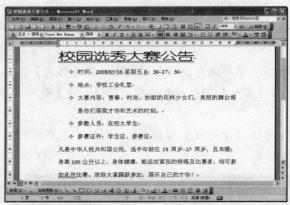

图 8-72 添加项目符号

(8) 在"学生证"和"参赛证"文字前按下 Enter 键换行,此时两行会自动延续前面的项目符号格式,并且删除"工作证"后面的标点符号,如图 8-73 所示。

(9) 单击两次【格式】工具栏上的【增加缩进量】按钮,再单击【编号】按钮,此时可以看到这两行文字应用了数字编号并向右方缩排,如图 8-74 所示。

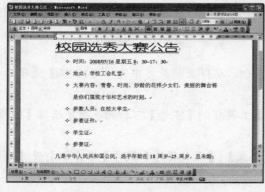

图 8-73 自动套用项目符号

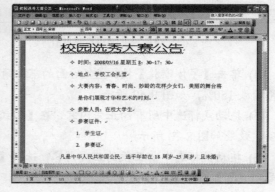

图 8-74 自动编号

(10) 选择所有的项目符号与编号的文字，然后选择【格式】|【段落】命令，打开【段落】对话框，切换至【缩进和间距】选项卡，将【段前】和【段后】的间距设为 0.5 行，如图 8-75 所示。

(11) 单击【确定】按钮，应用段落格式，效果如图 8-76 所示。

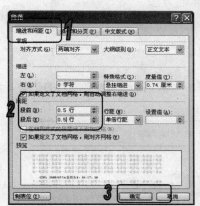
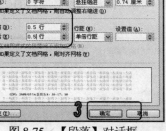

图 8-75 【段落】对话框

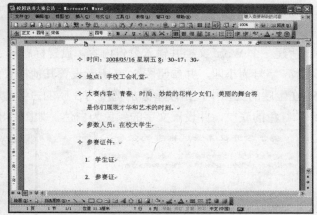

图 8-76 设置段落格式

(12) 使用同样的方法，将标题前后的段落间距设置为两行；将正文中的说明文字前后的段落间距也设置为两行，如图 8-77 所示。

(13) 将鼠标指针定位在标题行，单击【格式】工具栏上的【居中】按钮，将标题文字居中显示，如图 8-78 所示。

(14) 将鼠标指针定位在最后一段文字中，单击【格式】工具栏上的【右对齐】按钮，将文字右对齐。至此，整个公告制作完成，效果如图 8-65 所示。

(15) 单击【保存】按钮，将制作的"校园选秀大赛公告"文档保存。

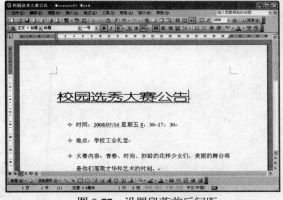

图 8-77 设置段落前后间距

图 8-78 设置居中对齐

知识点

如果在【格式】工具栏上找不到【增加缩进量】按钮，可单击【格式】工具栏最右方的【工具栏选项】，在弹出的菜单中选择【添加或删除按钮】|【格式】|【增加缩进量】命令即可。

8.7 习题

1. 简述文本输入的两种方式。

2. 分别简述使用鼠标、键盘、结合鼠标和键盘选取文本的方法。

3. 简述改变文档中文字方向的方法。

4. 新建一个 Word 文档并输入公告内容,设置标题的字体为隶书,字号为一号,正文的字体为宋体,字号为小四,并参照图 8-79 所示设置其他格式。

5. 在上题的文档中,给段落添加宽度为 3 磅的三维边框,给段落添加灰色 5%的底纹,给文字添加红色的底纹,并设置文字的颜色为白色,如图 8-80 所示。

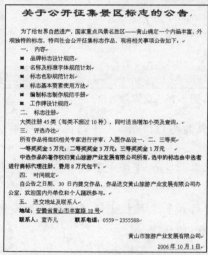

图 8-79　输入公告内容

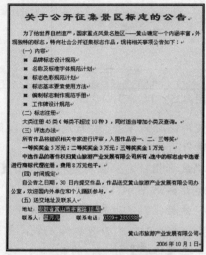

图 8-80　格式化设置公告

第**9**章

Word 表格和图形处理

学习目标

　　如果一篇文章都是文字，没有任何修饰性的内容，这样的文档在阅读时不仅缺乏吸引力，而且会使读者阅读起来劳累不堪。Word 2003 具有强大的表格和图形处理功能，它不仅提供了大量图形以及多种形式的艺术字，而且支持多种绘图软件创建的图形，并能够轻而易举地实现图文混排。使用该功能不仅使文章、报告显得生动有趣，还能帮助读者更快地理解文章内容。

本章重点

- ◉ 创建表格
- ◉ 编辑表格
- ◉ 插入与绘制图形
- ◉ 插入艺术字
- ◉ 插入图表
- ◉ 插入公式

9.1　创建表格

　　表格是日常工作中一项非常有用的表达方式。在编辑文档时，为了更形象地说明问题，常常需要在文档中创建各种表格。

　　在 Word 2003 中可以使用多种方法来创建表格，例如按照指定的行、列插入表格；绘制不规则表格和插入 Excel 电子表格等。表格的基本单元称为单元格，它由许多行和列的单元格组成一个综合体。单元格是用来描述信息的，每个单元格中的信息称为一个项目，项目可以是正文、数据甚至可以是图形。用户在单元格中编辑一个项目时，就像在文档编辑区中编辑一个段落一样。当正文输入超过一个单元格的宽度时，单元格会自动向下扩展，也就是自动增加高度，但不会自动增加宽度。

⑨.1.1 使用工具栏或对话框创建表格

通常情况下，在 Word 2003 中可以使用工具栏和对话框两种方法来快速创建表格。

1. 使用工具栏创建表格

使用【常用】工具栏上的【插入表格】按钮▦，可以直接在文档中插入表格，这也是最快捷的方法。首先将光标定位在需要插入表格的位置，然后在【常用】工具栏上单击【插入表格】按钮▦，将弹出如图 9-1 所示的网格框。

在网格框中，拖动鼠标左键确定要创建表格的行数和列数，然后单击鼠标左键，即可完成一个规则表格的创建，如图 9-2 所示即为创建一个 2×3 表格的效果图。

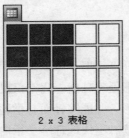

图 9-1　插入表格网格框　　　　　图 9-2　自动创建的 2×3 表格

提示

网格框底部出现的"m×n 表格"表示要创建的表格是 m 行 n 列。使用该方法创建的表格最多是 4 行 5 列，并且不套用任何样式，列宽是按窗口调整的。

2. 使用对话框创建表格

使用【插入表格】对话框来创建表格，可以在建立表格的同时设定列宽并自动套用格式。具体方法是选择【表格】|【插入】|【表格】命令，打开【插入表格】对话框，如图 9-3 所示。

在【插入表格】对话框的【行数】和【列数】文本框中可以输入表格的行数和列数；选中【固定列宽】单选按钮，可在其后的文本框中指定一个确切的值来表示创建表格的列宽；选中【根据内容调整表格】单选按钮，可使表格列宽自动适应表格的内容；选中【根据窗口调整表格】单选按钮，可使表格的宽度自动适应页面的宽度，列宽等于页面的宽度除以列数；单击【自动套用格式】按钮，将打开如图 9-4 所示的【表格自动套用格式】对话框，可以从中选择一种表格样式；选中【为新表格记忆此尺寸】复选框，则在此对话框进行的设置将成为以后新创建表格的默认设置。

提示

如果在文档中不显示表格，可以选择【表格】|【显示虚框】命令，这样表格就能显示出来，即使表格未显示，表格也是存在，只是没有显示表格线而已。

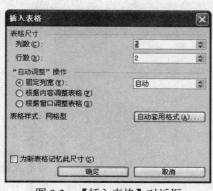

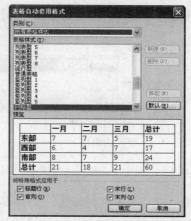

图 9-3　【插入表格】对话框　　　　　图 9-4　【表格自动套用格式】对话框

【例 9-1】在文档中创建一个 4×7 的规则表格，效果如图 9-5 所示。

(1) 在文档中将插入点定位在需要创建表格的位置。

(2) 选择【表格】|【插入】|【表格】命令，打开【插入表格】对话框。

(3) 在对话框的【行数】和【列数】文本框中分别输入数值 4 和 7，然后选中【固定列宽】单选按钮，在其后的列表框中选择【自动】选项，如图 9-6 所示。

(4) 单击【确定】按钮，即可在文档中将插入一个 4×7 的规则表格，效果如图 9-5 所示。

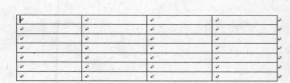

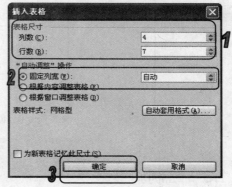

图 9-5　创建 4×7 的规则表格　　　　　图 9-6　插入 4×7 的表格

⑨.1.2　自由绘制表格

在实际的应用中，行与行之间以及列与列之间都是等距的规则表格很少，在很多情况下，还需要创建各种栏宽、行高都不等的不规则表格。用户可以通过 Word 2003 中的【表格和边框】工具栏来创建不规则的表格。

单击【常用】工具栏上的【表格和边框】按钮，或选择【视图】|【工具栏】|【表格和边框】命令，打开【表格和边框】工具栏，如图 9-7 所示。使用该工具栏上的按钮可以进行绘

制表格、自动套用格式、设置边框线等操作。

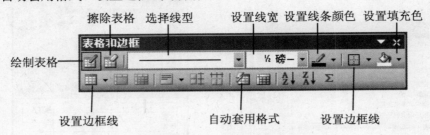

图 9-7 【表格和边框】工具栏

单击工具栏上的【绘制表格】按钮，此时在文档中的鼠标变成笔形，按下左键并拖动鼠标，可以在文档中自由绘制各种形状的表格。首先应确定表格的外围边框，将笔形鼠标移至文档中，按下鼠标左键拖动鼠标，绘制出一个矩形，即表格的外围边框。然后在表格边框内绘制表格的各行各列，通过横向、纵向的拖动鼠标，可以绘出表格的行和列，斜线的绘制方法也相同。

如果在绘制过程中出现了错误，用户可以单击工具栏上的【擦除】按钮进行修改。此时在文档中的鼠标将变成橡皮的形状，单击要删除的表格线段，按照线段的方向拖动鼠标，该线会呈高亮显示，松开鼠标后该线段就被删除掉了。

图 9-8 所示的即为一个经过多步处理的不规则表格，其中该表格的上底线和下底线都被擦除。

图 9-8 创建的不规则表格

9.1.3 绘制斜线表头

在实际工作中，经常需要使用到带有斜线表头的表格。表头总是位于所选表格的第 1 行第 1 列的单元格中，斜线表头是指在表格的第 1 个单元格中以斜线划分多个项目标题，分别对应表格的行和列。

Word 2003 特别提供了绘制斜线表头的功能。要为表格添加一个斜线表头，可以选择【表格】|【绘制斜线表头】命令，将打开【插入斜线表头】对话框，如图 9-9 所示。在该对话框中，用户可在【表头样式】下拉列表框中选择斜线表头的样式，并在【预览】窗口中预览所选择的斜线表头的样式；在右侧的 4 个标题文本框中可以设定斜线表头的各个标题；在【字体大小】下拉列表框中可以选择标题字体的大小。

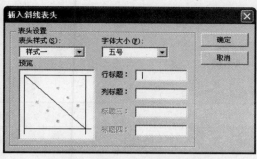

图 9-9　【插入斜线表头】对话框

知识点

　　在设置表头时，如果表头显示的内容过多，超出表头范围，系统将打开一个对话框会提出警告，建议用户重新设置，否则容纳不少的字符会被截掉。

　　【例 9-2】 在图 9-5 所示的表格的第 1 行第 1 列中绘制一个斜线表头，并设置行标题为"科目"，列标题为"学号"，标题字体大小为五号，效果如图 9-10 所示。

　　(1)　将鼠标光标放置图 9-5 所示的表格的第 1 行第 1 列中，选择【表格】|【绘制斜线表头】命令，打开【插入斜线表头】对话框。

　　(2)　在【表头样式】下拉列表框中选择【样式一】选项，使用五笔字型输入法在【行标题】文本框中输入"科目"，在【列标题】文本框中输入"学号"，在【字体大小】下拉列表框中选择【五号】选项，如 9-11 所示。

　　(3)　单击【确定】按钮完成设置，效果如图 9-10 所示。

图 9-10　绘制表头

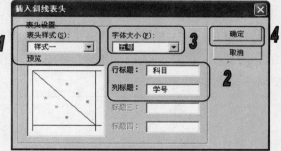

图 9-11　插入斜线表头

⑨.2　编辑表格

　　表格创建完成后，还需要对其进行编辑修改操作，如添加文本、插入行和列、删除行和列、合并和拆分单元格等，以满足不同用户的需要。

⑨.2.1　输入文本内容

　　用户可以在表格的各个单元格中输入文字、插入图形，也可以对各单元格中的内容进行剪切和粘贴等操作，这和正文文本中所做的操作基本相同。要输入文字，用户只需将光标置于表格的单元格中，然后直接利用键盘输入文本即可。

在表格中使用键盘的基本操作如表 9-1 所示，用户可以参考。

表 9-1　使用键盘在表格中移动光标

移 动 光 标	按　键
下一个单元格	Tab
上一个单元格	Shift+Tab
下一个字符	方向键 →
上一个字符	方向键 ←
上一行	方向键 ↑
下一行	方向键 ↓
当前行的第一个单元格	Alt+Home
当前行的最后一个单元格	Alt+End
当前列的第一个单元格	Alt+Page Up
当前列的最后一个单元格	Alt+Page Down

当用户选择五笔字型输入法后，即可在单元格中输入文本，输入文本的过程中，表格的行的高度会随着文本的增加逐渐增大，而列宽则保持不变。在如图 9-10 所示表格中输入文本，效果如图 9-12 所示。

科目\学号	语文	数学	英语	
2008001	90	80	93	
2008002	88	98	79	
2008003	96	100	99	
2008004	84	100	100	
2008005	98	92	95	
2008006	75	47	93	

图 9-12　在表格中输入数据

 提示

当用户要在位于文档开头的表格之前添加文本时，只需将光标移到第一行第一列单元格前，然后按下 Enter 键，就可以在表格之前输入文本了。

⑨.2.2　在表格中选取对象

对表格进行格式化之前，首先要选定表格编辑对象，然后才能对表格进行操作。选定表格编辑对象的鼠标操作方式见表 9-2 所示。

表 9-2　表格编辑对象的选取

选 取 区 域	操 作 说 明
一个单元格	移动鼠标到该单元格左边的选择区变成箭头 ↗ 时，单击
整行	移动鼠标到表格左边的该行选择区变成箭头 ↗ 时，单击
整列	移动鼠标到该列上边的选择区变成箭头 ↓ 时，单击
整个表格	移动鼠标到表格左上角图标变成 ⊞ 时，单击
多个连续单元格	沿被选区域左上角向右下拖动鼠标
多个不连续单元格	选取第 1 个单元格后，按住 Ctrl 键不放，再分别选取其他单元格

下面将具体介绍选取编辑对象的方法。

1. 选取单元格

选取单元格的方法可分为 3 种：选取一个单元格、选取多个连续的单元格和选取多个不连续的单元格。

- 选取一个单元格。在表格中移动鼠标到单元格的左端线上，当鼠标指针变为 ↗ 形状时，单击鼠标即可选取该单元格，如图 9-13 所示。

 提示

> 将插入点定位在需要选取的单元格中，双击鼠标左键，可选取该单元格。
>
> 将插入点定位在需要选取的单元格中，选择【表格】|【选择】|【单元格】命令，同样可以选取该单元格。

- 选取多个连续单元格。在需要选取的第 1 个单元格内按下鼠标左键不放，拖动鼠标到最后一个单元格，如图 9-14 所示。

图 9-13　选取一个单元格　　　　图 9-14　选取多个连续单元格

- 选取多个不连续的单元格。选取第 1 个单元格后，按住 Ctrl 键不放，再分别选取其他单元格，如图 9-15 所示。

科目 学号	语文	数学	英语
2008001	90	80	93
2008002	88	98	79
2008003	96	100	99
2008004	84	100	100
2008005	98	92	95
2008006	75	47	93

图 9-15　选取多个不连续的单元格

提示

在表格中,将鼠标指针定位在任一单元格中,然后按下 Shift 键,在另一个单元格内单击,则以两个单元格为对角顶点的矩形区域内的所有单元格都被选中。

2. 选取整行

将鼠标移到表格边框的左端线附近,当鼠标指针变为 ⬈ 形状时,单击鼠标即可选中该行,如图 9-16 所示。

科目 学号	语文	数学	英语
2008001	90	80	93
2008002	88	98	79
2008003	96	100	99
2008004	84	100	100
2008005	98	92	95
2008006	75	47	93

图 9-16　选取整行

提示

在表格中,将鼠标指针定位在任一单元格中,然后选择【表格】|【选择】|【行】命令,则该单元格所在的行将被选中。

3. 选取整列

将鼠标移到表格边框的上端线附近,当鼠标指针变为 ⬇ 形状时,单击鼠标即可选中该列,如图 9-17 所示。

科目 学号	语文	数学	英语
2008001	90	80	93
2008002	88	98	79
2008003	96	100	99
2008004	84	100	100
2008005	98	92	95
2008006	75	47	93

图 9-17　选取整行

提示

在表格中,将鼠标指针定位在任一单元格中,然后选择【表格】|【选择】|【列】命令,则该单元格所在的列将被选中。

4. 选取表格

移动鼠标光标到表格内,表格的左上角会出现一个十字形的小方框 ⊞,右下角出现一个小方框 □,单击这两个符号中的任意一个,就可以选取整个表格,如图 9-18 所示。

科目 学号	语文	数学	英语
2008001	90	80	93
2008002	88	98	79
2008003	96	100	99
2008004	84	100	100
2008005	98	92	95
2008006	75	47	93

图 9-18　选取整个表格

提示

在表格中,将鼠标指针定位在任一单元格中,然后选择【表格】|【选择】|【表格】命令,则整个表格将被选中。

将鼠标指针移到左上角的十字形的小方框 ⊞ 上，按住鼠标左键不放拖动鼠标，整个表格将会随之移动。

将鼠标指针移到右下角的小方框 □ 上，按住鼠标左键不放拖动鼠标，可以改变表格的大小。如果在缩放的同时，按住 Shift 键，可以保持表格的长宽比例。

⑨.2.3　插入和删除行、列

在创建表格后，经常会遇到表格的行、列不够用或多余的情况。在 Word 2003 中，可以很方便地完成行、列的添加或删除操作，以使文档更加紧凑美观。

要在表格中添加行或列，应先将鼠标指针定位在需要添加行或列相邻的单元格中，然后选择【表格】|【插入】命令，在弹出的菜单中选择相应的命令即可，如图 9-19 所示。

提示

若要在表格后面添加一行，先单击最后一行的最后一个单元格，然后按下 Tab 键即可；也可以将鼠标指针放置于表格末尾结束箭头处，按下回车键也可以插入新行。

图 9-19　选择插入的位置

提示

在插入行或列时，如果选择了多个单元格，则插入的行数或列数与选择的单元格所占的行数或列数相同。

要在表格中删除行或列，应先将鼠标指针定位在需要删除行或列的单元格中，然后选择【表格】|【删除】|【行】(或【列】)命令即可。

提示

在表格中删除行或列后，该行或列下面的行或右边的列将自动填补删除后留下的空白。如果选取某个单元格后，按 Delete 键，只会删除该单元格中的内容，不会从结构上删除。

【例 9-3】在图 9-12 所示的表格中添加一行和一列，并添加表格内容，效果如图 9-20 所示。

(1) 将鼠标光标定位到表格的第 1 行第 1 列，选择【表格】|【插入】|【行(在上方)】命令，将在表格中添加第一行，如图 9-21 所示。

(2) 将鼠标光标定位到表格的第 1 行第 4 列，选择【表格】|【插入】|【列(在右侧)】命令，将在表格的右侧添加一列。

五笔打字与文档处理实用教程

(3) 将鼠标定位到表格的第 1 行第 1 列单元格中，选择五笔字型输入法后，输入文字"学生成绩汇总"，移动鼠标到第 2 行第 5 列的单元格中，输入文字"总分"，完成设置后的效果如图 9-20 所示。

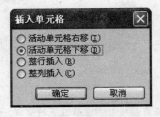

图 9-20　插入行与列后的效果

图 9-21　插入行

计算机 基础与实训教材系列

⑨.2.4　插入和删除单元格

在 Word 2003 中，插入和删除单元格的操作与在表格中插入和删除行和列类似。要插入单元格，可先选取若干个单元格，然后选择【表格】|【插入】|【单元格】命令，将打开【插入单元格】对话框，如图 9-22 所示。

如果要在选取的单元格左边添加单元格，可选择【活动单元格右移】选项，此时增加的单元格会将选取的单元格和此行中其余的单元格向右移动相应的列数。如果要在选取的单元格上边添加单元格，可选择【活动单元格下移】选项，此时增加的单元格会将选取的单元格和此列中其余的单元格向下移动相应的行数，而且在表格最下方也增加了相应数目的行。

要删除单元格，可先选取若干个单元格，然后选择【表格】|【删除】|【单元格】命令，将打开【删除单元格】对话框，如图 9-23 所示。在该对话框中的选项设置和【插入单元格】对话框中的设置类似。

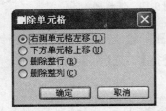

图 9-22　【插入单元格】对话框

图 9-23　【删除单元格】对话框

⑨.2.5　拆分和合并单元格

拆分单元格是指把一个或多个相邻的单元格拆分为若干个的单元格。选取要拆分的单元格，然后选择【表格】|【拆分单元格】命令，将打开【拆分单元格】对话框，在【列数】和【行数】文本框中分别输入需要拆分的列数和行数即可，如图 9-24 所示。

-194-

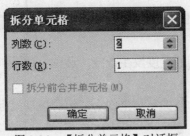

图 9-24　【拆分单元格】对话框

　　合并单元格是指把两个或多个相邻的单元格合并为一个单元格。在表格中选取要合并的单元格，选择【表格】|【合并单元格】命令，此时 Word 就会删除所选单元格之间的边界，建立起一个新的单元格，并将原来单元格的列宽和行高合并为当前单元格的列宽和行高。如图 9-25 所示就是将图 9-20 所示表格的第 1 行所有单元格合并为一个单元格后的效果。

学生成绩汇总				
科目 学号	语文	数学	英语	总分
2008001	90	80	93	
2008002	88	98	79	
2008003	96	100	99	
2008004	84	100	100	
2008005	98	92	95	
2008006	75	47	93	

图 9-25　合并单元格

⑨.2.6　调整表格的行高和列宽

　　创建表格时，表格的行高和列宽都是默认值。在实际工作中，如果觉得表格的尺寸不合适，可以随时调整表格的行高和列宽。在 Word 2003 中，可以使用多种方法调整表格的行高和列宽。

1. 自动调整

　　将光标定位在表格内，选择【表格】|【自动调整】菜单中的子命令(如图 9-26 所示)，可以十分便捷地调整表格的行与列。

2. 使用鼠标拖动进行调整

　　在使用鼠标调整列宽时，先将鼠标指针移到表格中所要调整列的边框线上，使用不同的操作方法，可以达到不同的效果：

　◎　以鼠标指针拖动边框，则边框左右两列的宽度发生变化，而整个表格的总体宽度不变。

计算机基础与实训教材系列

- 按下 Shift 键，然后拖动鼠标，则边框左边一列的宽度发生改变，整个表格的总体宽度随之改变。
- 按下 Ctrl 键，然后拖动鼠标，则边框左边一列的宽度发生改变，边框右边各列也发生均匀的变化，而整个表格的总体宽度不变。

使用鼠标调整行高时，先将鼠标指针移到需调整的行的下边框线上，然后拖动鼠标至所需位置，整个表格的高度会随着行高的改变而改变。

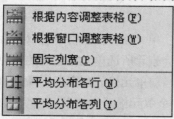

图 9-26　【自动调整】子菜单

提示

将鼠标移到表格中任意相邻两行或列的边框线上，当鼠标光标变成双向箭头和时，按下左键拖动鼠标，边框线随鼠标移动而移动，从而调整行高和列宽。

3. 使用对话框进行调整

使用自动调整和鼠标拖动调整行高与列宽的方法既方便又简单，但若对表格尺寸精度要求较高的用户而言，这两种方法就不大适合。此时选择【表格】|【表格属性】命令，打开【表格属性】对话框，在该对话框中可以精确设置表格的行高和列宽。

在【表格属性】对话框中，单击【行】标签，打开【行】选项卡，如图 9-27 所示。选中【指定高度】复选框，在【行高值是】下拉列表框中选择【固定值】选项，并在【指定高度】右侧的文本框中输入一个数值，即可更改当前选中行的高度。在【表格属性】对话框中，单击【列】标签，打开【列】选项卡，如图 9-28 所示。选中【指定宽度】复选框，在【列宽单位】下拉列表框中选择一种单位，并在【指定宽度】右侧的文本框中输入一个数值，即可更改当前选中列的宽度。

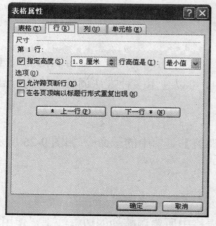

图 9-27　调整表格的行高

图 9-28　调整表格的列框

【例 9-4】精确调整如图 9-25 所示的行高，效果如图 9-29 所示。

(1) 拖动鼠标选定表格的第 1 行，选择【表格】|【表格属性】命令，打开【表格属性】对话框。

(2) 切换至【行】选项卡，在【指定高度】右侧文本框中输入数值 0.80，在【行高值是】下拉列表框中选择【固定值】选项，如图 9-30 所示。

(3) 单击【确定】按钮，完成第 1 行的行高设置。

(4) 使用上面的方法设置第 2 行的行高值为 1.08，设置完毕后，调整表格的表头，最终效果如图 9-29 所示。

学生成绩汇总				
学号 ＼ 科目	语文	数学	英语	总分
2008001	90	80	93	
2008002	88	98	79	
2008003	96	100	99	
2008004	84	100	100	
2008005	98	92	95	
2008006	75	47	93	

图 9-29　调整行高后的效果

图 9-30　【行】选项卡

9.3　美化表格

在编辑表格后，通常还需要对其进行一定的修饰操作，如设置文本对齐方式、添加边框和底纹等，使其更加美观。默认情况下，Word 会自动设置表格使用 0.5 磅的单线边框。此外，用户还可以使用【边框和底纹】对话框，重新设置表格的边框和底纹来美化表格。

【例 9-5】将如图 9-29 所示的表格中的文字对齐方式设置为居中，然后为表格添加边框和底纹，效果如图 9-31 所示。

(1) 选中图 9-29 所示的整个表格内容并右击，从弹出的快捷菜单中选择【单元格对齐方式】|【中部居中】命令，如图 9-32 所示。

(2) 在表格中任意单击，此时表格文本将全部居中对齐，效果如图 9-33 所示。

(3) 继续选中整个表格内容，选择【格式】|【边框和底纹】命令，打开【边框和底纹】对话框的【边框】选项卡，在【设置】选项组中选择【网格】选项，在【线型】列表框中选择三线型，在【宽度】下拉列表框中选择【1/2 磅】选项，如图 9-34 所示。

学生成绩汇总				
学号\科目	语文	数学	英语	总分
2008001	90	80	93	
2008002	88	98	79	
2008003	96	100	99	
2008004	84	100	100	
2008005	98	92	95	
2008006	75	47	93	

图 9-31　美化后的表格效果

图 9-32　选择【中部居中】命令

计算机
基础与实训教材系列

学生成绩汇总				
学号\科目	语文	数学	英语	总分
2008001	90	80	93	
2008002	88	98	79	
2008003	96	100	99	
2008004	84	100	100	
2008005	98	92	95	
2008006	75	47	93	

图 9-33　设置文本的对齐方式

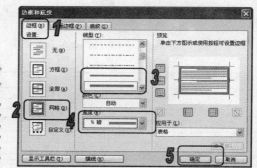

图 9-34　【边框】选项卡

(4) 单击【确定】按钮，完成边框线的设置，效果如图 9-35 所示。

(5) 单击【底纹】标签，打开【底纹】选项卡，在【图案】选项组的【样式】下拉列表框中选择 10%，如图 9-36 所示。

(6) 单击【确定】按钮，完成底纹的设置，效果如图 9-31 所示。

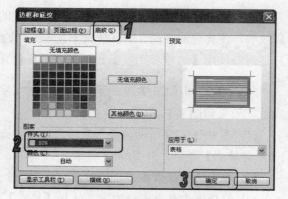

图 9-36　【底纹】选项卡

学生成绩汇总				
学号\科目	语文	数学	英语	总分
2008001	90	80	93	
2008002	88	98	79	
2008003	96	100	99	
2008004	84	100	100	
2008005	98	92	95	
2008006	75	47	93	

图 9-35　设置边框

 提示 ------

　　将鼠标指针定位在【总分】列下的单元格后，单击【表格和边框】工具栏上的【自动求和】按钮 Σ，即可在下面的单元格中出现求和后的结果。在此就不作具体介绍，用户可以自行操作。

9.4　插入图形对象

为了使文档更加生动、形象，Word 2003 提供了图形功能，用户可以使用该功能在文档中插入剪贴画、图片、自选图形、艺术字、图表以及文本框等各种对象。

9.4.1　绘制图形

Word 2003 包含一套可以手工绘制的现成图形，例如，直线、箭头、流程图、星与旗帜、标注等，这些图形称为自选图形。用户可以在文档中使用这些图形，可以重新调整图形的大小，也可对其进行旋转、翻转、添加颜色等操作，并同其他图形(如圆和正方形)组合为更复杂的图形。很多图形都具有调整控制点，可以用来更改图形最主要的特征。

1. 绘制自选图形

默认情况下，Word 2003 的【绘图】工具栏是自动打开的。如果用户隐藏了【绘图】工具栏，可以选择【视图】|【工具栏】|【绘图】命令，打开【绘图】工具栏。【绘图】工具栏位于状态栏的上方，如图 9-37 所示。使用【绘图】工具栏上的【自选图形】按钮，可以制作各种图形及标志。

图 9-37　绘图工具

单击【绘图】工具栏上的【自选图形】按钮，将打开一个菜单，在其中选择一种图形类型，即可弹出子菜单，如图 9-38 所示。用户根据需要选择菜单上相应的图形按钮，然后在文档中拖动鼠标画出对应图形。例如，选择【基本形状】|【心形】命令，此时鼠标光标将变成"十"的形状，并在文本编辑区域出现【在此处创建图形】的绘图画布，按 Esc 键将画布关闭，然后按住鼠标左键不放并拖动鼠标到适当位置，释放鼠标即可绘制出相应的图形，如图 9-39 所示。

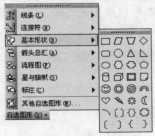

图 9-38　【自选图形】菜单

图 9-39　绘制心形

选择图形后，单击【绘图】工具栏上的【阴影样式】按钮，在弹出的菜单中选择一种样式，即可给图形添加阴影效果，如图 9-40 所示。

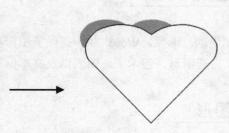

图 9-40　阴影样式

2. 编辑自选图形

在 Word 2003 中，可以对绘制的自选图形进行个性化编辑。在进行设置前，首先必须选中自选图形。一般情况下，当图形绘制完毕后，将自动处于选中状态，然后右击自选图形，从弹出的快捷菜单中选择【编辑自选图形格式】命令，打开【设置自选图形格式】对话框，其中 4 个主要的选项卡作用如下。

- ⊙ 【颜色与线条】选项卡：设置自选图形的填充颜色和线条颜色，如图 9-41 所示。
- ⊙ 【大小】选项卡：设置自选图形的大小、旋转角度等，如图 9-42 所示。

图 9-41　【颜色与线条】选项卡

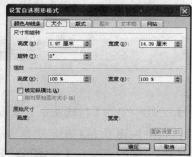

图 9-42　【大小】选项卡

- ⊙ 【版式】选项卡：设置自选图形与文档的放置方式，如图 9-43 所示。
- ⊙ 【文本框】选项卡：设置自选图形中输入的文本与自选图形边框的间距等，如图 9-44 所示。

图 9-43　【版式】选项卡

图 9-44　【文本框】选项卡

用户可以根据需要在这 4 个选项卡中对图形进行相关设置。例如，选中如图 9-40 所示的心形图形，双击该图形，打开【设置自选图形格式】对话框。切换至【颜色与线条】选项卡，在【填充】选项组的【透明度】文本框中输入【100%】；在【线条】选项组中，设置线条颜色为【红色】，粗细为【3 磅】，单击【确定】按钮，完成对心形图形的编辑，如图 9-45 所示。

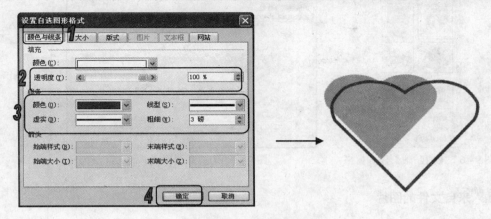

图 9-45 编辑心形图形

⑨.4.2 插入图片

在 Word 2003 中，系统提供了几百张图片供用户选择，这些图片数据库以.wmf 作为扩展名，保存在 Word 2003 安装目录的 media\cagcat10 子目录中。此外，用户还可以从其他程序或位置导入图片，或者从扫描仪或数码相机中直接获取图片。

1. 插入剪贴画

Word 2003 所附带的剪贴画库内容非常丰富，所有的图片都是经过专业设计，设计精美、构思巧妙，并且能够表达不同的主题，适合于制作文档所需要的各个方面，从地图到人物、从建筑到名胜风景，应有尽有。

在 Word 2003 中插入剪贴画，可以选择【插入】|【图片】|【剪贴画】命令，将打开【剪贴画】任务窗格，在该窗格的【搜索文字】文本框中输入剪贴画的相关主题或文件名称后，单击【搜索】按钮来查找电脑与网络上的剪贴画文件，如图 9-46 所示。

搜索完毕后，将在搜索结果预览列表框中显示所有可以插入的剪贴画样式，选择其中的一副图片即可将该剪贴画插入到 Word 文档中。

在使用【剪贴画】任务窗格搜索剪贴画时，用户可以单击图片预览样式右侧的箭头按钮，从弹出的下拉菜单中选择【编辑关键词】命令，将打开如图 9-47 所示的【关键词】对话框。用户通过编辑剪贴画的关键词，可以方便以后查找该类型的剪贴画。

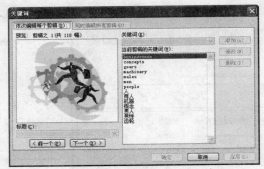

图 9-46 　【剪贴画】任务窗格　　　　　图 9-47 　为剪贴画添加关键词

2. 插入来自文件的图片

用户除了插入 Word 2003 附带的剪贴画之外，还可以从磁盘的其他位置中选择要插入的图片文件。这些图片文件可以是 Windows 的标准 BMP 位图，也可以是其他应用程序所创建的图片，如 CorelDRAW 的 CDR 格式矢量图片、JPEG 压缩格式的图片和 TIFF 格式的图片等。

选择【插入】|【图片】|【来自文件】命令，打开【插入图片】对话框。在对话框中选择图片文件，单击【插入】按钮即可将该图片插入到文档中，如图 9-48 所示。

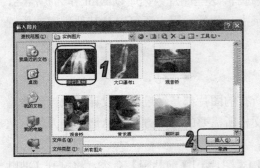

图 9-48 　插入图片

默认情况下，在 Word 2003 的文档中插入的图片直接嵌入到文档里并成为文档的一部分，如果插入的图片过多，会使文件的体积变得很大。此时用户可以使用链接图片的方法来减少文件大小，在选择图片文件后，单击【插入】按钮右边的箭头，选择【链接到文件】选项即可。使用【链接文件】方式插入的图片在 Word 2003 中不能被编辑，在右键单击图片后弹出的菜单中，【编辑图片】选项是灰色。

3. 编辑图片

图片插入到 Word 文档后，用户可以根据需要对其进行编辑，使之能够与文档一致。单击插入的图片将将其选定，即可在该图片周围出现 8 个控制点，并同时显示【图片】工具栏，如图 9-49 所示。使用【图片】工具栏，可以改变图片的大小、位置和环绕方式，以及裁剪图片或者设置图片格式等。

插入图片 调整对比度 裁剪图片 线型 文字环绕 设置透明色

图片

重设图片

调整颜色 调整亮度 向左旋转 90° 压缩图片 设置图片格式

图 9-49 "图片"工具栏

在文档中插入图片后，用户还可以根据需要通过鼠标来调整其大小。当选定图片后，其周围出现 8 个控制点，将光标移到图片的某个控制点上，待光标变成↕、↔、↘、↗时，按住并拖动鼠标，即可改变该图片的大小。

如果要精确地调整图片的大小，可单击工具栏上的【设置图片格式】按钮，或者选择【格式】|【图片】命令，或者右击该图片，从弹出的快捷菜单中选择【设置图片格式】命令，打开【设置图片格式】对话框，切换至【大小】选项卡，在该选项卡中进行相关设置，如图 9-50 所示。

在打开的【设置图片格式】对话框中，单击【图片】标签，打开【图片】选项卡，在该选项卡中，用户可以进行精确的裁剪图片设置，如图 9-51 所示。

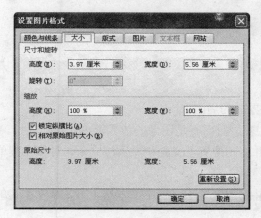

图 9-50 【大小】选项卡

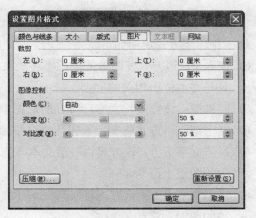

图 9-51 【图片】选项卡

一般情况下，用户要裁剪图片，只需选中该图片后，单击"图片"工具栏上的【裁剪】按钮，待光标变成形状。将光标移到图片一个尺寸控制点上按住并拖到鼠标，当图片大小合适时松开鼠标左键即可，如图 9-52 所示。再次单击【裁剪】按钮结束对图片的剪辑操作。

计算机 基础与实训教材系列

图 9-52　使用工具按钮裁剪图片

在 Word 2003 中，用户可以在打开的【设置图片格式】对话框中，单击【版式】标签，打开【版式】选项卡，在其中设置 5 种图文混排的方式，如图 9-53 所示。

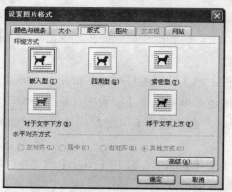

图 9-53　选择环绕方式

提示

不管是剪贴画、图片或艺术字，还是自选图形或者文本框，用户都可以把它们移动到文档的任意位置：可以让文本环绕在图像的周围，也可以让图像浮于文字的上方或下方。

这 5 种环绕方式说明如下。

◉ 嵌入型：该方式使图像的周围不环绕文字，将图像置于文档中文本行的插入点位置，并且与文本位于相同的层上。

◉ 四周型：该方式将文字环绕在所选图像边界框的周围。

◉ 紧密型：该方式将文字紧密环绕在图像自身边缘(而不是图像的边界框)的周围。

◉ 衬于文字下方：该方式将取消文本环绕，并将图像置于文档中文本层之后，对象在其单独的图层上浮动。

◉ 浮于文字上方：该方式将取消文本环绕，并将图像置于文档中文本层上方，对象在其单独的图层上浮动。

⑨.4.3　使用文本框

文本框是一个能够容纳正文的图像对象，可以置于页面中的任何位置，可以进行诸如线条、颜色、填充色等格式化设置。用户不但可以在文本框中加入文本，还可以将在其他应用程序中生成的图形插入到文本框中。而对于文本框中的正文，同样也可以像格式化普通正文一样格式化它们。

1. 插入文本框

在文本框中加入文字或图片等内容，并且将其移动到适当的位置，可以使文档更具有阅读性。根据文本框中文本的排列方向，可将文本框分为横排文本框和竖排文本框两种。

在 Word 2003 中，可以选择【插入】|【文本框】|【横排】命令或【插入】|【文本框】|【竖排】命令，此时鼠标光标将变成"十"的形状，并在文本编辑区域出现【在此处创建图形】的文本框绘图画布，按 Esc 键将画布关闭，然后按住鼠标左键不放并拖动鼠标到适当位置，释放鼠标即可绘制出相应的文本框。

另外，还可以单击【绘图】工具栏中的【横排文本框】按钮或者【竖排文本框】按钮，然后按照上面的方法绘制出相应的文本框，两种文本框的效果图如图 9-54 所示。

图 9-54　横排文本框和竖排文本框

2. 编辑文本框

插入文本框后，也可以对其进行如下的编辑操作，使其符合用户要求。

- 选定文本框后，通过拖动其周围的 8 个控制点，可以调整文本框的大小。
- 将光标指向文本框的边框，待鼠标变成形状时，单击并拖动鼠标，可以调整文本框的位置。
- 右击选定的文本框边框，从弹出的快捷菜单中选择【设置文本框格式】命令，在打开的【设置文本框格式】对话框中，可以设置文本框的大小、位置、边框、填充色和版式等。这些设置类似于图片的设置操作，在此不再阐述。

此外，在放置包含某些特定内容，例如注释引用标记、批注标记或特定的域等文本时，必须使用图文框。用户可以将文本转换为图文框，只需选定要转换的文本框，然后选择【格式】|【文本框】命令，打开【设置文本框格式】对话框的【文本框】选项卡，单击【转换为图文框】按钮即可，如图 9-55 所示。

 提示

右击选定文本框的边框，从弹出的快捷菜单中选择【设置文本框格式】命令，打开【设置文本框格式】对话框，单击【文本框】标签，同样可以打开如图 9-55 所示的【文本框】选项卡。另外，用户还可以右击选中的图文框，从弹出的快捷菜单中选择【设置图文框格式】命令，打开【图文框】对话框，在该对话框中可以设置图文框的文字环绕方式、尺寸、水平和垂直位置等。

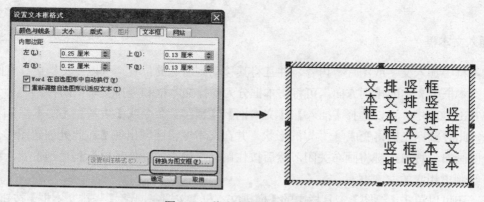

图 9-55　将文本框转换为图文框

⑨.4.4　插入艺术字

在流行的报刊杂志上，常常会看到各种各样的美术字，这些美术字给文章增添了强烈的视觉效果。在 Word 2003 中可以创建出各种文字的艺术效果，甚至可以把文本扭曲成各种各样的形状设置为具有三维轮廓的效果。

1. 创建艺术字

在 Word 2003 中可以创建带阴影的、扭曲的、旋转和拉伸的文字，也可以按预定义的形状来创建文字，由于这些艺术字是图形化的对象，可以使用【艺术字】工具栏上的按钮来改变效果。

【例 9-6】创建如图 9-56 所示的艺术字。

(1) 启动 Word 2003，选择【插入】|【图片】|【艺术字】命令，打开【艺术字库】对话框，选择第 4 排第 2 列的艺术字样式，如图 9-57 所示。

图 9-56　艺术字效果

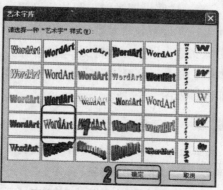

图 9-57　【艺术字库】对话框

(2) 单击【确定】按钮，打开【编辑"艺术字"文字】对话框，切换至五笔字型输入法，在

【文字】文本框中输入内容，如图 9-58 所示。

(3) 单击【确定】按钮，即可创建如图 9-56 所示的艺术字效果。

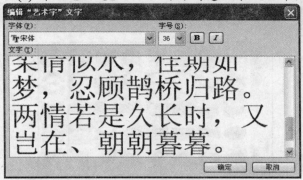

图 9-58　输入文字

提示

在【编辑 "艺术字" 文字】对话框中，设置字体、字号，都是对【文字】文本框中的所有文字起作用，无须选择文本后进行设置。不能使文本中的文字有不同的字体或字号。

知识点

艺术字是图形对象，不能作为文本，在【大纲】视图中无法查看其文字效果，也不能像普通文本一样进行拼写检查。

2. 编辑艺术字

创建完艺术字后，选中艺术字，系统默认打开【艺术字】工具栏，如图 9-59 所示，如果用户对其样式不满意，可以通过该工具栏对其进行编辑修改。

图 9-59　【艺术字】工具栏

在文档中选中要修改的艺术字，双击该艺术字或单击【艺术字】工具栏上的【编辑文字】按钮 ，将打开【设置 "艺术字" 文字】对话框，在【文字】文本框中可以修改艺术字的内容，修改完毕后单击【确定】按钮即可。

在文档中选中要修改的艺术字，单击【艺术字】工具栏上的【艺术字库】按钮 ，将打开【艺术字库】对话框，在该对话框中选择需要更改的样式，然后单击【确定】按钮。

在文档中选中要修改的艺术字，单击【艺术字】工具栏上的【设置艺术字格式】按钮 ，或者右击该艺术字，从弹出的快捷菜单中选中【设置艺术字格式】命令，打开【设置艺术字格式】对话框，如图 9-60 所示。在相应的选项卡中可以进行修改艺术字大小、版式、颜色等设置，设置完后单击【确定】按钮即可。

在文档中选中要修改的艺术字，单击【艺术字】工具栏上的【艺术字】形状按钮 ，将弹出如图 9-61 所示的菜单，选中需要的形状即可更改艺术字的形状。

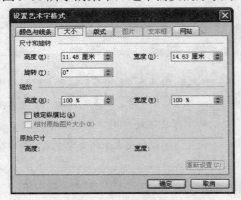

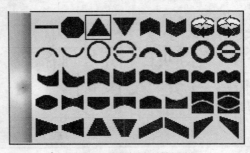

图 9-60　【设置艺术字格式】对话框　　　　　图 9-61　选中需要的形状

在文档中选中要修改的艺术字，单击【艺术字】工具栏右侧区域中 4 个文字设置按钮，即可对艺术字排列方式、对齐方式、字符间距等进行设置。

⑨.4.5　图表

Word 提供了建立图表的功能，用来组织和显示信息，在文档中适当加入图表可使文本更加直观、生动、形象。

1. 插入图表

在 Word 中插入图表的方法与插入图片的方法类似，通过选择【插入】|【图片】|【图表】命令，可直接插入一个图表。

【例 9-7】在 Word 文档中插入如图 9-62 所示的图表。

(1) 启动 Word 2003，选择【插入】|【图片】|【图表】命令，图表即被插入到文档中。此时，文档将打开图表窗口和数据表窗口，如图 9-63 所示。

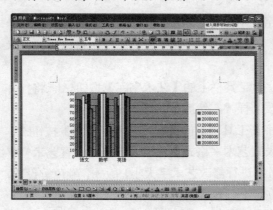

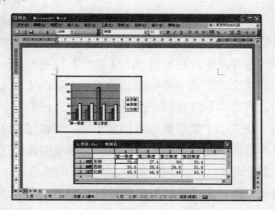

图 9-62　图表的效果　　　　　　　　　　图 9-63　插入图表

(2) 在数据表中，选择需要修改的单元格，输入数据即可修改数据表单元格中的内容。参照图 9-64 所示，修改数据表中的内容。

(3) 修改完成后，图表也被修改。在图表和数据表窗口外任何地方单击，返回 Word 文档，选定图表，将鼠标指针移至右下角的控制点上，当鼠标指针变为 ↖ 形状时，按住鼠标左键不放，向右拖动，拖动到适当大小释放鼠标，最终效果如图 9-62 所示。

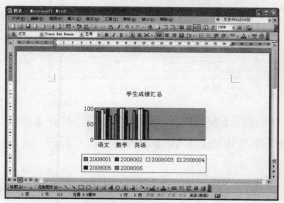

图 9-64　修改数据表

知识点

选择【编辑】|【清除】|【格式】命令可清除选定单元格的格式；如果选定某个单元格，按 Delete 键或 Backspace 键，将清除单元格内容，但不清除单元格的格式。

提示

数据表中的数据与图表中的数据一一对应，对数据表中的数据进行修改，就可以修改图表中的数据。如果要清除单元格中的内容，可先选定要清除的单元格，然后选择【编辑】|【清除】|【内容】命令即可。

2. 设置图表选项

组成图表的选项，例如图表标题、坐标轴、网格线、图例、数据标签等，均可重新添加或重新设置。

【例 9-8】在如图 9-62 所示的图表中添加图表标题，并设置图表位置、格式，最终效果如图 9-65 所示。

(1) 在打开的如图 9-62 所示的图表中，双击图表，使其处于编辑状态。

(2) 选择【图表】|【图表选项】命令，打开【图表选项】对话框，切换至【标题】选项卡，在【图表标题】文本框中输入标题，如图 9-66 所示。

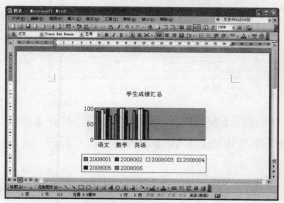

图 9-65　设置图表选项后的效果

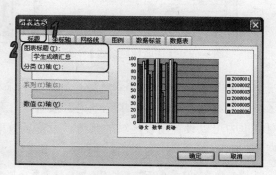

图 9-66　【标题】选项卡

计算机 基础与实训教材系列

（3）单击【图例】标签，打开【图例】选项卡，选择【显示图例】复选框，并且选中【底部】单选按钮，如图9-67所示。

（4）单击【确定】按钮完成设置，效果如图9-68所示。

（5）选取图表区域，在【格式】工具栏的【字号】下拉列表框中选择14选项，设置图表区字体的字号，结果如图9-65所示。

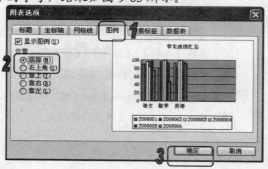

图9-67 【图例】选项卡　　　　　　　　　　图9-68 显示标题和图例位置

3. 美化图表

利用图表各区域的格式设置，可以达到美化图表的效果，例如设置图表标题格式、图表区区域及背景墙的填充色等。

双击如图9-65所示的图表，使其处于编辑状态，右击图表标题，从弹出的快捷菜单中选择【设置图表标题格式】命令，打开【图表标题格式】对话框，如图9-69所示，在该对话框中可以选择图表标题填充颜色，单击【确定】按钮，完成图表标题格式的设置，效果如图9-70所示。

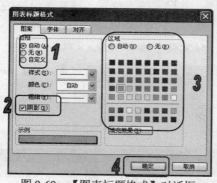
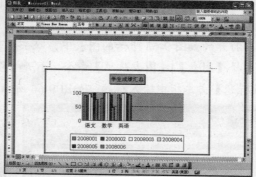

图9-69 【图表标题格式】对话框　　　　　　图9-70 设置标题格式

在图9-70中，右击图表区域，从弹出的菜单中选择【设置图表区格式】命令，打开【图表区格式】对话框。单击【填充效果】按钮，打开【填充效果】对话框，如图9-71所示。在该对话框中可以设置图表区域的颜色，设置后效果如图9-72所示。

提示

图表背景墙填充色的设置与图表区域填充色的设置类似，在此就不再介绍，参照图表区域颜色设置即可。

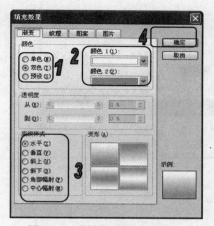

图 9-71　【填充效果】对话框

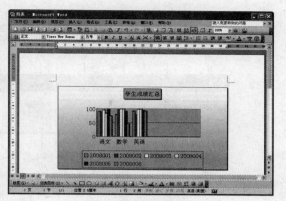

图 9-72　设置图表区

 知识点

　　Word 提供了创建图示的功能，选择【插入】|【图示】命令，打开【图示库】对话框，其中包括组织结构图、循环图、射线图、棱锥图、维恩图和目标图等，用户可以根据需要选择合适的类型建立图示。插入图示后，用户同样可以根据自己的需求使用与之相对应的工具栏对其进行进一步的编辑，如添加和删除组件、反转图示、设置版式和更换图示类型等。

⑨.5　插入公式

　　在 Word 2003 中，可以使用【公式编辑器】在文档中插入一个比较复杂的数学公式。创建公式时，根据数学排字约定，自动地调整公式中字体的大小、间距和格式编排。

　　要在文档中插入数学公式，可以选择【插入】|【对象】命令，打开【对象】对话框的【新建】选项卡，在【对象类型】列表框中选择【Microsoft 公式 3.0】选项，如图 9-73 所示。单击【确定】按钮，将打开【公式编辑器】窗口和【公式】工具栏，如图 9-74 所示。在【公式编辑器】窗口中的文本框中，用户可以进行公式编辑，编辑完后在框外任意处单击，即可返回原来的文档编辑状态。【公式】工具栏中的每个按钮区域的介绍如图 9-75 所示。

图 9-73　【对象】对话框

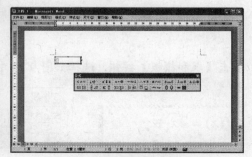

图 9-74　【公式编辑器】窗口

计算机 基础与实训教材系列

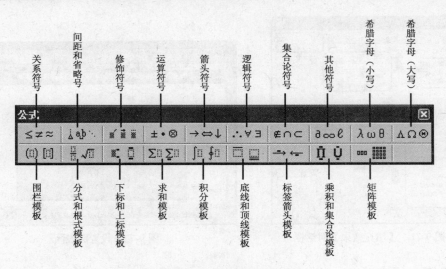

图 9-75 【公式】工具栏

【例 9-9】在 Word 文档中使用【公式编辑器】窗口创建如图 9-76 所示公式。

(1) 启动 Word 2003,打开一个空白文档。将光标放置在要插入公式的地方,选择【插入】|【对象】命令,在打开的【对象】对话框中选择【新建】选项卡。

(2) 在【对象类型】列表框中选择【Microsoft 公式 3.0】选项,单击【确定】按钮,将打开【公式编辑器】窗口和【公式】工具栏。

(3) 将光标放置在【公式编辑器】窗口的文本框中,在【公式】工具栏上输入 f(x)=,然后单击【分式和根式模块】按钮,选择如图 9-77 中所示的样式,在文本框中插入一个根号。

$$f(x) = \sqrt{x} + \sum_{n=1}^{\infty} a_n \cos \frac{n\Pi x}{L} + b_n \sin \frac{n\Pi x}{L}$$

图 9-76 创建数学公式

$$f(x) = \sqrt{}$$

图 9-77 插入根号

(4) 在根号文本框中输入字符 x,按 Tab 键将插入点定位到 $\sqrt{x}$ 后面,输入加号,如图 9-78 所示。

(5) 单击【求和模板】按钮,选择如图 9-79 中所示的样式,在文本框中插入一个求和符号。

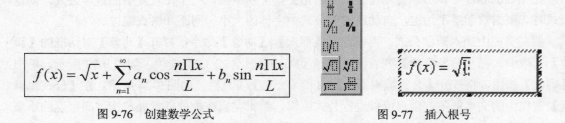

$$f(x) = \sqrt{x} +$$

图 9-78 输入字符和输入加号

$$f(x) = \sqrt{x} + \sum$$

图 9-79 插入求和符号

(6) 将光标定位到求和符号的上文本框，在工具栏上单击【其他符号】按钮，选择如图 9-80 所示的符号，即可在文本框中插入该字符。将光标定位到求和符号的下文本框输入一个公式 "n=1"，如图 9-80 所示。

图 9-80　插入其他符号

(7) 按 Tab 键将插入点定位到求和符号右侧的文本框中，输入字符 a，然后在工具栏上单击【下标和上标模板】按钮，选择如图 9-81 所示的样式，在文本框中插入一个下标符号，并在下标文本框中输入符号，如图 9-81 所示。

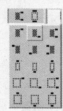

图 9-81　插入下标符号

(8) 按 Tab 键将插入点定位到公式的正常位置，分别输入字符 c、o、s 后，在工具栏上单击【分式和根式模块】按钮，选择如图 9-82 中所示的样式，插入一个分式符号，并在上、下文本框中输入字符内容，其中上文本框中输入 n 后，在工具栏上单击【希腊字母(大写)】按钮，选择如图 9-82 所示的字符，插入希腊字母，然后继续输入公式。

图 9-82　插入分式符号和希腊大写字母

(9) 参照步骤(7)，在文本框中输入加号和字符 b 后，插入一个下标符号，并在文本框中输入符号内容。如图 9-83 所示。

(10) 参照步骤(8)，在文本框中插入一个分式符号，并在上、下文本框中输入字符内容，如图 9-84 所示。

$$f(x) = \sqrt{x} + \sum_{n=1}^{\infty} a_n \cos \frac{n\Pi x}{L} + b_n$$

图 9-83　插入下标

$$f(x) = \sqrt{x} + \sum_{n=1}^{\infty} a_n \cos \frac{n\Pi x}{L} + b_n \sin \frac{n\Pi x}{L}$$

图 9-84　插入分式

(11) 此时数学公式已经创建完毕，在文档空白处单击鼠标，返回原来的文档编辑状态。公式的效果如图 9-76 所示。

 提示

> 如果要编辑数学公式，只需在文档窗口中双击该公式，即可再次进入"公式编辑器"窗口进行修改。

⑨.6　上机练习

本章的上机练习主要通过制作表格"电话通讯录"和"宣传页"来练习创建表格、编辑表格内容、插入图形对象、编辑图形对象等操作。

⑨.6.1　制作电话通讯录

在 Word 2003 中，新建一个文档，制作如图 9-85 所示的"电话通讯录"。

(1) 启动 Word 2003，新建一个文档"电话通讯录"。在插入点处输入表格的标题"电话通讯录"，设置其字体为黑体，字号为小二，并且将其设置为居中对齐。

(2) 将鼠标指针定位在标题下方，选择【表格】|【插入】|【表格】命令，插入 12×6 的规则表格，如图 9-86 所示。

图 9-85　制作电话通讯录

图 9-86　插入表格

(3) 参照如图 9-85 所示，输入表格文本，如图 9-87 所示。

(4) 将鼠标指针定位在表格内，选择【表格】|【表格属性】命令，打开【表格属性】对话框的【列】选项卡，选中【指定宽度】复选框，设置第 5 列宽固定值 5 厘米，如图 9-88 所示。

<table>
<tr><td colspan="6" align="center">电 话 通 讯 录</td></tr>
<tr><td>姓名</td><td>办公电话</td><td>家庭电话</td><td>移动电话</td><td>通信地址</td><td>电子邮箱</td></tr>
</table>

图 9-87　输入表格文本

图 9-88　【列】选项卡

(5) 使用相同的方法，设置第 1 列的宽度为 2 厘米，第 6 列的宽度为 3 厘米，效果如图 9-89 所示。

(6) 将文本进行格式化设置，效果如图 9-90 所示。

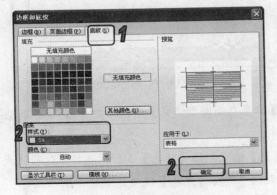

图 9-89　设置其他列宽

图 9-90　设置文本格式

(7) 选中第 1 行的所有单元格，选择【格式】|【边框和底纹】命令，打开【边框和底纹】对话框，切换至【底纹】选项卡，在【图案】选项组的【样式】下拉列表框中选择 5%。如图 9-91 所示。

(8) 单击【确定】按钮，完成底纹的设置，最终结果如图 9-85 所示。

(9) 单击【保存】按钮，将文档"电话通讯录"保存。

图 9-91　【底纹】选项卡

知识点

　　若要在已有的表格中插入表格，可先将鼠标指针移动到要插入表格的单元格中，然后右击，从弹出的快捷菜单中选择【插入表格】命令，在打开的对话框中设置相应的参数即可。

计算机 基础与实训教材系列

9.6.2　制作宣传页

在 Word 2003 中，新建一个文档，制作如图 9-92 所示的宣传页。

(1) 启动 Word 2003，新建一个名为"宣传页"的文档。

(2) 在【绘图】工具栏上单击【自选图形】按钮，从弹出的菜单中选择【基本形状】|【折角形】命令，如图 9-93 所示。

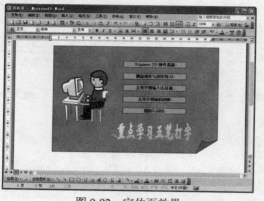

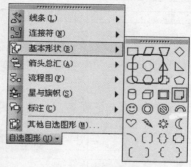

图 9-92　宣传页效果　　　　　图 9-93　选择折角形

(3) 按 Esc 键关闭打开的画布框。将鼠标指针移到文档绘制区内，按住鼠标左键不放，拖动鼠标绘制折角形图形，如图 9-94 所示。

(4) 在【绘图】工具栏上单击【矩形】按钮，将鼠标指针移到折角形内，按住 Shift 键和鼠标左键不放，在文档中拖动鼠标绘制矩形，如图 9-95 所示。

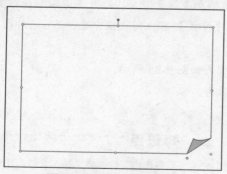

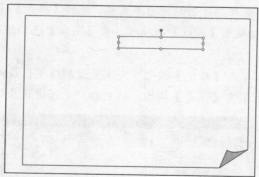

图 9-94　绘制折角形图形　　　　　图 9-95　绘制矩形

(5) 右击折角形，从弹出的菜单中选择【设置自选图形格式】命令，打开【设置自选图形格式】对话框。

(6) 打开【颜色与线条】选项卡，在【填充】选项组的【颜色】下拉列表框中选择【天蓝色】选项，在【线条】选项组的【颜色】下拉列表框中选择【黑色】选项，如图 9-96 所示。

(7) 打开【大小】选项卡，在【高度】和【宽度】微调框中分别输入 10 和 15(如图 9-97 所示)，然后单击【确定】按钮。

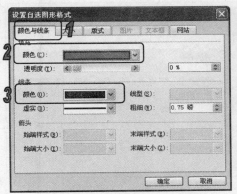
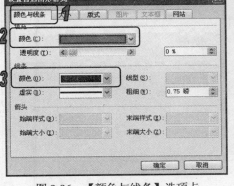

图 9-96　【颜色与线条】选项卡　　　　　　图 9-97　【大小】选项卡

(8) 使用同样的方法，将矩形的填充颜色设置为玫瑰色，线条颜色设置为黑色，线条粗细设置为 1 磅，效果如图 9-98 所示。

(9) 右击矩形图形，从弹出的快捷菜单中选择【添加文字】命令，在矩形中出现的插入点处输入文字"Windows XP 基础知识"，并且将该文字设置为五号、加粗、居中、阴影，如图 9-99 所示。

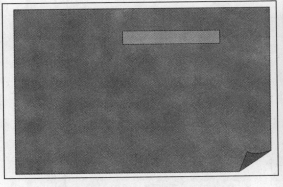
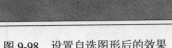

图 9-98　设置自选图形后的效果　　　　　　图 9-99　输入文字

(10) 右击矩形，从弹出的快捷菜单中选择【设置自选图形格式】命令，打开【设置自选图形格式】对话框。切换至【文本框】选项卡，将左、上、右和下的内部边距都设置为 0 厘米，如图 9-100 所示。

(11) 单击【确定】按钮，完成矩形的设置。

(12) 选中矩形，使用复制和粘贴命令，将其复制到适当的位置，在复制的对象中重新输入文本，并且调整矩形的位置大小，效果如图 9-101 所示。

(13) 选择【插入】|【图片】|【艺术字】命令，打开【艺术字库】对话框，选择第 3 行第 4 列的艺术字样式，如图 9-102 所示。

(14) 单击【确定】按钮，打开【编辑"艺术字"文字】对话框，在【字体】下拉列表框中选择【华文新魏】选项，并且单击【加粗】按钮，输入文字，如图 9-103 所示。

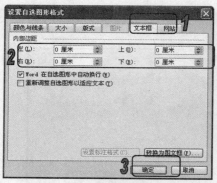

图 9-100　编辑矩形文本框

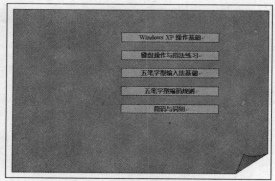

图 9-101　复制和编辑文本框

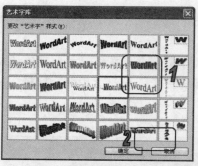

图 9-102　【艺术字库】对话框

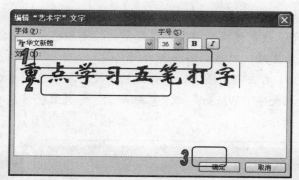

图 9-103　【编辑"艺术字"文字】对话框

(15) 单击【确定】按钮，关闭对话框，就可以将艺术字插入到文档中，如图 9-104 所示。

(16) 在【艺术字】工具栏上单击【设置艺术字格式】按钮，打开【设置艺术字格式】对话框。切换至【颜色与线条】选项卡，在【填充】选项组的【颜色】下拉列表框中选择【填充效果】选项，如图 9-105 所示。

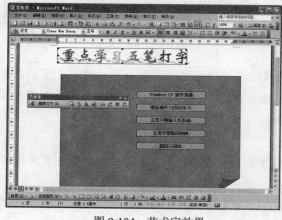

图 9-104　艺术字效果

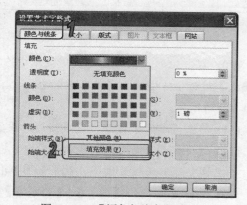

图 9-105　【颜色与线条】选项卡

(17) 在打开的【填充效果】对话框中，切换至【渐变】选项卡，在【颜色】选项组中选中【双色】单选按钮，并设置颜色 1 为玫瑰红，颜色 2 为白色；在【底纹样式】选项组中选中【斜上】

单选按钮，如图 9-106 所示。

(18) 单击【确定】按钮，返回【设置艺术字格式】对话框，打开【版式】选项卡，选择【浮于文字上方】选项，如图 9-107 所示。

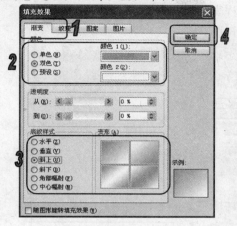

<table>
<tr><td>图 9-106　【颜色与线条】选项卡</td><td>图 9-107　【渐变】选项卡</td></tr>
</table>

(19) 单击【确定】按钮，完成设置艺术字的编辑，调整艺术字位置和大小后的效果如图 9-108 所示。

(20) 将插入点定位在文档开始处，选择【插入】|【图片】|【剪贴画】命令，打开【剪贴画】任务窗格。

(21) 在【搜索文字】文本框中输入"打字"，然后单击【搜索】按钮，在列表框中将显示出主题中包含该关键字的所有剪贴画，如图 9-109 所示。

(22) 单击需要插入的剪贴画，将其插入文档。

(23) 选中该剪贴画，在【图片】工具栏上单击【环绕方式】按钮 ，从弹出的菜单中选择【浮于文字上方】命令，调整图片位置后的效果如图 9-92 所示。

<table>
<tr><td>图 9-108　设置艺术字格式后的效果</td><td>图 9-109　插入剪贴画【打字】</td></tr>
</table>

9.7 习题

1. 在 Word 文档中创建如图 9-110 所示的课程表。
2. 在 Word 文档中制作如图 9-111 所示的公司图章。
3. 在 Word 文档中插入如图 9-112 所示的图示。
4. 使用公式编辑器创建如图 9-113 所示的数学公式。

课 程 表	Monday 星期一	Tuesday 星期二	Wednesday 星期三	Thursday 星期四	Friday 星期五
8:00~8:50	大学英文 (1~16 周 101 教室)	马哲 (3~14 周 301 教室)			邓小平理论 (3~14 周 301 教室)
9:00~9:50	大学英文 (1~16 周 101 教室)	马哲 (3~14 周 301 教室)			邓小平理论 (3~14 周 301 教室)
10:00~10:50	体育 (3~14 周)		高等数学 (1~16 周 303 教室)		
11:00~11:50	体育 (3~14 周)		高等数学 (1~16 周 303 教室)		
午 休					
2:00~2:50	高等数学 (1~16 周 303 教室)	计算机原理 (1~16 周 601 教室)			大学英文 (1~16 周 101 教室)
3:00~3:50	高等数学 (1~16 周 303 教室)	计算机原理 (1~16 周 601 教室)			大学英文 (1~16 周 101 教室)
4:00~4:50		计算机原理 (1~16 周 601 教室)	数据结构 (1~16 周 303 教室)		
5:00~5:50			数据结构 (1~16 周 303 教室)		

图 9-110　课程表

图 9-111　公司图章

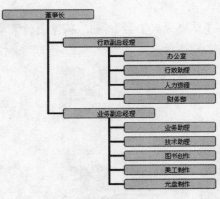

图 9-112　组织结构图

$$T_n = \frac{h}{2}\left[f(a) + 2\sum_{k=1}^{n-1} f(x_k) + f(b) \right]$$

图 9-113　数学公式

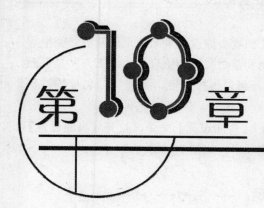

Word 高级操作

学习目标

为了提高文档的编辑效率，创建具有特殊效果的文档，Word 2003 提供了一些高级格式设置功能来优化文档的格式编排，如可以设置页面版式、应用模板对文档进行快速的格式应用，可以使用【样式】任务窗格创建、查看、选择、应用甚至清除文本中的格式，还可以利用特殊的排版方式设置文档效果。

本章重点

- ◉ 设置页面大小
- ◉ 设置页眉和页脚
- ◉ 插入和设置页面
- ◉ 使用模板
- ◉ 使用样式
- ◉ 特殊排版方式

10.1 设置页面大小

在编辑文档过程中，直接用标尺就可以快速设置页边距、版面大小等，但它并不是日常页面设置的最佳方法，因为这种方法精确度不高。如果需要制作一个版面要求较为严格的文档，可以使用【页面设置】对话框来精确设置版面、装订线位置、页眉、页脚等内容。

10.1.1 设置页边距及纸张大小

在 Word 2003 中，页边距主要用来控制文档正文与页边沿之间的空白量。在文档的每一页中，都有上、下、左、右 4 个页边距。页边距的值与文档版心位置、页面所采用的纸张类型等元素紧密相关。在改变页边距时，新的设置将直接影响到整个文档的所有页。纸张方向是页面设置的另一个重要功能，通过纸张方向与页边距配合，可以编排出贺卡、信封、名片等特殊版面。

用户要设置页边距及纸张方向，可以选择【文件】|【页面设置】命令，打开【页面设置】对话框，然后单击【页边距】标签，打开【页边距】选项卡，如图 10-1 所示。

图 10-1　【纸张】选项卡

提示

在对文档进行打印操作前，可以使用【页面设置】对话框的【纸张】选项卡来设置文本与纸张边缘距离、纸张方向等内容，从而使得打印出来的文档更美观、简洁。

在图 10-1 所示对话框的【上】、【下】、【左】、【右】文本框中输入数值，或单击文本框右边的微调按钮来选择新的页边距尺寸，在【预览】窗口中可以即时观察到不同的设置效果；如果文档需要装订，则在【装订线】文本框中设置装订所需的页边距大小，在【装订线位置】下拉列表框中选择装订线的位置；在【方向】选项组中，可以指定当前页面的方向，选择【纵向】选项可以将纸张的短边作为页面的上边，选择【横向】选项将以纸张的长边作为页面的上边；在【页码范围】选项组的【多页】下拉列表框中，可以指定当前正在编排文档的装订方式，不同的装订方式将影响到装订线的位置。如果不需要装订，则选择【普通】选项，并在【装订线】文本框中指定数值为 0。

10.1.2　设置纸张大小

纸张的大小不仅对打印输出的最终结果产生影响，而且对当前文档的工作区大小能够产生直接的影响。在默认状态下，Word 2003 将自动使用 A4 幅面的纸张来显示新的空白文档，纸张大小为 21 厘米×29.7 厘米，方向为纵向。用户也可以选择不同的纸张大小，或者自定义纸张的大小。

要设置纸张的大小，可以在【页面设置】对话框中打开【纸张】选项卡，如图 10-2 所示。在该对话框的【纸张大小】下拉列表框中，可以选择不同类型的标准纸张大小，在【宽度】和【高度】文本框中，也可以输入数值自定义纸张大小；由于不同型号的打印机支持不同方式的纸张来源，在【纸张来源】选项组中，用户可以为第一页指定一个纸张来源，为其他页指定另一个纸张来源；在【预览】选项组中的【应用于】下拉列表框中可以设定当前设置的页面大小所适用的范围。用户可以选择【整篇文档】选项将此设定应用于整篇文档，或选择【插入点之后】选项，设定应用于当前光标所在位置之后的页面。

　　如果要使当前页面设置恢复到系统默认状态下，可单击【纸张】选项卡中的【默认】按钮，系统自动打开提示信息对话框，阅读提示信息后，单击【是】按钮即可，如图 10-3 所示。

图 10-2　"纸张"选项卡

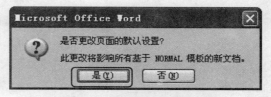

图 10-3　恢复默认设置对话框

计算机 基础与实训教材系列

⑩.1.3　设置版式

　　在一些书籍等出版物中，通常都需要在双页页眉和单页页眉上设置不同的文字，并且在每章的首页不显示页码。此时，可以在【页面设置】对话框中打开【版式】选项卡，如图 10-4 所示。

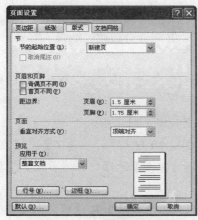

图 10-4　【版式】选项卡

💡 **提示**

　　【版式】选项卡用于设置页眉和页脚的显示方式、页面垂直对齐方式等内容。只有在页面视图和打印预览视图方式下才能看到页眉和页脚的效果。

　　在【节】选项组中，可以在【节的起始位置】下拉列表框中为 Word 指定【节】的显示方式；在【页眉和页脚】选项组中，选中【奇偶页不同】复选框，可以为文档的单页和双页指定不同的页眉和页脚，选中【首页不同】复选框，可在文档的第一页建立与其他页均不相同的页眉和页脚；在【页面】选项组中，可以设置页面垂直对齐方式，例如，顶端对齐、居中、两端对齐和底端对齐等。

⑩.1.4 设置文档网格

在【页面设置】对话框中打开【文档网格】选项卡，如图10-5所示，可以用来设定每页的行数、每行的字数、每页的垂直分栏数以及正文排列是竖排还是横排等文本排列方式。

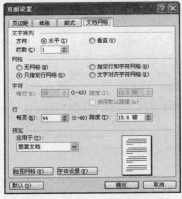

图10-5 【文档网格】选项卡

> **提示**
>
> 在【网络】选项组中，编辑普通文档时，应选中【无网格】单选按钮，这样能使文档中所有段落样式文字的实际行间距均与其样式中的规定一致；编辑图文混排的长文档时，则应选中【指定行网格和字符网格】单选按钮，否则重新打开文档时，会出现图件不在原处的情况。

在图10-5所示对话框的【网格】选项组中提供了4种选项，即【无网格】、【只指定行网格】(默认)、【指定行网格和字符网格】和【文字对齐字符网格】，用户可以根据编辑文档的类型，选择其中的某一种，这里选中【指定行和字符网格】单选按钮，然后在【字符】选项组中的【每行】和【跨度】文本框中设置每行字符的个数及跨度，在【行】选项组中的【每页】和【跨度】文本框中设置每页的行数和行跨度。

【例10-1】新建一个文档"Word 2003新版式"，并对其页边距、纸张、版式、文档网络进行设置。

(1) 启动Word 2003，自动生成一个"文档1"的空白文档，将其以"Word 2003新版式"为文件名保存在计算机中，如图10-6所示。

(2) 选择【文件】|【页面设置】命令，打开【页面设置】对话框。

(3) 打开【页边距】选项卡，在【上】微调框中输入"3厘米"，在【下】、【左】和【右】微调框中输入"2.5厘米"；在【方向】选项组中选择【纵向】选项；在【多页】下拉列表框中选择【普通】选项，如图10-7所示。

(4) 打开【纸张】选项卡，在【纸张大小】下拉列表框中选择16K选项，在【宽度】和【高度】微调框中分别输入"20厘米"和"27厘米"，如图10-8所示。

(5) 打开【版式】选项卡，在【页眉】和【页脚】微调框中分别输入"1.8厘米"和"1.3厘米"，如图10-9所示。

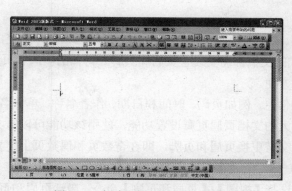

图 10-6 新建文档"Word 2003 版式"

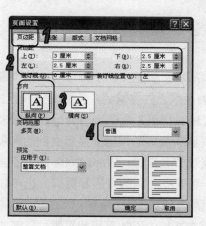

图 10-7 设置页边距

图 10-8 设置纸张大小

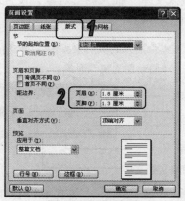

图 10-9 设置版式

（6）打开【文档网格】选项卡，在【网格】选项组中选择【指定行和字符网格】单选按钮；在【字符】选项组中指定每行的字数为 40，跨度为 10.2 磅；在【行】选项组中指定每页的行数为 40，跨度为 15.15 磅，如图 10-10 所示。

（7）单击【确定】按钮完成设置，效果如图 10-11 所示。

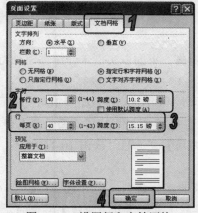

图 10-10 设置行和字符网格

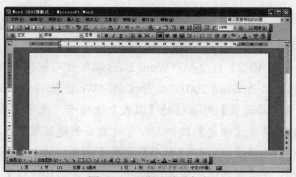

图 10-11 设置页面大小

计算机 基础与实训教材系列

⑩.2 设置页眉和页脚

页眉和页脚是文档中每个页面的顶部、底部和两侧页边距(即页面上打印区域之外的空白空间)中的区域。许多文稿，特别是比较正式的文稿都需要设置页眉和页脚。得体的页眉和页脚，会使文稿显得更为规范，也会给读者带来方便。

页眉和页脚通常用于显示文档的附加信息，例如页码、时间和日期、作者名称、单位名称、徽标或章节名称等。Word 2003 提供了强大的文档页眉页脚设置功能，使用该功能可以给文档的每一页建立相同的页眉和页脚，也可以交替更换页眉和页脚，即在奇数页和偶数页上建立不同的页眉和页脚。

要在文档中添加页眉和页脚，只需要选择【视图】|【页眉和页脚】命令，激活页眉和页脚，就可以在其中输入文本、插入图形对象、设置边框和底纹等操作，同时打开【页眉和页脚】工具栏，如图 10-12 所示。

计算机 基础与实训教材系列

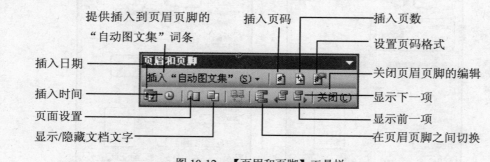

图 10-12 【页眉和页脚】工具栏

 提示

在添加页眉和页脚时，必须先切换到页面视图方式，便于用户在编辑的同时查看和预览页眉页脚。

⑩.2.1 为首页创建页眉和页脚

通常情况下，在书籍的章首页需要创建独特的页眉和页脚。下面以实例来介绍创建独特的页眉和页脚的方法。

【例 10-2】 在文档"Word 2003 新版式"创建不同的页眉和页脚，效果如图 10-13 所示。

(1) 启动 Word 2003，打开文档"Word 2003 新版式"，选择【文件】|【页面设置】命令，打开【页面设置】对话框的【版式】选项卡，选中【首页不同】复选框，如图 10-14 所示。

(2) 单击【确定】按钮，即可对首页创建页眉和页脚。

(3) 选择【视图】|【页眉和页脚】命令，进入页眉和页脚编辑状态，如图 10-15 所示。

(4) 在页眉区选中段落标记符，在【表格和边框】工具栏上单击【外侧框线】右侧的箭头按

钮 ，从弹出的快捷菜单中，选择【无框线】命令，隐藏页眉区的框线，如图 10-16 所示。

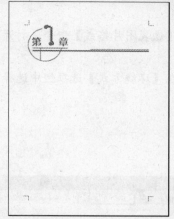

图 10-13　首页效果

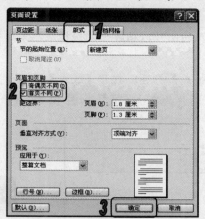

图 10-14　选中【首页不同】复选框

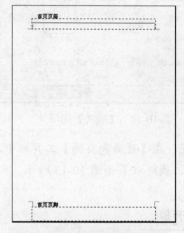

图 10-15　页眉和页脚编辑状态

> **提示**
>
> 一般情况下，文档首页都不需要显示页眉和页脚，尤其是页眉。本实例就需要设置不显示页眉和页脚。

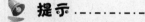

图 10-16　隐藏页眉区的框线

(5) 选择【插入】|【图片】|【来自文件】命令，打开【插入图片】对话框，插入章节图片，如图 10-17 所示。

(6) 右击插入的图片，从弹出的快捷菜单中选择【设置图片格式】命令，打开【设置格式】对话框。

(7) 单击【版式】标签，打开【版式】选项卡，在【环绕方式】选项组中选择【浮于文字上方】选项，设置图片的环绕方式，如图 10-18 所示。

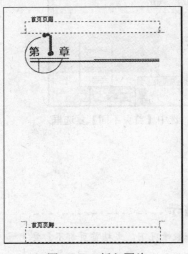

图 10-17　插入图片

图 10-18　【版式】选项卡

(8) 单击【确定】按钮，适当地调整图片的位置，在【页眉和页脚】工具栏中，单击【关闭页面和页脚】按钮[关闭©]，退出页眉和页脚编辑状态，最终效果如图 10-13 所示。

⑩.2.2　为奇偶页创建不同的页眉和页脚

通常情况下，需要对很多长文档设置页眉和页脚。而相同的页眉和页脚会让读者感觉特别单调。因此，需要对文档的奇偶页，创建不同的页眉和页脚，使得文档看起来内容丰富、个性十足。在 Word 2003 中，用户可以很方便地为奇偶页创建不同的页眉页脚。下面就以实例来介绍为奇偶页创建不同的页眉页脚的方法。

【例 10-3】为文档"Word 2003 新版式"的奇偶页创建不同的页眉和页脚。

(1) 启动 Word 2003，打开文档"Word 2003 新版式"，选择【文件】|【页面设置】命令，打开【页面设置】对话框的【版式】选项卡，选中【奇偶页不同】复选框(如图 10-19 所示)，然后单击【确定】按钮。

(2) 选择【视图】|【页眉和页脚】命令，进入页眉和页脚编辑状态。

(3) 在偶数页眉区选中段落标记符，在【表格和边框】工具栏上单击【外侧框线】右侧的箭头按钮▦▾，从弹出的快捷菜单中，选择【无框线】命令，隐藏偶数页页眉的边框线，如图 10-20 所示。

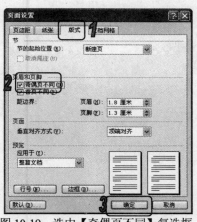

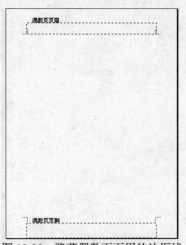

图 10-19　选中【奇偶页不同】复选框　　　图 10-20　隐藏偶数页页眉的边框线

(4) 选择【插入】|【图片】|【来自文件】命令，打开【插入图片】对话框并插入图片。

(5) 右击插入的图片，从弹出的快捷菜单中选择【设置图片格式】命令，打开【设置图片格式】对话框，选择【版式】选项卡，在【环绕方式】选项组中选择【衬于文字下方】选项，设置图片的环绕方式，并且适当地调整图片的位置，如图 10-21 所示。

(6) 使用同样的方法，插入其他图片，结果如图 10-22 所示。

计算机 基础与实训教材系列

图 10-21　插入图片　　　　　　　　　图 10-22　插入其他图片

(7) 将插入点定位在偶数页页眉区，输入文本"计算机基础教程"，并设置字体为楷体，字号为五号。

(8) 选择【格式】|【段落】命令，打开【段落】对话框的【缩进和间距】选项卡，设置行距为最小值 16.6 磅。

(9) 使用相同的方法，为奇数页设置页眉页脚，其最终效果如图 10-23 所示。

图 10-23　为奇偶页创建不同的页眉页脚

提示

进入页眉和页脚编辑状态，将插入点定位在页眉(页脚)中，选定要删除的文字或图形，然后按空格键或 Delete 键，可以将其删除，并且整篇文档中相同的页眉和页脚都被删除。

10.3　插入和设置页码

所谓的页码，就是书籍每一页面上标明次序的号码或其他数字，用以统计书籍的面数，便于读者检索。通常情况下，页码添加在页眉或页脚中，也不排除其他特殊情况，页码也可以添加到其他位置。

10.3.1　插入页码

启动 Word 2003，打开需要添加页码的文档，选择【插入】|【页码】命令，打开【页码】对话框，如图 10-24 所示。在该对话框的【位置】下拉列表框中，可以设置页码位置，如【页面顶端(页眉)】、【页面底端(页脚)】、【页面纵向中心】、【纵向内侧】、【纵向外侧】等；在【对齐方式】下拉列表框中，可以设置页码对齐方式，如【左侧】、【居中】、【右侧】、【内侧】和【外侧】等。设置好相关选项后，单击【确定】按钮，即可将页码插入到页面相应位置。

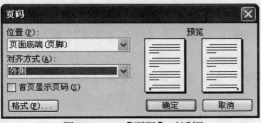

图 10-24　【页码】对话框

知识点

在【页眉和页脚】工具栏中，单击【插入页码】按钮 📄，可以在页眉和页脚的插入点处插入页码。

提示

要从第一页开始就显示页码，可选中【首页显示页码】复选框。一般情况下，首页不需要页码，因为首页往往是文档的概述；如取消选择【首页显示页码】复选框，将从第 2 页开始显示页码，但首页仍计页码，只是隐藏页码不显示而已。

⑩.3.2　设置页码格式

在文档中，如果需要使用不同于默认格式的页码，例如 1 或 a 等，就得对页码的格式进行设置。设置方法很简单，只需在【页码】对话框中单击【格式】按钮，打开【页码格式】对话框，如图 10-25 所示。在该对话框中，用户可以根据自己的需求进行页码格式化设置。

图 10-25　【页码格式】对话框

知识点

如果要设置页码的字体、字号等，可先选取页码，然后通过【格式】工具栏的【字体】、【字号】下拉列表框进行设置。

【页码格式】对话框中各选项的功能如下。

◉　【数字格式】下拉列表框：该列表框用于选择某种数字格式。

◉　【包含章节号】复选框：选中该复选框，可以在添加的页码中包含章节号。

◉　【页码编排】选项组：用于设置页码的起始页。

【例 10-4】在文档 "Word 2003 新版式" 中插入页码，并设置起始页为 1，适当调整页码的位置。

(1) 启动 Word 2003，打开文档 "Word 2003 新版式"，选择【插入】|【页码】命令，打开

【页码】对话框。

(2) 在【位置】下拉列表框中选择【页面底端(页脚)】选项，在【对齐方式】下拉列表框中选择【外侧】选项。

(3) 单击【格式】按钮，打开【页码格式】对话框，选中【起始页码】单选按钮，并在其后的微调框中输入 1。

(4) 单击【确定】按钮完成设置，如图 10-26 所示。

图 10-26　插入页码

(5) 选择【视图】|【页眉和页脚】命令，进入页眉和页脚编辑状态。

(6) 在偶数页选中页码并且双击，打开【图文框】对话框，在【尺寸】选项组的【宽度】下拉列表框中选择【固定值】选项，在【设置值】微调框中输入 0.71 厘米；在【水平】选项组的【位置】下拉列表框中输入 1.42 厘米，在【相对于】下拉列表框中选择【页面】选项；在【垂直】选项组的下拉列表框中输入-0.72 厘米，如图 10-27 所示。

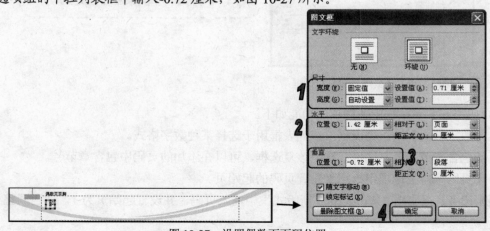

图 10-27　设置偶数页页码位置

(7) 选中页码，在【格式】工具栏中单击【居中】按钮，将页码设置为居中显示；并且在【字体】下拉列表框中选择 Arial 选项。

(8) 使用同样的方法，设置奇数页的页码位置，效果如图 10-28 所示。

图 10-28　设置页码位置效果

10.4　使用模板

在 Word 2003 中，模板决定了文档的基本结构和文档设置。所谓的模板，就是一种带有特定格式的扩展名为.dot 的文档，它包括特定的字体格式、段落样式、页面设置、快捷键方案、宏等格式。当要编辑多篇格式相同的文档时，可以使用模板来统一文档的风格，可以加快工作速率。

10.4.1　模板简介

任何 Word 文档都是以模板为基础的，模板决定文档的基本结构和文档设置。模板实际上是"模板文件"的简称，模板文件归根结底是一种具有特殊格式的 Word 文档。

在 Word 2003 中，模板分为共用模板和文档模板两种。

◉ 共用模板：就是包括 Normal 模板，其所含设置能够适用于所有文档的模板。例如，进入 Word 2003 时出现的空白文档就是基于 Normal 模板的。

◉ 文档模板：就是所含设置仅适用于以该模板为基础的文档的模板。如备忘录模板就是文档模板。

处理文档时，通常情况下只能使用保存在文档附加模板或 Normal 模板中的设置，如果想要所有的文档都可以使用某模板中的设置，可以将该模板加载为共用模板，这样以后运行 Word 2003 时都可以使用其中的设置。另外，用户可以自己创建模板，如果将该新建的模板保存在恰当的位置，该模板就可以出现在【安装的模板】列表中以方便使用。除此之外，用户还可以修改和复制模板的内容以使其更符合特殊的要求。

⑩.4.2 使用模板创建文档

Word 2003 自带了一些常用的文档模板，使用这些模板可以帮助用户快速创建基于某种类型的文档。

要想通过模板创建文档，选择【文件】|【新建】命令，打开【新建文档】任务窗格，并在【模板】选项组中单击【本机上的模板】链接，打开【模板】对话框，如图 10-29 所示。

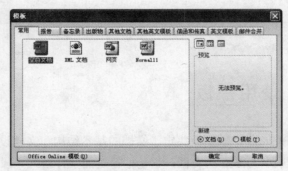

图 10-29　使用模板

 知识点

　　模板中给定的文档结构和格式并不是固定不变的，用户还可以根据特殊需要对其进行更改和删除。

【模板】对话框为用户提供了多种类型的模板，包括常用模板、报告模板、备忘录模板、出版物模板以及信函和传真模板等，用户可以根据需要选择要使用的模板类型。在对话框中选择需要的模板后，在右侧的【新建】选项组中选中【文档】单选按钮，以确定所创建的是文档，就可以创建一个应用所选模板的新文档。

例如，要使用名片模板创建名片，在如图 10-29 所示的对话框中，单击【其他文档】标签，切换至【其他文档】选项卡，在其下的列表框中选项【名片制作向导】选项，在右侧的【新建】选项组中选中【文档】单选按钮，如图 10-30 所示，然后单击【确定】按钮，打开【名片制作向导】对话框，如图 10-31 所示。单击【下一步】按钮，根据向导提示一步一步地完成操作。

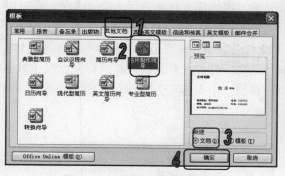

图 10-30 【其他文档】选项卡

图 10-31 【名片制作向导】对话框

10.4.3 创建模板

在文档处理过程中，如果需要经常使用同样的文档结构和文档设置，那么可以根据这些设置自定义并创建一个新的模板。要创建新的模板，用户可以根据现有文档创建，也可以根据现有模板创建，下面具体介绍这两种创建模板的方法。

1. 根据现有文档创建模板

根据现有文档创建模板，实际上就是把经常重复使用的文本样式以模板的形式保存下来，即将用于创建模板的文档另存为文档模板(.dot)类型。待用户需要使用该文档时，只需使用模板打开文档。如图 10-32 所示的是将打开的文档"个人简历表"创建为模板的过程。

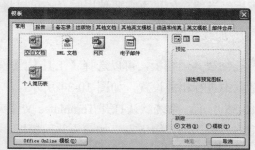

图 10-32 创建"个人简历表"模板

知识点

保存在 Templates 文件夹下任何.dot 文件都可以起到模板的作用。按照默认保存位置保存的模板都出现在【模板】对话框的【常用】选项卡中，以后根据模板新建文件就可以直接应用该模板。

2. 根据现有模板创建模板

Word 2003 现有模板的自动图文集词条、字体、快捷键指定方案、宏、菜单、页面设置、特殊格式和样式设置基本符合大多数用户的不同要求，但还需要对其进行一些修改时，可以以现有模板为基础来创建新模板。

选择【文件】|【新建】命令，打开【新建文档】任务窗格，并在【模板】选项组中单击【本机上的模板】链接，打开【模板】对话框。在该对话框中打开现有模板，然后将模板以【另存为】模板的方式进行保存。如图 10-33 所示的是在模板"个人传真"中输入发件人信息后，创建的模板"落叶儿传真"。

图 10-33　以模板"个人传真"创建模板"落叶儿传真"

10.4.4　加载和卸载共用模板

公用模板包括 Normal 模板中的所含设置，它适用于所有文档。文档模板所含设置仅仅适用于以模板为基础的文档。默认情况下，启动 Word 2003 时，共用模板就是 Normal 模板。如果希望在运行 Word 后，所有的文档还可以应用其他模板中的设置，可以将这些模板加载为共用模板。当然，如果不需要使用时，还可以将其卸载。

1. 加载共用模板

要加载共用模板，可以选择【工具】|【模板和加载项】命令，在打开的【模板和加载项】对话框中进行相关设置，如图 10-34 所示。单击【添加】按钮，打开【添加模板】对话框，如图 10-35 所示，系统默认打开 Templates 文件夹，在该文件夹中选择模板，单击【确定】按钮，即可将模板"个人简历表"加载为共用模板。

图 10-34　【模板和加载项】对话框　　　　图 10-35　【添加模板】对话框

2. 卸载共用模板

卸载不常用的模板和加载项，不但可以节省内存，而且还可以提高 Word 的运行速度，使用【模板和加载项】对话框可以很方便地卸载共用模板：只需在【所选项目当前已经加载】列表框中选择需要卸载的模板，如选择"个人简历表"选项，如图 10-36 所示。然后单击【删除】按钮，即可卸载模板"个人简历表"。

图 10-36　卸载模板【个人简历表】

知识点

　　卸载共用模板并非将其从计算机上删除，只是使其不可用。模板的存储位置决定了启动 Word 时是否会加载。

⑩.5　使用样式

所谓样式就是应用于文档中的文本、表格和列表的一套格式特征，它能迅速改变文档的外观。应用样式时，可以在一个简单的任务中应用一组格式。每个文档都是基于一个特定的模板，每个模板中都会自带一些样式，又称为内置样式。当内置样式的部分样式定义和需要应用的格式组合不相符，可以修改该样式，甚至可以重新定义样式，以创建规定格式的文档。

⑩.5.1　在文本中应用样式

样式是应用于文本的一系列格式特征，利用它可以快速改变文本的外观。一般情况下，用户可以将 Normal 模板(Word 默认的模板)中内置的多种样式应用于文档的文本中，还可以将打开并设置好样式的文档应用于文档的文本中。

通常情况下，在 Word 2003 中输入文本内容时，默认应用正文样式。如果用户要将所输入的文本应用某种内置样式，首先必须选中需要应用样式的文本，然后选择【格式】|【样式和格式】命令，打开【样式和格式】任务窗格，如图 10-37 所示。在【请选择要应用的格式】列表框中选择要应用的样式，如选择【标题 1】选项，此时样式【标题 1】将应用于该段文本中，效果如图 10-38 所示。

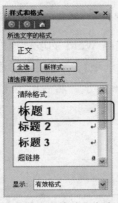

图 10-37　【样式和格式】任务窗格

图 10-38　应用样式

在【样式和格式】任务窗格的【请选择要应用的格式】列表框中，除了【标题 1】样式外，还列出了【标题 2】、【标题 3】、【超链接】样式，用户可以根据自己的需要应用相应的样式。

⑩.5.2　修改样式

如果某些内置样式无法完全满足某组格式设置的要求，则可以在内置样式的基础上进行修改。这时可在【样式】任务窗格中单击样式选项的下拉列表框旁的箭头按钮，在弹出的快捷菜单中选择【修改】命令，如图 10-39 所示。并在随后打开的【修改样式】对话框中更改相应的选项，在【属性】选项组的【样式基于】下拉列表框中选择【无样式】选项；在【格式】选项组的字体下拉列表框中选择【华文行楷】选项，在【字号】下拉列表框中选择【小初】选项，并且单击【加粗】按钮，如图 10-40 所示。

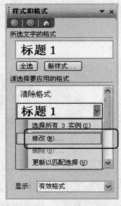

图 10-39　选择【修改】命令

图 10-40　【修改样式】对话框

单击【确定】按钮，修改样式后的效果如图 10-41 所示。另外，在【修改样式】对话框中，单击【格式】按钮，弹出如图 10-42 所示的快捷菜单。使用该菜单可以设置字体样式、段落样式、边框样式和快捷键等。

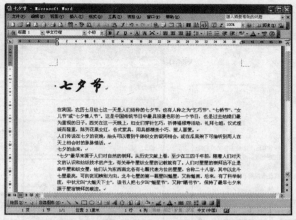

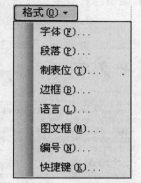

图 10-41　显示修改后的标题 1 样式　　　　　图 10-42　【格式】快捷菜单

10.5.3　创建样式

利用样式对文档进行格式化设置，除了使用 Word 提供的样式外，还可以自己创建一个样式。选择【格式】|【样式和格式】命令，在打开的【样式和格式】任务窗格中单击【新样式】按钮，打开【新建样式】对话框，如图 10-43 所示。

图 10-43　【新建样式】对话框

提示

在【格式】工具栏上单击【格式窗格】按钮 ，或者选择【视图】|【任务窗格】命令，打开任务窗格，在【其他任务窗格】下拉列表框中选择【样式和格式】命令，都可以打开【样式和格式】任务窗格。

在对话框的【名称】文本框中输入要创建的新样式的名称；在【样式类型】下拉列表框中可以选择【字符】或【段落】选项；在【样式基准】下拉列表框中选择该样式的基准样式(所谓基准样式就是最基本或原始的样式，文档中的其他样式都以此为基础)。

【例 10-5】 在如图 10-41 所示的文档中创建"七夕的由来"样式，将其应用到文档中，效果如图 10-44 所示。

(1) 打开如图 10-41 所示的文档，选择【格式】|【样式和格式】命令，在打开的【样式和格式】任务窗格中单击【新样式】按钮，打开【新建样式】对话框。

(2) 在【名称】文本框中输入"七夕的由来"；在【样式基于】下拉列表框中选择【无样式】

计算机 基础与实训教材系列

选项；在【格式】选项组的【字体】下拉列表框中选择【隶书】选项；在【字号】下拉列表中选择【二号】选项，并且单击【左对齐】按钮 ，如图 10-45 所示。

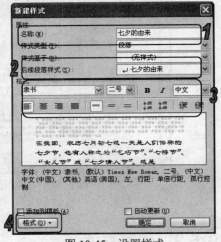

图 10-44 应用新建的样式　　　　　　　　图 10-45 设置样式

(3) 单击【格式】按钮，在弹出的快捷菜单中选择【字体】命令，将打开【字体】对话框，在【字体颜色】下拉列表框中选择【深红】色块，如图 10-46 所示。

(4) 单击【确定】按钮，关闭所有的对话框，选择"七夕的由来"文本，然后在【样式】任务窗格(如图 10-47 所示)中单击【七夕的由来】样式，将创建好的【七夕的由来】样式应用于选中的文本，效果如图 10-44 所示。

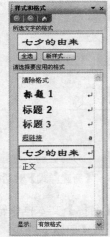

图 10-46 设置文本颜色　　　　　　　　图 10-47 【样式】任务窗格

 提示

如果对某处文本应用了样式后，需要取消使用该样式，可在选取文本后，在【样式和格式】任务窗格中单击【清除格式】按钮。

10.5.4　删除样式

在 Word 2003 中，对于不需要的样式可将其删除。通常情况下，删除样式包括删除单个样式和删除多个样式两种操作。下面将介绍这两种操作。

1. 删除单个样式

要删除单个样式，选择【格式】|【样式和格式】命令，打开【样式和格式】任务窗格，单击需要删除的样式旁的箭头按钮，从弹出的快捷菜单中选择【删除】命令，打开【确认】删除对话框，如图 10-48 所示。单击对话框中的【是】按钮，就可以删除该样式。

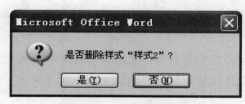

图 10-48　确认删除对话框

知识点

Word 2003 在默认状态下提供的【标题 1】、【标题 2】、【标题 3】和【正文】4 种内置样式是不能删除的。

2. 删除多个样式

如果要删除多个样式，可以选择【工具】|【模板和加载项】命令，打开【模板和加载项】对话框，如图 10-49 所示。单击【管理器】按钮，打开【管理器】对话框，切换至【样式】选项卡，从中选择要删除的样式，单击【删除】按钮即可，如图 10-50 所示。

图 10-49　【模板和加载项】对话框

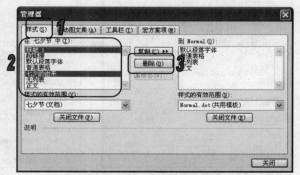

图 10-50　【样式】选项卡

提示

在【管理器】对话框的【样式】选项卡中，不仅可以删除文档中的样式，还能删除模板中的样式。删除样式后，单击【关闭】按钮即可退出该对话框。

⑩.6 特殊排版方式

对于报刊杂志而言，使用一些简单的排版方式是远远不够的，而是需要创建带有特殊效果的文档，即需要使用一些特殊的排版方式。Word 2003 提供了多种特殊的排版方式，如首字下沉、中文版式、分栏排版等。这些排版方式能够帮助用户创建专业美观的文档。

⑩.6.1 首字下沉

为了使文档更美观、更引人注目，常常需要将排版方式设置为首字下沉。这种格式在报刊中经常见到。首字下沉就是使第一段开头的第一个字放大，放大的程度可以自行设定，可以占据两行或者三行的位置，其他字符围绕在它的右下方。

在 Word 2003 中，首字下沉共有两种不同的方式，一个是普通的下沉、另外一个是悬挂下沉。两种方式区别之处就在于："下沉"方式设置的下沉字符紧靠其他的文字，而"悬挂"方式设置的字符可以随意地移动其位置。

要设置首字下沉，可以选择【格式】|【首字下沉】命令，将打开【首字下沉】对话框，如图 10-51 所示。在对话框的【位置】选项组中，可以选择首字下沉的方式。在【选项】选项组的【字体】下拉列表框中，可以选择下沉字符的字体。在【下沉行数】文本框中，可以设置首字下沉时所占用的行数，如选择 3 行。在【距正文】文本框中，可以设置首字与正文之间的距离，如输入 0.5 厘米。单击【确定】按钮，设置首字下沉后的文档效果如图 10-52 所示。

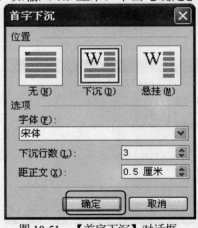

图 10-51　【首字下沉】对话框　　　图 10-52　首字下沉效果

 提示

在文档中，设置了首字下沉排版方式后，将段落的第一个文字置于文本框中，用户可以将插入点定位在该文本框中，输入其他文字。

10.6.2　使用中文版式

　　Word 2003 中文版为用户提供了符合中国人版式的许多功能，其中中文版式是最具特色的一个功能。中文版式提供了拼音指南、带圈字符、纵横混排、合并字符和双行合一等功能，用户可在文档内添加这些效果。

1. 拼音指南

　　Word 2003 提供的拼音指南功能，可对文档内的任意文本添加拼音，方便用户对其进行阅读。默认情况下，使用拼音指南添加的拼音位于所选文本的上方，并且可以设置拼音的对齐方式。

　　要给文本添加拼音，可以选择【格式】|【中文版式】|【拼音指南】命令，打开【拼音指南】对话框，如图 10-53 所示。

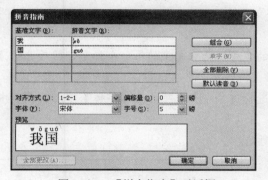

知识点

　　在 Word 2003 中，使用拼音指南一次只能对 30 个字符进行标注拼音，如果选中的字符大于 30，在标注时对于前 30 个字符以后的字符将不再进行标注拼音。

　　在该对话框中设置的字体和字号只针对拼音，不包括文字。

图 10-53　【拼音指南】对话框

　　在图 10-53 中，各选项的功能如下所示。

- ◉ 【基准文字】文本框：用于修改被标注拼音的字符。
- ◉ 【拼音文字】区域的文本框：用于修改标注的拼音字母。
- ◉ 【对齐方式】下拉列表框：用于选择汉字上方汉语拼音的对齐位置。
- ◉ 【偏移量】文本框：用于设置拼音与文字之间的间隔距离。
- ◉ 【组合】按钮：单击该按钮，可以使分开标注拼音的单字组合成一个词组，标注的拼音也相应地产生组合。
- ◉ 【单字】按钮：单击该按钮，可以拆散组合在一起的词组，使词组分解成单字分别标注拼音。
- ◉ 【全部删除】按钮：单击该按钮，可以把【拼音文字】文本框中的拼音全部清除。
- ◉ 【默认读音】按钮：单击该按钮，可以对【基准文字】恢复拼音输入的标准读音。

2. 带圈字符

　　在编辑文字时，有时候要输入一些较特殊的文字，像圆圈围绕的数字等，在 Word 2003 中，使用带圈字符功能可以轻松地为字符添加圈号，制作出各种带圈字符。

在制作带圈字符前，必须先选择需要被圈的文字，然后选择【格式】|【中文版式】|【带圈字符】命令，打开【带圈字符】对话框，如图 10-54 所示，在其中可以设置样式和圈号等。

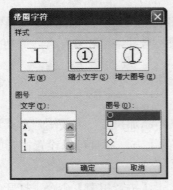

提示

选取要添加带圈的字符，在【格式】工具栏中单击【带圈字符】按钮，同样可以打开【带圈字符】对话框。

图 10-54 【带圈字符】对话框

【例 10-6】 在如图 10-52 所示的文档中将文章的标题添加拼音。将文章的第 2 节的首字添加带圈效果。

(1) 启动 Word 2003，打开如图 10-52 所示的文档，选取文章的第一个标题，然后选择【格式】|【中文版式】|【拼音指南】命令，打开【拼音指南】对话框。

(2) 在对话框的【对齐方式】下拉列表框中选择【居中】选项，在【字体】下拉列表框中选择 Time New Roman 选项，如图 10-55 所示。

(3) 单击【确定】按钮，其效果如图 10-56 所示。

图 10-55 【拼音指南】对话框

图 10-56 添加拼音

(4) 选取文章的第 2 节首字【人】，然后选择【格式】|【中文版式】|【带圈字符】命令，打开【带圈字符】对话框，此时【人】字将自动出现在【文字】文本框中。

(5) 在对话框的【样式】区域中选择【缩小圈号】选项，在【圈号】列表框中选择字体外圈的形状为【○】，如图 10-57 所示。

(6) 单击【确定】按钮，带圈效果将如图 10-58 所示。

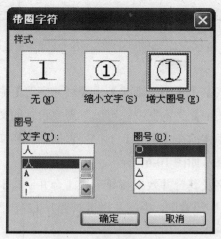

图 10-57　【带圈字符】对话框

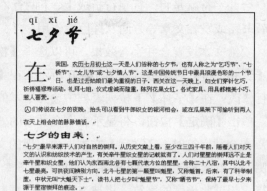

图 10-58　添加带圈效果

计算机基础与实训教材系列

知识点

在 Word 2003 中，带圈字符的内容只能是一个汉字或者两个外文字母，在文档窗口中选择超出上述限制的字符之后，在打开【带圈字符】对话框时，Word 2003 将自动以第一个汉字或前两个外文字母作为选择对象进行设置。

3. 纵横混排

在文档的处理过程中，有时出于某种需要在同一段中同时出现横向文字与纵向文字(如对联中的横联和竖联等)，使用 Word 2003 的纵横混排功能可以轻松地实现这一目的。纵横混排与改变文字方向不同，它可以在同一页面中改变部分文本的排列方向，由原来的纵向变为横向，原来的横向变为纵向，尤其适用于少量文字。

要给文本设置纵横混排效果，可以选择【格式】|【中文版式】|【纵横混排】命令，打开【纵横混排】对话框，如图 10-59 所示。在该对话框中选中【适应行宽】复选框，Word 将自动调整文本行的宽度。

图 10-59　【纵横混排】对话框

知识点

文本竖排时，字母和数字都会向左旋转 90°，不方便阅读，此时可以使用纵横混排重新设置字母和数字的排列方式。

如果要删除纵横混排效果，可选择纵向排列的文本，然后打开【纵横混排】对话框，单击【删除】按钮即将恢复所选文本的横向排列。

4. 合并字符

合并字符就是将一行字符折成上、下两行，并显示在原来的一行中。这个功能在名片制作、出版书籍或发表文章等方面发挥巨大作用。

要给文本设置合并字符效果，可以选择【格式】|【中文版式】|【合并字符】命令，打开【合并字符】对话框，如图 10-60 所示。在【文字】文本框中，可以对需要设置的文字内容进行修改；在【字体】下拉列表框中选择文本的字体；在【字号】下拉列表框中选择文本的字号。单击【确定】按钮，将显示文字合并后的效果，如图 10-61 所示。

在合并字符时，【文字】文本框内出现的文字及其合并效果将显示在【合并字符】对话框右侧的【预览】框内。合并的字符不能超过 6 个汉字的宽度，也就是说可以合并 12 个半角英文字符。超过此长度的字符，将被 Word 2003 截断。

图 10-60　【合并字符】对话框　　　　　　　　图 10-61　合并字符效果

5. 双行合一

在文档的处理过程中，有时会出现一些较多文字的文本，但用户又不希望分行显示，这时，可以使用双行合一功能来美化文本。双行合一效果能使所选的位于同一文本行的内容平均地分为二部分，前一部分排列在后一部分的上方。此外，还可以给双行合一的文本添加不同类型的括号。

要给文本设置双行合一效果，可以选择【格式】|【中文版式】|【双行合一】命令，打开【双行合一】对话框。在【文字】文本框中，可以对需要设置的文字内容进行修改；选中【带括号】复选框后，在右侧的【括号样式】下拉列表框中可以选择为双行合一的文本添加不同类型的括号，如图 10-62 所示。

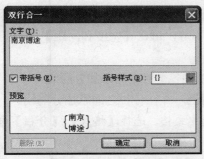

图 10-62　【双行合一】对话框

计算机基础与实训教材系列

提示

合并字符是将多个字符用两行显示，且将多个字符合并成一个整体；双行合一是在一行的空间显示两行文字，且不受字符数限制。

知识点

在 Word 2003 中，设置双行合一的文本只能是位于同一文本行的内容，如果选择多行文本，那么只有首行文本设置为双行合一。需要删除双行合一的文本时，可在文档窗口内选择这些文本，然后打开【双行合一】对话框，单击【删除】按钮即可。

10.6.3　分栏排版

分栏排版是指按实际排版需求将文本分成若干个条块，从而使版面更美观，阅读更方便。这种格式在报刊杂志中用得更多。一般情况下，用户在阅读报刊杂志时，经常发现许多页面被分成多个栏目。这些栏目有的是等宽的，而有的则是不等宽的，从而使得整个页面布局显示更加错落有致，更易于阅读。

要给文档设置分栏，可以选择【格式】|【分栏】命令，将打开【分栏】对话框，如图 10-63 所示。

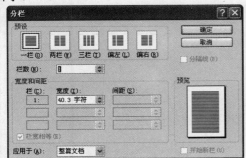

图 10-63　【分栏】对话框

知识点

分栏操作仅适合于文本中的正文，对页眉、页脚、批注或文本框是不能分栏的。如果要取消分栏，可在【分栏】对话框中的【预设】选项组中单击【一栏】项即可。

如图 10-63 所示对话框中的各选项功能如下。

◉ 【预设】选项组：用于选择所要分的栏数，如果没有符合需要的栏数，则可在【栏数】文本框中指定 2～45 之间的任意数字作为分栏数。

⊙ 【栏宽相等】复选框：选中该复选框，可以设定当前所有栏的宽度和间距都相等，即将页面按平均分栏。如果要求所分栏的栏宽和间距不等，可在【宽度和间距】选项组中分别指定各栏的栏宽和栏距。

⊙ 【分隔线】复选框：选中【分隔线】复选框，可以在各个栏之间添加分隔线。

【例10-7】在如图10-58所示的文档中将文章分为两栏，并在各栏之间添加分隔线。

(1) 启动 Word 2003，打开如图10-58所示的文档。选中文档，选择【格式】|【分栏】命令，打开【分栏】对话框。

(2) 在【预设】选项组中选择【两栏】选项，并且选中【分隔线】复选框，如图10-64所示。

(3) 单击【确定】按钮完成设置，效果如图10-65所示。

(4) 单击【保存】按钮，将文档以名为"七夕节"保存。

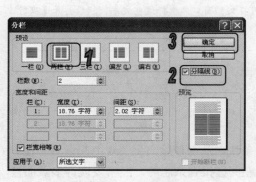

图 10-64　设置两栏

图 10-65　分栏后的效果

 知识点

在【分栏】对话框中，默认状态选中【栏宽相等】复选框，此时，各栏的宽度相等，【宽度和间距】选项组不可用。

⑩.7　上机练习

本章上机练习主要制作日历和招聘启事，练习使用模板快速制作文档及分栏等操作。

⑩.7.1　制作日历

使用模板创建一个日历，文档的最终效果如图10-66所示。

(1) 启动 Word 2003，选择【文件】|【新建】命令，打开【新建文档】窗格，并在【模板】选项组中单击【本机上的模板】链接，打开【模板】对话框。

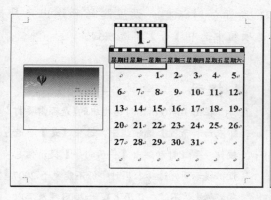

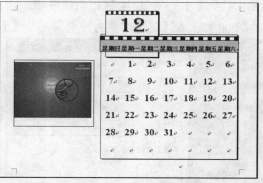

图 10-66　最终效果图

(2) 打开【其他文档】选项卡，选择【日历向导】选项，并在右侧的【新建】选项组中选择
【文档】单选按钮，如图 10-67 所示。

(3) 单击【确定】按钮，打开【日历向导】对话框，如图 10-68 所示。

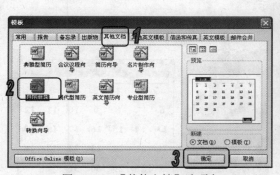

图 10-67　【其他文档】选项卡

图 10-68　【日历向导】对话框

(4) 单击【下一步】按钮，打开【请为您的日历选择一种样式】对话框，选中【优美】单选
按钮，如图 10-69 所示。

(5) 单击【下一步】按钮，打开如图 10-70 所示的对话框，在【请指定日历的打印方向】选
项组中选中【横向】单选按钮，在【是否为图预留空间】选项组中选中【是】单选按钮。

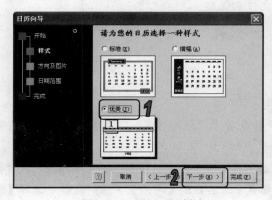

图 10-69　设置日历样式

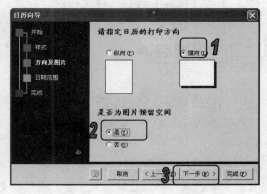

图 10-70　设置日历方向及图片

计算机 基础与实训教材系列

(6) 单击【下一步】按钮，打开如图 10-71 所示的对话框，设置起始和终止年月为 2008.1~2008.12，在【是否需要打印农历和节气】选项组中选中【否】单选按钮。

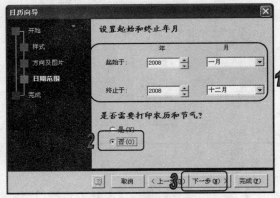

图 10-71　设置日历日期范围

(7) 单击【下一步】按钮，打开如图 10-72 所示的对话框。

(8) 单击【完成】按钮，效果如图 10-73 所示。

图 10-72　创建完成

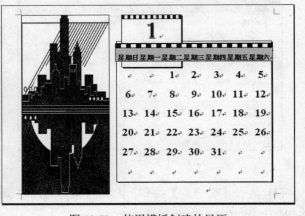

图 10-73　使用模板创建的日历

(9) 在插入图片的位置删除原有的图片，然后插入用户所需的图片，最终效果如图 10-65 所示。

(10) 单击【保存】按钮，将文档以"日历"文件名保存。

⑩.7.2　招聘启事

制作招聘启事，文档的最终效果如图 10-74 所示。

(1) 启动 Word 2003，新建一个空白文档，将其命名为"招聘启事"，在其中输入文本，如图 10-75 所示。

(2) 选择"天天人寿保险股份有限公司"、"公司简介："、"招聘职位：经理助理"、"招聘职位：业务代表"和"应聘方式："，然后在【格式】工具栏的【字体】下拉列表框中选择【隶书】选项，在【字号】拉列表框中选择【小三】选项，效果如图 10-76 所示。

图 10-74 制作招聘启事

图 10-75 输入招聘启事

(3) 选择【格式】|【边框和底纹】命令，打开【边框和底纹】对话框，切换至【底纹】选项卡，在【图案】选项组的【样式】下拉列表框中选择 15%，在【应用于】下拉列表框中选择【文字】选项，如图 10-77 所示。

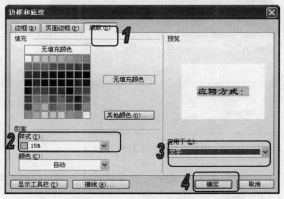

图 10-76 设置字体和字号

图 10-77 【底纹】选项卡

(4) 单击【确定】按钮，效果如图 10-78 所示。

(5) 将鼠标指针定位在"公司简介："下方的一段文字中，选择【格式】|【段落】命令，打开【段落】对话框，切换至【缩进和间距】选项卡，设置首行缩进两个字符，效果如图 10-79

计算机基础与实训教材系列

所示。

图 10-78　设置底纹

图 10-79　设置段落格式

(6) 选取招聘职位文字区域，然后选择【格式】|【分栏】命令，打开【分栏】对话框，在【预设】选项组中选择【两栏】选项，如图 10-80 所示。

(7) 单击【确定】按钮，分栏后的段落效果如图 10-81 所示。

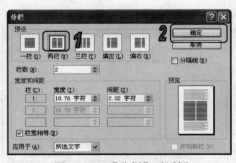

图 10-80　【分栏】对话框

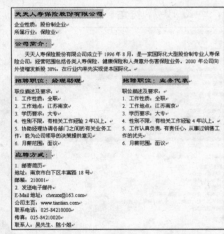

图 10-81　设置分栏效果

(8) 选择最后三段文字，在【格式】工具栏上单击【居中】按钮，使选中的段落居中显示，如图 10-82 所示。

(9) 选择【格式】|【边框和底纹】命令，打开【边框和底纹】对话框，切换至【底纹】选项卡，在【样式】下拉列表框中选择【浅色下斜线】选项，如图 10-83 所示。

图 10-82 设置居中对齐

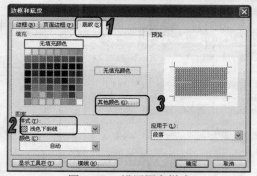

图 10-83 设置图案样式

(10) 单击【其他颜色】按钮，打开【颜色】对话框，在此选择【冰蓝】色块，如图 10-84 所示。

(11) 单击【确定】按钮完成设置，效果如图 10-85 所示。

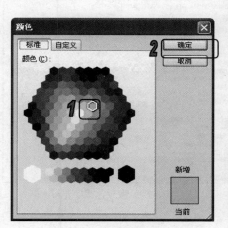

图 10-84 【颜色】对话框

图 10-85 设置底纹

(12) 在【绘图】工具栏中单击【插入艺术字】按钮，打开【艺术字库】对话框，在其中选择一种样式，如图 10-86 所示。

(13) 单击【确定】按钮，打开【编辑"艺术字"文字】对话框，在【文字】文本框中输入"公司诚聘"，如图 10-87 所示。

(14) 单击【确定】按钮，就可以插入艺术字。

(15) 选中艺术字，在【艺术字】工具栏上单击【文字环绕】按钮，从弹出的菜单中选择【浮于文字上方】命令，将其调整到适当的位置，如图 10-88 所示。

(16) 在【艺术字】工具栏上单击【艺术字形状】按钮，从形状列表中选择【细上弯弧】，艺术字的形状如图 10-89 所示，并且拖动控制点，调整其方向、大小、弧度等，最终效果如图 10-74

所示。

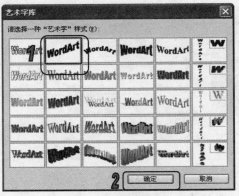

图 10-86　【艺术字库】对话框

图 10-87　【编辑"艺术字"文字】对话框

图 10-88　插入艺术字

图 10-89　修改艺术字形状

⑩.8　习题

1. 新建一个文档版式，设置上、左、右页边距为 2 厘米，下页边距为 1.5 厘米，纸张大小为 B5(JIS)，页眉、页脚距边界的距离分别为 1 和 1.5 厘米，并且添加页眉页脚和页码。

2. 在 Word 中使用【模板】对话框创建一个报告文件，并在该文档中新建一个段落样式，要求：字体为黑体，字号为小四，字体样式为倾斜，段落格式为悬挂缩进，行距为单倍行距。

第11章

Word 长文档的编排处理

学习目标

在 Word 2003 中，可以使用大纲方式来组织和查看文档，帮助用户理清文档思路，迅速把握文档的中心思想。此外，Word 2003 提供了长文档的编排与处理功能，熟练地使用这些功能可以提高编制效率，编排出高质量的文档。例如，可以在文档中插入目录和索引，便于用户参考和阅读；还可以在需要的位置插入批注表达意见等。

本章重点

- ◉ 长文档的编辑策略
- ◉ 使用书签
- ◉ 插入目录
- ◉ 插入批注

11.1 长文档编排策略

Word 2003 本身提供一些处理长文档功能和特性的编辑工具，例如，使用大纲视图方式查看和组织文档。

11.1.1 使用大纲查看文档

Word 2003 中的大纲视图就是专门用于制作提纲的，它以缩进文档标题的形式代表在文档结构中的级别。选择【视图】|【大纲】命令或单击水平滚动条前的【大纲视图】按钮，即可切换到大纲视图模式，并自动打开【大纲】工具栏，如图 11-1 所示。通过该工具栏中的按钮，可以完成对大纲的创建与修改操作。

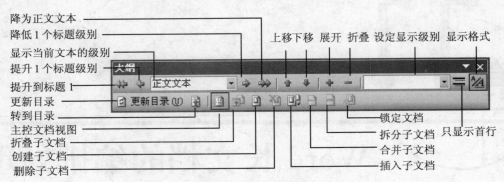

降为正文文本
降低1个标题级别
显示当前文本的级别
提升1个标题级别
提升到标题1
更新目录
转到目录
主控文档视图
折叠子文档
创建子文档
删除子文档

上移 下移 展开 折叠 设定显示级别 显示格式

锁定文档
拆分子文档
只显示首行
合并子文档
插入子文档

图 11-1　【大纲】工具栏

【例 11-1】 将文档"员工手册"切换到大纲视图以查看结构。

(1) 启动 Word 2003，打开文档"员工手册"。选择【视图】|【大纲】命令，切换到大纲视图模式。

(2) 在【大纲】工具栏中的【显示级别】下拉列表框中选择【显示级别 2】选项，此时，视图上只显示到标题 2，标题 2 以后的标题都被折叠，如图 11-2 所示。

(3) 将鼠标指针移至标题 2 前的符号✣处，双击即可展开其后的下属文本，如图 11-3 所示。

(4) 将鼠标指针移动到文本"第一章　公司简介"前的符号✣处并双击，即可折叠该标题下的文本，如图 11-4 所示。

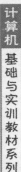计算机基础与实训教材系列

图 11-2　显示标题 2

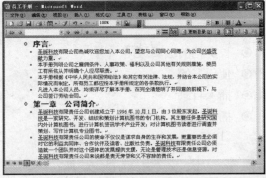

图 11-3　展开文档

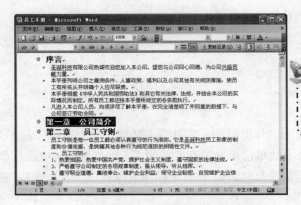

图 11-4　折叠文本

提示

在【大纲】工具栏上单击【展开】按钮✣，将展开下一级下属文本。

⑪.1.2　使用大纲组织文档

在创建的大纲视图中，可以对文档内容进行修改与调整。

1. 选择大纲内容

在大纲视图模式下的选择操作是进行其他操作的前提和基础，在此将介绍大纲的选择操作，选择的对象不外乎标题和正文，下面讲述如何对这两种对象进行选择。

- ◉ 选择标题：如果仅仅选择一个标题，并不包括它的子标题和正文，可以将鼠标光标移至此标题的左端选择条，当鼠标光标变成一个斜向上的箭头形状时，单击鼠标左键，即可选中该标题。
- ◉ 选择一个正文段落：如果要仅仅选择一个正文段落，可以将鼠标光标移至此段落的左端选择条，当鼠标光标变成一个斜向上箭头的形状时，单击鼠标左键，或者单击此段落前的符号▫，即可选择该正文段落。
- ◉ 同时选择标题和正文：如果要选择一个标题及其所有的子标题和正文，就双击此标题前的符号✛；如果要选择多个连续的标题和段落，按住鼠标左键拖过选择条即可。

2. 更改文本在文档中的级别

文本的大纲级别并不是一成不变的，可以按需要对其实行升级或降级操作。

- ◉ 每按一次 Tab 键，标题就会降低一个级别；每按一次 Shift+Tab 键，标题就会提升一个级别。
- ◉ 在【大纲】工具栏中单击【提升】按钮 ⬅ 或【降低】按钮 ➡，对该标题实现层次级别的升或降；如果想要将标题降级为正文，可单击【降为“正文文本”】按钮 ⮕。
- ◉ 按 Alt+Shift+← 组合键，可将该标题的层次级别提高一级；按 Alt+Shift+→ 组合键，可将该标题的层次级别降低一级。按下 Alt+Ctrl+1 或 2 或 3 键，可使该标题的级别达到 1 级或 2 级或 3 级。
- ◉ 用鼠标左键拖动符号✛或▬向左移或向右移来提高或降低标题的级别。按下鼠标左键拖动，在拖动的过程中，每当经过一个标题级别时，都有一条竖线和横线出现，如图 11-5 所示。如果想把该标题置于这样的标题级别，可在此时释放鼠标左键。

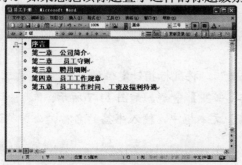

图 11-5　用鼠标拖动

> **知识点**
>
> 当对一个标题进行升级或降级操作时，只有光标所在的标题或者选中的标题才会发生移动，而下属的标题是不受影响的，只有当选择了标题及其下属标题时，其下属的标题级别才会受影响；而正文则会随着它的标题级别的升降而发生移动。

3. 移动大纲标题

在 Word 2003 中既可以移动特定的标题到另一位置，也可以连同该标题下的所有内容一起移动。可以一次只移动一个标题，也可以一次移动多个连续的标题。

要移动一个或多个标题，首先选择要移动的标题内容，然后在标题上按下并拖动鼠标右键，可以看到在拖动过程中，有一虚竖线跟着移动。移到目标位置后释放鼠标，这时将弹出如图 11-6 所示的快捷菜单，选择菜单上的【移动到此位置】命令，即可完成标题的移动。

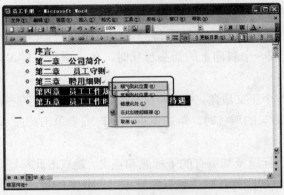

知识点

如果要将标题及该标题下的内容一起移动，必须先将该标题折叠，然后再使用上述方法进行移动。如果在展开的状态下直接移动，将只移动标题而不会移动内容。

图 11-6　一次移动多个标题

11.2　使用书签

所谓的书签，是指对文本加以标识和命名，用于帮助用户记录位置，从而使用户能快速地找到目标位置。在 Word 2003 中，可以使用书签命名文档中指定的点或区域，以识别章、表格的开始处，或者定位需要工作的位置、离开的位置等。

11.2.1　添加书签

在 Word 2003 中，可以使用【插入】|【书签】命令，在文档的指定区域内插入若干个书签标记，以方便用户查阅文档中的相关内容。

【例 11-2】在文档"员工手册"的"第 5 章 员工工作时间、工资及福利待遇"开始位置插入一个名为"公司待遇"的书签。

(1) 启动 Word 2003，打开文档"员工手册"，将鼠标指针定位到"第 5 章 员工工作时间、工资及福利待遇"开始位置，选择【插入】|【书签】命令，如图 11-7 所示。

(2) 在打开的【书签】对话框的【书签名】文本框中，输入书签的名称"公司待遇"，如图 11-8 所示。

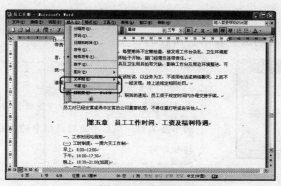

图 11-7　选择命令　　　　　　　　　　图 11-8　【书签】对话框

 知识点

书签的名称最长可达 40 个字符，可以包含数字，但数字不能出现在第一个字符中。此外，书签只是一种编辑标记，可以显示在屏幕上，但不能被打印出来。

(3) 输入完毕，单击【添加】按钮，将该书签添加到书签列表框中，如图 11-9 所示。

(4) 单击【保存】按钮，将修改过的文档保存。

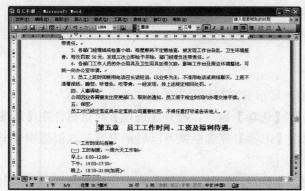

图 11-9　在文档中插入书签

 提示

在插入书签时，可在插入点位置插入书签，也可选取一段文本后再添加书签。如果是为一个位置指定的书签，则该书签会以【|】标记显示；如果是为一段文本指定了书签，则该书签会以【[ ]】标记显示。

11.2.2　定位书签

添加了书签之后，用户可以使用书签定位功能来快速定位到书签位置。定位书签的方法有两种方法，一种是利用【定位】对话框来定位书签；另一种是使用【书签】对话框来定位书签。

【例 11-3】在文档"员工手册"中，使用【定位】对话框，将插入点定位在书签"公司待遇"上。

(1) 启动 Word 2003，打开文档"员工手册"，选择【编辑】|【定位】命令，打开【查找与替换】对话框的【定位】选项卡。

(2) 在【定位目标】列表框中选择【书签】选项，在【请输入书签名称】下拉列表框中选择

计算机 基础与实训教材系列

"公司待遇"选项，如图 11-10 所示。

(3) 单击【定位】按钮，此时插入点将自动放置在书签所在的位置。

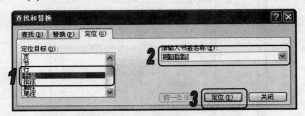

使用【书签】对话框来定位书签，可以在【书签】对话框的列表框中选择需要定位的书签名称，然后单击对话框中的【定位】按钮即可。

图 11-10 【定位】选项卡

知识点

在当前文档中移动包含有书签的内容，书签将跟着移动；如果将含有书签的正文移到另一个文档中，并且另外文档中不包含有与移动正文中书签名同名的书签，则书签就会随正文一块移动到另一个文档中。此外，在同一文档中，复制含有书签的正文，那么书签仍将留在原处，被复制的正文中不包含有书签；如果将一个文档含有书签的正文部分复制到另一个文档中，并且另一个文档中也不包含有该书签名同名的书签，则该书签就会随着文档一起被复制到另一个文档中。

11.2.3 编辑书签

书签的编辑操作主要包括隐藏书签、显示书签和删除书签等内容。

◎ 隐藏和显示书签。选择【工具】|【选项】命令，打开【选项】对话框，在【视图】选项卡的【显示】选项组中，选中【书签】复选框就可以显示书签，取消选中【书签】复选框就可以隐藏书签。

◎ 删除书签。选择【插入】|【书签】命令，打开【书签】对话框，选择要删除的书签选项，然后单击【删除】按钮即可。

提示

如果要将书签标记的内容一起删除，只需选定该标签和内容，然后按 Delete 键即可。

11.3 插入目录

在 Word 2003 中，可以对一个编辑和排版完成的稿件自动生成目录。目录的作用就是要列出文档中各级标题及每个标题所在的页码，编制完目录后，只需要单击目录中某个页码，就可以跳转到该页码所对应的标题。因此，目录可以帮助用户迅速查找文档中某个部分的内容，还可以便于用户把握全文的结构。

11.3.1　创建目录

Word 有自动编制目录的功能。要创建目录，首先将插入点定位到要插入目录的位置，然后选择【插入】|【引用】|【索引和目录】命令，打开【索引和目录】对话框，在该对话框中进行相关设置即可。

【例 11-4】在文档 "员工手册" 中，创建一个显示 2 级标题的目录。

(1) 启动 Word 2003，打开文档 "员工手册"，将插入点定位在 "序言" 开始处，选择【插入】|【引用】|【索引和目录】命令，打开【索引和目录】对话框。

(2) 打开【目录】选项卡，在【显示级别】微调框中输入 2，如图 11-11 所示。

(3) 单击【确定】按钮，系统自动将目录插入到文档中，并将插入点定位文档开始处，输入 "目录"，按下 Enter 键，效果如图 11-12 所示。

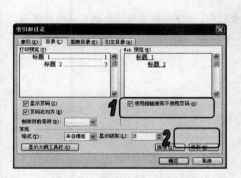

图 11-11　【目录】选项卡

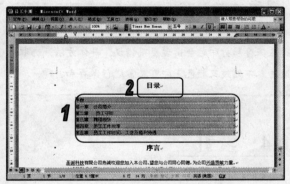

图 11-12　创建目录

　提示

制作完目录后，只需按住 Ctrl 键，再单击目录中的某个页码，就可以将插入点跳转到该页的标题处。

11.3.2　更新和删除目录

当创建了一个目录以后，如果再次对源文档进行编辑，那么目录中标题和页码都有可能发生变化，因此必须更新目录.

要更新目录，可以先选择整个目录，按下 Shift+F9 快捷键，显示出 TOC 域，如图 11-13 所示。再次按下 F9 功能键，则打开如图 11-14 所示的【更新目录】对话框。

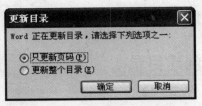

{ TOC \o "1-2" \h \z \u }

图 11-13　在文档中显示 TOC 域　　　　图 11-14　【更新目录】对话框

如果只更新页码，而不想更新已直接应用于目录的格式，可以选择【只更新页码】单选按钮；如果在创建目录以后，对文档作了具体修改，可以选择【更新整个目录】单选按钮，将更新整个目录。

通过上述操作，可以完成目录的自动更新操作。需要注意的是，这种目录的自动更新操作，必须将主文档和目录保存在同一文档中，并且目录与文档之间不能断开链接。

如果要删除目录，可以选中该目录，并按 Shift+F9 功能键，先将其切换到域代码方式，然后再选择整个域代码，按下 Delete 键即可。

💡 **提示**

如果要将整个目录文件复制到另一个文件中单独保存或者打印，必须要将其与原来的文本断开链接，否则在保存和打印时会出现页码错误。具体方法：选取整个目录后，按下 Ctrl+Shift+F9 键断开链接，取消文本下划线及颜色，即可正常进行保存和打印。

⑪.4　索引

所谓的索引，是指标记文档中的单词、词组或短语所在的页码。使用索引功能可以方便用户快速地查询单词、词组或短语。一般情况下，创建一个索引要分为以下两步：首先在文档中标记出索引条目；其次通知 Word 根据文档标记的条目来安排索引。

⑪.4.1　标记索引条目

在 Word 2003 中，可以使用【标记索引项】对话框对文档中的单词、词组或短语进行索引标记，方便以后查找这些内容。

【例 11-5】在文档"员工手册"中，为文本"国家法定节假日"标记索引条目。

(1) 启动 Word 2003，打开文档"员工手册"，在文档中选择要标记索引条目的文本内容"国家法定节假日"。

(2) 选择【插入】|【引用】|【索引和目录】命令，打开【索引和目录】对话框，并打开【索引】选项卡，如图 11-15 所示。

(3) 在对话框中单击【标记索引项】按钮，打开【标记索引项】对话框，在【选项】选项组中选中【当前页】单选按钮，将在索引项后跟索引项所在的页码，如图 11-16 所示。

 提示

在文本编辑状态下直接按 Alt+Shift+X 组合键，也可以打开【标记索引项】对话框。

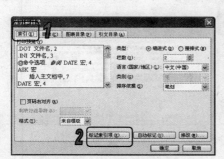

图 11-15 【索引】选项卡

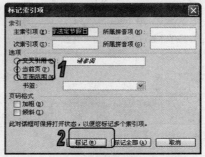

图 11-16 【标记索引项】对话框

(4) 单击【标记】按钮，就可以在 Word 文档中标记索引，效果如图 11-17 所示。

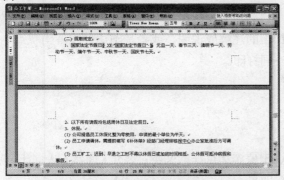

图 11-17 在文档中标记索引条目

 提示

【标记索引项】对话框中提供了两级索引供用户进行标注。在【次级索引项】文本框后加一个冒号，就可以输入第三级索引文本，依次类推，Word 2003 最多支持 9 级标记索引。

11.4.2 创建索引

用户可以选择一种设计好的索引格式并生成最终的索引。一般情况下，Word 会自动收集索引项，并将它们按字母顺序排序，引用其页码，找到并且删除同一页上的重复索引，然后在文档中显示该索引。

【例 11-6】在文档"员工手册"中，为标记的索引条目创建索引文件，并在文档中显示该索引。

(1) 启动 Word 2003，打开文档"员工手册"，将插入点定位在文档的最后。

(2) 选择【插入】|【引用】|【索引和目录】命令，打开【索引和目录】对话框

(3) 打开【索引】选项卡，在【格式】下拉列表框中选择【正式】选项；在右侧的【类型】选项组中选中【缩进式】单选按钮；在【栏数】文本框中输入数值 1；在【排序依据】下拉列表

框中选择【笔划】选项，如图 11-18 所示。

(4) 设置完毕后，单击【确定】按钮。此时在文档中将显示插入的所有索引信息，效果如图 11-19 所示，说明文本"国家法定节假日"在该文档的第 6 页上。

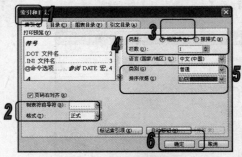

图 11-18 【索引】选项卡

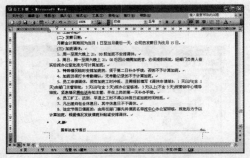

图 11-19 在文档中创建索引

11.5 插入批注

所谓的批注，是指审阅者给文档内容加上的注解或说明，或者是阐述批注者的观点。批注并不影响文档的格式化，也不会随着文档一同打印。

11.5.1 添加批注

将插入点定位在要添加批注的位置或选中要添加批注的文本，选择【插入】|【批注】命令，即可在文档中插入批注框，在其中插入内容即可。

【例 11-7】在文档"员工手册"中，在"序言"的文本"《中华人民共和国劳动法》"处插入批注。

(1) 启动 Word 2003，打开文档"员工手册"。

(2) 将插入点定位在"序言"的文本"《中华人民共和国劳动法》"，选择【插入】|【批注】命令，系统自动出现一个红色的批注框，如图 11-20 所示。

(3) 在批注框中，输入该批注的正文，如在本例中输入文本"1994 年 7 月 5 日第八届全国人民代表大会常务委员会第八次会议通过。在中华人民共和国境内的企业、个体经济组织(以下统称用人单位)和与之形成劳动关系的劳动者，适用本法。"，如图 11-21 所示。

 提示

在【审阅】工具栏中单击【显示】按钮，从弹出的下拉菜单中选择【选项】命令，打开【修订】对话框，在【标记】选项组的【批注颜色】下拉列表框中可以修改批注颜色；在【批注框】选项组的【指定宽度】微调框中可以设置批注的大小。

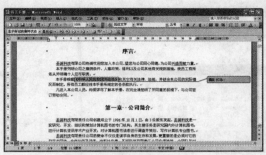

图 11-20　显示红色的批注框

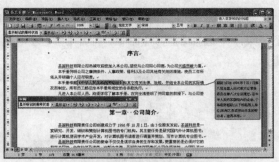

图 11-21　输入批注内容

⑥ 5.2　编辑批注

插入批注后，将自动打开【审阅】工具栏，如图 11-22 所示，通过它可以对批注进行编辑操作，下面就来介绍几种常用的编辑批注的操作。

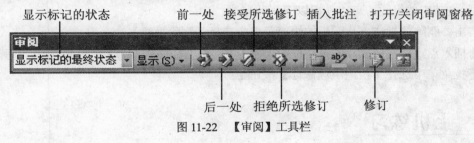

图 11-22　【审阅】工具栏

1. 显示或隐藏批注

在一个文档中可以添加多个批注，可以根据需要显示或隐藏文档中的所有批注，或只显示指定审阅者的批注。

要显示或隐藏批注，可以在【审阅】工具栏中单击【显示】按钮，从弹出的下拉菜单中选中或取消选中【批注】选项即可显示或隐藏批注。

提示

如果文档中有多个审阅读者，在显示批注时，可在【审阅者】命令的子命令中指定审阅者，所显示的批注将取决于指定的审阅者。

2. 设置批注格式

批注框中的文本格式，可以通过【格式】工具栏或相应的菜单命令进行设置，与普通文本的设置方法相同。

要设置批注框，可以在【审阅】工具栏中单击【显示】按钮，从弹出的如图 11-23 所示的下拉菜单中选择【选项】命令，打开【修订】对话框，在该对话框中对格式进行设置，如图 11-24 所示。

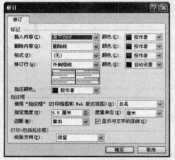

图 11-23　【显示】菜单命令　　　　图 11-24　【修订】对话框

3. 删除批注

要删除文档中的批注，可以使用以下两种方法。

- 右击要删除的批注，从弹出的快捷菜单中选择【删除批注】命令。
- 将插入点定位在要删除的批注框中，在【审阅】工具栏中单击【显示】按钮，从弹出的下拉菜单中选择【拒绝所选修订】按钮。

11.6　上机练习

使用长文档的编排处理功能可以更加快速地完成文档的编辑操作。本上机练习通过制作论文大纲和编辑公司计划管理工作制度，练习使用创建大纲、插入目录等操作。

11.6.1　制作论文大纲

在 Word 2003 的大纲视图中可以方便地制作大纲，最终效果如图 11-25 所示。

(1) 启动 Word 2003，新建一个空白文档，并且命名为"论文大纲"。

(2) 选择【视图】|【大纲】命令，切换到【大纲视图】模式。

(3) 在文档中输入大纲的 1 级标题"毕业论文"，在默认情况下，Word 会将所有的标题都格式化为内建格式标题。标题前面有一个减号，表示目前这个标题下尚无任何正文或层次级别更低的标题，如图 11-26 所示。

(4) 按下 Enter 键，在文档的第 2 行输入大纲的 2 级标题"第一章　前言"，此时 Word 仍然默认为样式为【1 级】的标题段落，用户可以在【大纲】选项卡的【大纲工具】选项组中单击【降级】按钮，将第 2 行内容降为【2 级】，如图 11-27 所示。

(5) 按下 Enter 键，在文档的第 3 行输入大纲的 2 级标题"第二章　需求分析"，此时 Word 仍然默认为样式为【2 级】的标题段落。

(6) 按下 Enter 键，在文档的第 4 行输入大纲的 3 级标题"2.1　需求分析"，此时 Word 仍然默认为样式为【2 级】的标题段落，用户可以在【大纲】选项卡的【大纲工具】选项组中单击【降级】按钮➡，将第 3 行内容降为【3 级】，如图 11-28 所示。

(7) 使用同样方法输入大纲的其他标题内容。设置完毕后，创建后的大纲文档将如图 11-25 所示。

图 11-25　最终效果

图 11-26　输入 1 级标题

图 11-27　输入 2 级标题

图 11-28　输入 3 级标题

⑪.6.2　公司计划管理工作制度

在 Word 2003 中使用插入目录功能，编辑文档"公司计划管理工作制度"。

(1) 启动 Word 2003，打开文档"公司计划管理工作制度"，将鼠标指针定位在"公司计划管理工作制度"的下一行，如图 11-29 所示。

(2) 选择【插入】|【引用】|【索引和目录】命令，打开【索引和目录】对话框，然后打开【目录】选项卡，在【显示级别】微调框中输入 2，如图 11-30 所示。

(3) 单击【确定】按钮，系统自动将目录插入到文档中，如图 11-31 所示。

(4) 选中整个目录，按下 Ctrl+Shift+F9 组合键断开链接，此时文本将出现颜色和下划线，如图 11-32 所示。

图 11-29 定位鼠标

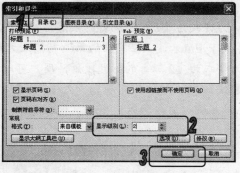

图 11-30 【目录】选项卡

图 11-31 插入目录

图 11-32 取消链接

（5）在【格式】工具栏中单击【下划线】按钮 ，取消文本的下划线；单击【字体颜色】按钮后面的三角按钮，从弹出的菜单中选择【自动】选项，将文本设置为黑色。

（6）选中整个目录，对其进行字符和段落的格式化，效果如图 11-33 所示。

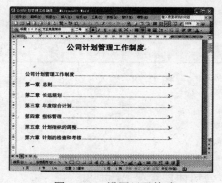

图 11-33 设置目录格式

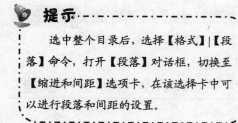

提示

选中整个目录后，选择【格式】|【段落】命令，打开【段落】对话框，切换至【缩进和间距】选项卡，在该选择卡中可以进行段落和间距的设置。

11.7 习题

1. 练习使用大纲视图查看较长的文档。
2. 练习在长文档中添加书签和插入目录及批注。

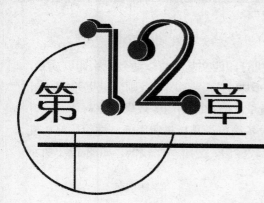

第12章

文档的打印处理

学习目标

Word 2003 提供了一个非常强大的打印功能，可以很轻松地按要求将文档打印出来，在打印文档前可以先预览文档、设置打印范围、一次打印多份、对版面进行缩放、逆序打印，也可以只打印文档的奇数页或偶数页，还可以后台打印以节省时间，从而掌握文档的打印技巧。

本章重点

- ◉ 安装和设置打印机
- ◉ 打印预览
- ◉ 打印文档
- ◉ 管理打印队列

12.1 安装和设置打印机

打印机是日常生活中必不可少的办公设备。在使用打印机打印文档之前，需要连接并添加打印机，并且对其进行设置，以使打印工作能顺利地进行。

12.1.1 打印机简介

打印机是用来打印文件的一种设备。根据其工作原理来划分，可以分为针式打印机、喷墨打印机、激光打印机 3 种类型。不同类型的打印机，其原理和打印技术各不相同，物理结构也有很大区别，其应用领域也不同。下面将分别介绍这 3 种类型的打印机。

1. 针式打印机

针式打印机一般可分为9针和24针两种。9针打印机打印西文基本可以达到铅字印刷质量，而打印中文则无法达到铅字印刷质量。如果使用9针打印机打印图形图像，则质量更差。24针打印机所打印的符号、图形、中文均可达到铅字印刷质量，但打印的图像效果较差。

针式打印机的机械结构与电路组织比其他打印机设备简单，且耗材费用低、性价比好、支持多联复写打印、纸张适应面广，但缺点是打印速度比较缓慢、分辨率比较低，如图 12-1 所示为针式打印机的外观。

2. 喷墨打印机

喷墨打印机可分为普通和宽幅打印机两类，在日常生活中应用较为普通。喷墨打印机有较好的打印效果，在对打印速度要求不高时可选用。

喷墨打印机的优点是能打印彩色的图片，并且在色彩、图片细节方面优于其他打印机，可完全达到铅字印刷质量。但缺点是打印速度较慢、墨水较贵且消耗量较大，主要适用于打印量不大、打印速度要求不高的家庭和小型办公室等场合，如图 12-2 所示为喷墨打印机的外观。

图 12-1　针式打印机　　　　　　　图 12-2　喷墨打印机

3. 激光打印机

激光打印机具有很高的稳定性，且打印速度快、噪音低、打印质量高，是最理想的办公打印机，如图 12-3 所示。它除了可打印普通的文本文件外，还可以进行胶片打印、多页打印、邮件合并、手册打印、标签打印、海报打印、图像打印和信封打印等。

图 12-3　激光打印机

 提示

激光打印机是复印机、电脑和激光技术的综合产品，分为黑白和彩色两种类型，其适用范围较广。

12.1.2 安装打印机

要打印文档必须先安装打印机，打印机的安装包括连接硬件和添加打印机两个步骤。只有正确连接硬件并安装了相应的打印机驱动之后，打印机才能正常工作。下面分别介绍打印机安装的两个步骤。

1. 连接打印机硬件

一般情况下，打印机连接数据线缆的两头存在着明显的差异，其中一头是卡槽，另一头是螺丝或旋钮。由于电脑并口和打印机端口都是梯形接口设计，所以电缆插入时是不会发生错误的。如果插不进去，只需检查两者的接口是否对应。将卡槽一头接到打印机后，带有螺丝或者旋钮的一头接到电脑上。电脑机箱背面并行端口通常使用打印机图标标明，将电缆的接头接到并行端口上，拧紧螺丝或旋钮将插头固定即可。

完成上述操作后，打印机的数据线连接完成。此时，切记将打印机的电源插上，否则打印机仍然无法使用。

 提示

> 如果打印机适用 USB 接口，那么只需要找到电脑后面的 USB 接口，然后将打印机接口插入该接口。再将电缆的另一头接到打印机背后的数据口，用打印机专用的卡子卡住打印机电缆卡槽。

2. 添加打印机

在 Windows XP 操作系统中，多数情况下系统都会默认支持打印机的安装，可通过添加打印机向导来添加新的打印机。该打印机可以是连接在本地计算机中，也可以是连接在局域网甚至是 Internet 中的。使用添加打印机向导可以方便地帮助用户安装合适的打印机。

【例 12-1】在 Windows 中使用"添加打印机向导"，添加局域网中的打印机。

(1) 选择【开始】|【打印机和传真】命令，打开【打印机和传真】窗口。

(2) 在左侧的【打印机任务】列表中单击【添加打印机】链接，打开【添加打印机向导】对话框，如图 12-4 所示。

(3) 单击【下一步】按钮，在打开的对话框中选中【网络打印机或连接到其他计算机的打印机】单选按钮，为系统添加网络打印机，如图 12-5 所示。

(4) 单击【下一步】按钮，打开【指定打印机】对话框，选中【浏览打印机】单选按钮，如图 12-6 所示。

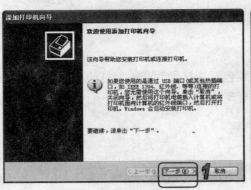
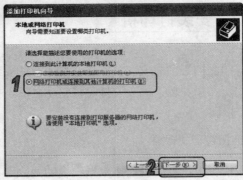

图 12-4 【添加打印机向导】对话框　　　　图 12-5 选择添加网络打印机

(5) 单击【下一步】按钮，打开【浏览打印机】对话框，在共享打印机列表选择局域网中的打印机，如图 12-7 所示。

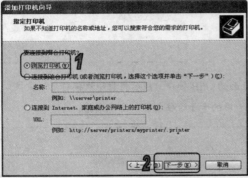

图 12-6 选中【浏览打印机】单选按钮　　　　图 12-7 指定打印机的地址

(6) 单击【下一步】按钮，在打开的对话框中将显示添加打印机成功的相关信息，如图 12-8 所示。

(7) 单击【完成】按钮，完成添加打印机向导。稍后，已安装好的打印机图标将会出现在【打印机和传真】窗口中，如图 12-9 所示。

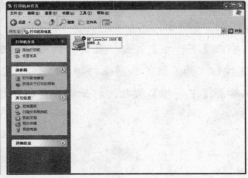

图 12-8 完成添加打印机　　　　图 12-9 显示打印机图标

12.1.3　设置默认打印机

如果在系统中有几个打印机，可以将其中的一个打印机设置为默认打印机。在以后进行打印工作时，只需在【常用】工具栏上单击【打印】按钮，打印工作将直接输出到打印机上，不必再进行选择。

要设置默认打印机，可以在打开的【打印机和传真】窗口，右击需要设置为默认打印机的图标，从弹出的快捷菜单中选择【设置默认打印机】命令即可。如果需要对默认打印机进行设置，还可以在快捷菜单中单击【属性】命令，打开打印机的属性对话框，如图 12-10 所示。单击【打印首选项】按钮，打开【打印首选项】对话框，默认打开【纸张/质量】选项卡，如图 12-11 所示。在该选项卡中可以设置纸张的尺寸、手动进纸或自动选择打印、纸张的类型(包括普通纸、证券纸、标签、再生纸、透明投影胶片等)。

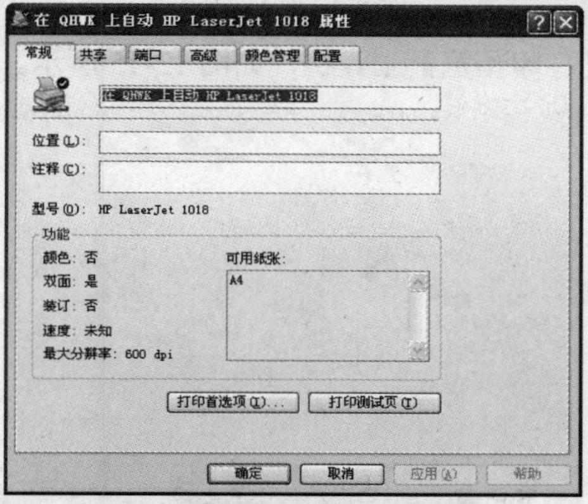

图 12-10　属性对话框

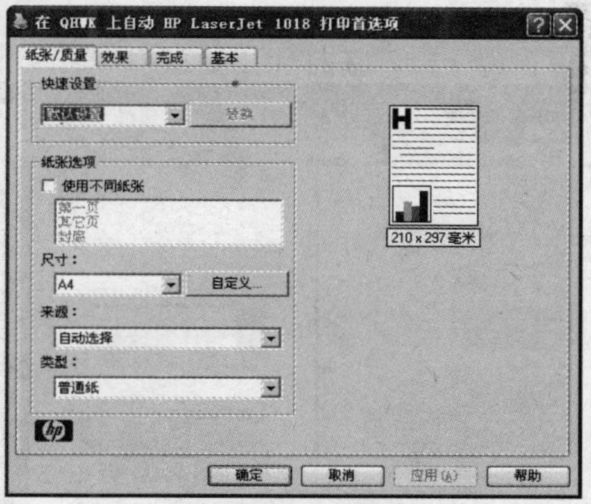

图 12-11　【纸张/质量】选项卡

在图 12-11 所示的对话框中，切换至【完成】选项卡，可以设置双面打印文档、文档的打印份数、打印质量等，如图 12-12 所示；切换至【基本】选项卡，可以设置纸张打印的方向(横向或纵向)、纸张文字旋转打印(从每一页文档末尾开始打印)等，如图 12-13 所示。

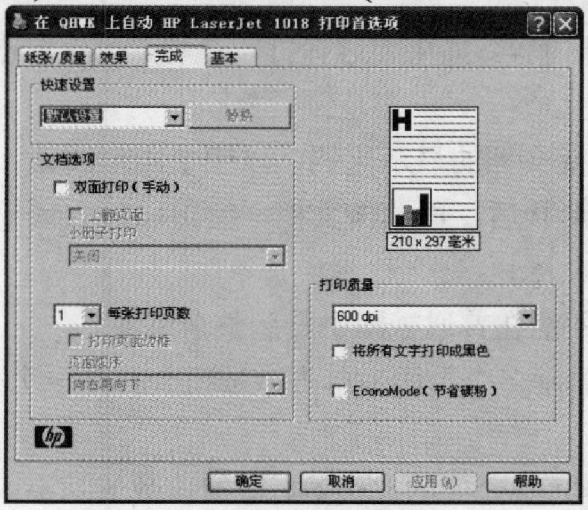

图 12-12　【完成】选项卡

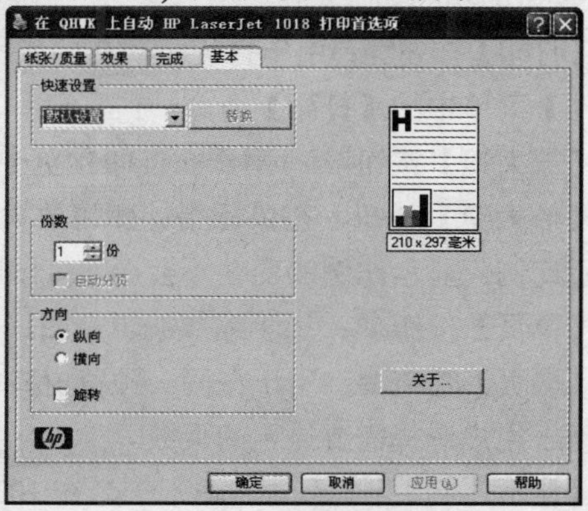

图 12-13　【基本】选项卡

⑫.2 打印预览

在打印之前，如果想预览打印效果，可以使用打印预览功能，利用该功能观察到的文档效果与实际打印的真实效果非常相近，这就是所谓的所见即所得功能，使用该功能可以使用户避免打印失误或不必要的损失。

⑫.2.1 预览打印文档

选择【文件】|【打印预览】命令或者单击【常用】工具栏上的【打印预览】按钮，就可以进入打印预览窗口，如图 12-14 所示。在该窗口可以预览文档的打印效果，并且与打印效果完全一致。

与编辑窗口一样，在打印预览窗口中有一个【打印预览】工具栏，如图 12-15 所示。

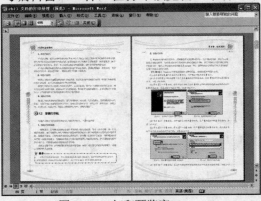

图 12-14 打印预览窗口   图 12-15 【打印预览】工具栏

在打印预览工具栏中包含了一些常用的打印预览按钮，使用这些按钮可以快速设置打印预览。这些按钮的功能如下。

- ◉ 【打印】按钮：用于打印活动文件或所选内容。如果要选择打印选项，可以单击【文件】菜单中的【打印】命令。
- ◉ 【放大镜】按钮：用于在打印预览中改变文档的显示比例，以便于用户阅读。单击【放大镜】按钮，在鼠标指针变为放大镜形状后，再单击文档，便可以放大或缩小显示比例。显示比例的变动不会影响打印时的大小。
- ◉ 【单页】按钮：用于缩放编辑视图，以便能在普通视图中看到整个页面。
- ◉ 【多页】暗暗：用于在同一预览窗口中显示多个页面。单击该按钮会打开一个列表，便于用户选择需要显示的页数。
- ◉ 【显示比例】下拉列表：输入一个在 10%~400%之间的比例数，根据该数值缩小或扩大活动文档的显示比例。

- **【查看标尺】**按钮 ：显示或隐藏水平标尺，可用此标尺定位对象，更改段落缩进量、页边距和其他间距设置。
- **【缩小字体填充】**按钮 ：用于缩小字体填充文档，以防止将文档的一小部分单独排在一页上。
- **【全屏显示】**按钮 ：用于暂时隐藏菜单和状态栏等对象，以全屏的方式显示文档。
- **【关闭】**按钮 _{关闭(C)}：单击该按钮，可以退出打印预览或关闭工具栏，并返回到以前的视图中。

12.2.2 使用打印预览

在打印预览窗口可以进行如下操作：
- 查看文档的总页数，以及当前预览的页码。
- 可通过放大镜工具对文档进行局部查看。
- 可以使用多页、单页、全屏按钮进行查看。
- 可通过【显示比例】下拉列表设置显示适当比例进行查看。
- 可在文档进行编辑操作。

下面以实例具体介绍这些操作。

【例 12-2】将创建好的文档"员工手册"进行打印预览，查看该文档的总页数，再将 4 页显示出来，然后使用放大镜工具查看文档，并查看显示比例设为 25%时的状态。

(1) 启动 Word 2003，打开文档"员工手册"，将文档切换到页面视图，然后在【常用】工具栏上单击【打印预览】按钮，进入打印预览窗口，在状态栏中查看其总页数为 9，如图 12-16 所示。

图 12-16　打印预览

提示

当文档中有许多图片时，打开文档后需要很长时间才能显示出来，这时进入打印预览窗口可提高图片在文档中的显示速度。

(2) 在【打印预览】工具栏上单击【多页】按钮，在弹出的下拉列表框中选择拖动鼠标选择显示的页数，释放鼠标左键，屏幕上将按选定的页数显示，如图 12-17 所示。

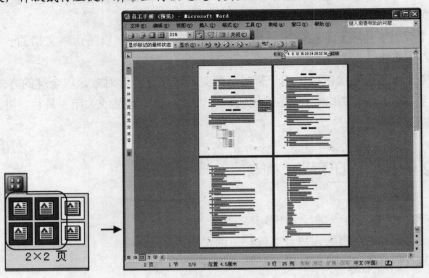

图 12-17　显示多页

(3) 在【打印预览】工具栏上单击【放大镜】按钮，将鼠标指针移动到编辑区，此时鼠标指针变为形状，单击鼠标，此时，放大比例为 100%，可清晰看到文本中的文字，同时鼠标指针变为形状，如图 12-18 所示。

(4) 在【打印预览】工具栏的【显示比例】下拉列表框选择 25%选项，此时文本将被缩放到 25%显示，如图 12-19 所示。

(5) 在【打印预览】工具栏上单击【关闭】按钮，退出打印预览窗口。

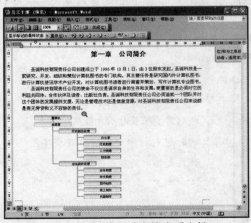

图 12-18　使用放大镜查看文档

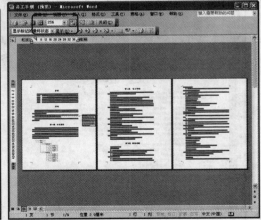

图 12-19　显示比例为 25%

 提示

在打印预览窗口中，只要使【打印预览】工具栏中的【放大镜】按钮处于未被选中状态，就可以如同在页面视图下一样对文档进行移动、复制等编辑操作。

⑫.3 打印

通过打印预览确定文档无误，且打印机与电脑已经连接好并正确安装了驱动程序后，此时即可向电脑发出打印命令，将文档的全部内容或其中一部分内容以不同的方式打印出来。

⑫.3.1 选择打印方式

为了满足不同用户的需求，例如，需要打印当前编辑好的文档；需要打印以前已经打印过的文档；需要将几篇文档一起打印等，此时可以根据实际情况选择合适的打印方式。下面将介绍几种常见的打印方式。

1. 直接打印当前文档

当文档编辑好并进行预览，待用户满意后即可打印文档，其方法有以下 3 种。

- 直接单击【常用】工具栏中的【打印】按钮（或按 Ctrl+P 快捷键）。
- 在预览窗口中单击工具栏上的【打印】按钮。
- 在菜单栏上，选择【文件】|【打印】命令，如图 12-20 所示。

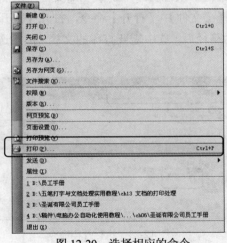

图 12-20 选择相应的命令

 提示

如果在【常用】工具栏上没有显示【打印】按钮，可通过单击【工具栏选项】下拉按钮，从弹出的菜单中选择【添加或删除按钮】|【常用】|【打印】命令，即可添加并显示打印按钮。

 知识点

使用前一种方式打印文档，会自动打开【打印】对话框，在其中可以设置相应选项，而使用后两种方式，则不会打开对话框，而是直接将文档按照系统默认的设置输送打印机中进行打印。

2. 打印电脑中未打开的文档

用户在工作的同时，可以打印电脑中未打开的文档，其方法很简单，首先打开需要打印的

五笔打字与文档处理实用教程

文档所在位置，选中需要打印的文档，然后右击选中的文档，从弹出的快捷菜单中选择【打印】命令(如图 12-21 所示)，这样也可以执行文档打印操作。

图 12-21　打印未打开的文档

提示

在图 12-21 所示的位置中，用户可以选择一篇文档打印，也可以同时选中几篇文档进行打印。

3. 在【打开】对话框中打印文档

当用户正在进行文档编辑操作时，需要打印其他文档，使用上面两种方法进行文档打印，感觉操作重复、繁琐，这时可以使用【打开】对话框一次性打印一篇或多篇文档，从而提高工作效率。具体方法是：在当前文档编辑窗口中选择【文件】|【打开】命令，打开【打开】对话框，如图 12-22 所示。选择需要打印的文档所在的路径后，选中需要打印的文档，然后选择【工具】|【打印】命令即可，如图 12-23 所示。

图 12-21　【打开】对话框

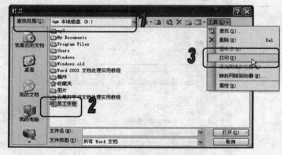

图 12-23　执行打印命令

12.3.2　【打印】对话框

当用户对当前的打印设置及预览效果满意后，可以连接打印机开始打印 Word 文档。在文档中选择【文件】|【打印】命令，将打开【打印】对话框，如图 12-24 所示。

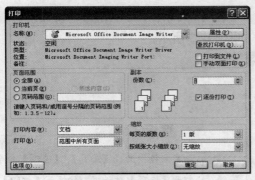

图 12-24 【打印】对话框

提示

在图 12-24 所示对话框的【打印机】选项组中，用户可以在【名称】下拉列表框中选择打印当前文档所使用的打印机。当用户的电脑上装有多个打印机时，才能对此项进行选择。

【打印】对话框中各选项的说明如下。

- 选择打印机。在【打印机】选项组的【名称】下拉列表框中可以选择所需的打印机，同时还将显示打印机的状态、类型和位置等信息。

- 设置打印范围。在【页面范围】选项组中可以指定文档要打印的内容，选中【全部】单选按钮打印整篇文档；选中【当前页】单选按钮打印鼠标指针所在的页面；选中【页码范围】单选按钮，可在其后的文本框中输入要打印的页码或页码范围。

- 打印多份副本。在【副本】选项组的【份数】微调框中可以输入要打印的份数，选中【逐份打印】复选框，可以在一份完整的文档打印完之后，再开始打印下一份，若取消选中该复选框，则在打印完第一页的设定份数后再开始打印文档的下一页。

- 设置打印内容。在【打印内容】下拉列表框中选择要打印的内容，如文档、文档属性、样式等，如图 12-25 所示。

- 设置打印页面。在【打印】下拉列表框中可以选择只打印奇数页、偶数页或所有的页面。

- 手动打印双面。选中【手动双面打印】复选框，打印完一面后，提示将打印后的纸背面向上放回送纸器，再发送打印命令完成双面打印。

- 设置打印机属性：单击【属性】按钮即可打开当前打印机的【属性】对话框，如图 12-26 所示。在该对话框中可以设置纸张大小、送纸方向等。

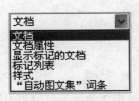

图 12-25 选择打印内容

图 12-26 【属性】对话框

◉ 设置打印选项。单击【选项】按钮，打开【选项】对话框，在其中可以设置按草稿格式打印、按倒序打印、打印时修改域等，如图 12-27 所示。

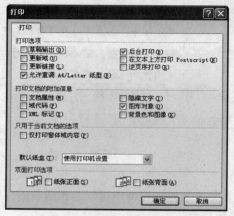

图 12-27 【选项】对话框

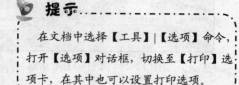

提示

在文档中选择【工具】|【选项】命令，打开【选项】对话框，切换至【打印】选项卡，在其中也可以设置打印选项。

【例 12-3】在文档"员工手册"中打印奇数页，份数为 3 份，并且在打印一份完整的文档后，再开始打印下一份。

(1) 启动 Word 2003，打开文档"员工手册"，选择【文件】|【打印】命令，打开【打印】对话框。

(2) 在【打印】下拉列表框中选择【奇数页】选项，在【副本】选项组的【份数】微调框中输入 3，并且取消选中【逐份打印】复选框，如图 12-28 所示。

(3) 单击【确定】按钮，就可以完成打印操作。

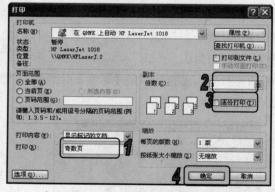

知识点

选择奇数页打印完成后，将打印后的纸重新放入送纸器，再选择偶数页打印，也可以实现双面打印。

图 12-28 设置打印选项

12.3.3 管理打印队列

一般用户都认为将文档送向打印机之后，在文档打印结束之前就不可以再对该打印作业进行控制了。实际上此时对打印机和该打印作业的控制还没有结束，通过【打印作业】对话框仍然可以对发送到打印机中的打印作业进行管理，如图 12-29 所示。

图 12-29 打印任务队列窗口

在如图 12-29 所示的打印任务窗口中，选择【暂停】命令，即可暂停打印文档操作；选择【重新启动】命令，即可重新启动文档打印任务；选择【取消】命令，即可取消文档打印任务；选择【属性】命令，即可打开任务属性对话框。

在 Windows 这样一个多任务操作系统上进行打印时，Windows 为所有要打印的文件建立一个列表，把需要打印的作业加入到这个打印队列中，然后系统把该作业发送到打印设备上。需要查看打印队列中的文档时，可以打开【打印作业】对话框进行查看。

【例 12-4】 打印多篇 Word 文档，并使用【打印作业】对话框管理打印队列中的文档。

(1) 选择【文件】|【打开】命令，打开【打开】对话框，在【打开】对话框中选择多篇要打印的 Word 文档，然后单击【工具】按钮，在弹出的菜单中选择【打印】命令。

(2) 选择【开始】|【设置】|【打印机和传真】命令，打开【打印机和传真】窗口，双击默认的打印机图标，打开【打印作业】对话框，如图 12-30 所示。

(3) 在对话框的打印队列窗口中可以看到，所有需要打印的文档都以打印时间的前后顺序地排列，并且显示该打印作业的【文档名】、【状态】、【所有者】、【页数】、【提交时间】等信息。

(4) 如果要暂停某个打印作业，可以先选中该作业，右击鼠标将弹出一个菜单，在菜单中选择【暂停】命令，如图 12-31 所示。暂停了某个打印作业的打印，并不影响打印队列中的其他文档的打印。

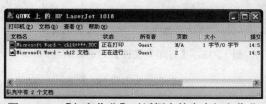

图 12-30 【打印作业】对话框中的多个打印作业

图 12-31 暂停某个打印作业

（5）如果要重新启动暂停的打印作业或者要取消该打印作业，可以右击该打印作业，在打开的快捷菜单中选择【继续】或【取消】命令即可。

（6）如果要同时将所有打印队列中的打印作业清除，可以选择【打印机】|【取消所有文档】命令，即可清除所有打印文档。

⑫.4　上机练习

本章的上机练习主要练习把文档打印到文件中和打印带有修订和批注显示的文档的方法。通过这些上机练习，主要练习打印预览和打印文档等操作。

⑫.4.1　把文档打印到文件

将文档"公司说明"输出到一个名为 print file 文件中。

（1）启动 Word 2003，打开文档"公司说明"，选择【文件】|【打印】命令，打开【打印】对话框，在【名称】下拉列表框中选择用来打印的打印机型号，选择【打印到文件】复选框，如图 12-32 所示。

（2）单击【确定】按钮，打开【打印到文件】对话框，设置保存位置后，在【文件名】下拉列表框中输入文件名 print file，生成的文件将自动以.prn 作为后缀名，如图 12-33 所示。

（3）单击【确定】按钮，就可以把文档打印到文件中。

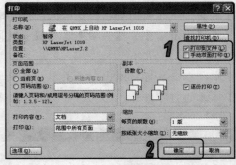

图 12-32　【打印】对话框　　　　　图 12-33　【打印到文件】对话框

 提示

　　如果用户想把一篇 Word 文档放到另一台打印机上打印，而该打印机所连接的计算机没有安装 Word，此时就可以把文档打印输出到一个文件中，然后把文件复制到那台计算机上，这样就可以在不运行 Word 的情况下打印 Word 文件。

12.4.2　预览并打印带有批注显示的文档

预览并打印文档"论文"。

(1) 启动 Word 2003，打开文档"论文"，如图 12-34 所示。

(2) 在【常用】工具栏中单击【打印预览】按钮，进入打印预览窗口，在【显示比例】下拉列表框中输入 25%，单击鼠标，此时文本将被缩小到 25%，如图 12-35 所示。

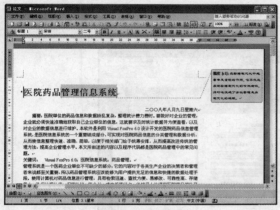

图 12-34　显示批注

图 12-35　显示比例为 25%

(3) 在【打印预览】工具栏上单击【放大镜】按钮，将鼠标指针移动到编辑区，此时鼠标指针变为 形状，单击鼠标，此时，放大比例为 100%，可清晰看到文本中的文字，同时鼠标指针变为 形状，如图 12-36 所示。

(4) 选择【文件】|【打印】命令，打开【打印】对话框，在【打印内容】下拉列表框中选择【显示标记的文档】选项，如图 12-37 所示。

(5) 单击【确定】按钮，就可以打印文件。

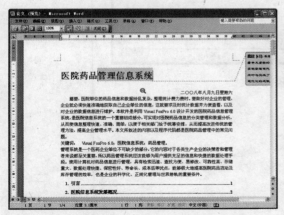

图 12-36　使用放大镜预览

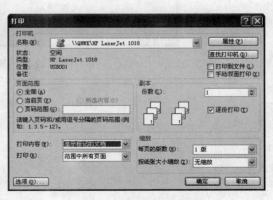

图 12-37　设置打印选项

计算机 基础与实训教材系列

⑫.5 习题

1. 在自己的电脑中使用【添加打印机向导】对话框来添加局域网中的打印机。

2. 添加打印机后，设置默认打印机。

3. 在预览窗口中打开如图 12-38 所示的长文档，设置打印文档的内容为 1-3 页，并同时打印 5 份副本。

4. 打印上题的长文档过程中，在打印任务队列窗口中暂停打印该长文档，效果如图 12-39 所示。

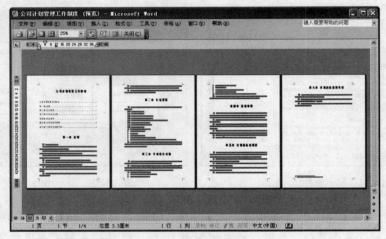

图 12-38 打印文档

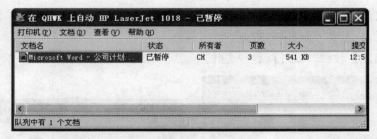

图 12-39 暂停打印文档

文字扫描识别

学习目标

文字识别又称 OCR 识别技术，通过 OCR 识别功能可以大批量地录入文字。它的功能是通过扫描仪等光学输入设备读取印刷品上的文字图像信息，利用模式识别的算法，分析文字的形态特征，从而判别不同的汉字。使用扫描仪加 OCR 可以部分地代替键盘输入汉字的功能，是方便快捷的文字输入方法。

本章重点

- ◉ 使用扫描仪
- ◉ 安装文字识别软件
- ◉ 扫描识别文字

13.1 使用扫描仪

在扫描仪发展史上，文字识别软件(OCR)的出现，实现了将印刷文字扫描得到的图片转化为文本文字的功能，提供了一种全新的文字输入手段，大大提高了用户工作的效率，同时也为扫描仪的应用带来了进步。从此，扫描仪不再仅仅是图形、图像的输入工具，它真正地成为了电子化办公的有机组成部分。随着办公自动化的普及，扫描仪的用途也越来越大，尤其是在对印刷品的处理上，其用途尤其突出。

13.1.1 扫描仪概述

扫描仪诞生于 20 世纪 80 年代，是一种光机电一体化高科技产品，它是继键盘和鼠标之后的输入设备。扫描仪有很多种，按不同标准可分为不同的类型：按扫描原理划分，分为以 CCD

或 CIS 为核心的台式扫描仪、手持式扫描仪和以光电倍增管为核心的滚筒式扫描仪；按扫描图像幅面的大小划分，分为小幅面的手持式扫描仪、中等幅面的台式扫描仪和大幅面的工程图扫描仪；按扫描图稿的介质划分，可分为反射式(纸材料)扫描仪、透射式(胶片)扫描仪和既可扫反射稿又可扫透射稿的多用扫描仪；按用途划分，分为可用于各种图稿输入的通用型扫描仪和专门用于特殊图像输入的专用型扫描仪(如条码读入器、卡片阅读机等)。

目前，扫描仪无论是商用还是家用方面，均以台式扫描仪的应用最为常见。台式扫描仪的价格适中　可扫描高分辨率的彩色图片，如图 13-1 所示。

提示

台式扫描仪的体积比较大、较重，不太容易携带外出。

图 13-1　台式扫描仪

⑬.1.2　选择合适的扫描仪

在选购扫描仪时，常常遇到许多难懂的专业技术名词，如光学分辨率(光学解析度)、最大分辨率(最大解析度)、色彩分辨率(色彩深度)、扫描模式和接口方式(连接界面)等。

⊙　光学分辨率：是指扫描仪的光学系统可以采集的实际信息量，也就是扫描仪的感光元件——CCD 的分辨率。例如最大扫描范围为 216mm×297mm(适合于 A4 纸)的扫描仪可扫描的最大宽度为 8.5 英寸(216mm)，它的 CCD 含有 5100 个单元，其光学分辨率为 5100 点/8.5 英寸=600dpi。常见的光学分辨率有 300×600、600×1200、1000×2000 或者更高。

⊙　最大分辨率：又叫作内插分辨率，它是在相邻像素之间求出颜色或者灰度的平均值从而增加像素数的办法。内插算法增加了像素数，但不能增添真正的图像细节，因此，我们应更重视光学分辨率。

⊙　色彩分辨率：又叫色彩深度、色彩模式、色彩位或色阶，总之都是表示扫描仪分辨彩色或灰度细腻程度的指标，它的单位是 bit(位)。色彩位确切的含义是用多少个位来表示扫描得到的一个像素。从理论上讲，色彩位数越多，颜色就越逼真，但对于非专业用户来讲，由于受到计算机处理能力和输出打印机分辨率的限制，追求高色彩位给我们带来的只会是浪费。

⊙　TWAIN：TWAIN(Technology Without An Interesting Name)是扫描仪厂商共同遵循的规格，是应用程序与影像捕捉设备间的标准接口。只要是支持 TWAIN 的驱动程序，就可

以启动符合这种规格的扫描仪。例如，在 Microsoft Word 中就可以启动扫描仪，方法是选择【插入】|【图片】|【来自扫描仪】命令。

- 接口方式(连接界面)：是指扫描仪与计算机之间采用的接口类型。常用的有 USB 接口、SCSI 接口和并行打印机接口。SCSI 接口的传输速度最快，而采用并行打印机接口则更简便。

扫描仪的主要性能指标有 x、y 方向的分辨率、色彩分辨率(色彩位数)、扫描幅面和接口方式等。各类扫描仪都标明了它的光学分辨率和最大分辨率。分辨率的单位是 dpi，dpi 是英文 Dot Per Inch 的缩写，意思是每英寸的像素点数。

目前，在中国市场上热卖的扫描仪品牌有 Microtek、HP、ACER、清华紫光、AGFA 等，用户可根据自己的需要和经济情况选择购买。

13.1.3 安装扫描仪

目前，USB(Universal Serial Bus，通用串行总线接口)是扫描仪的主流接口之一。这种接口把即插即用的功能从电脑内部转移到了电脑外部，把大小不一、形状各异的各种接口作了统一规定，能够用一种尺寸连接各种设备。安装扫描仪的方法通常分为连接硬件设备和安装驱动程序两部分。下面以安装 USB 接口的扫描仪为例，介绍安装扫描仪的方法。

1．连接扫描仪硬件设备

将扫描仪信号电缆线一端连接至电脑背面的 USB 接口。即将 USB 线的一端与电脑连接，再把扫描仪的电源线接好。如果这时接通电源，扫描仪会先进行自测。测试成功后，LCD 指示灯将保持绿色状态，表示扫描仪已经接通电源。然后将扫描仪电缆线另一端连接到扫描仪背面的 USB 接口，并打开扫描仪锁(部分扫描仪没有锁)。最后将稳压电源连接到扫描仪上，并使稳压线插到合适的电源输出插座(有的扫描仪不需要稳压电源，则没有电源线)。

 提示

由于扫描仪的 USB 接口都有防反插设计，所以用户不必担心连线会被接反。

2．安装扫描仪驱动程序

使用扫描仪前首先要将其正确连接至电脑，并安装驱动程序。下面以安装 Microtek ScanWizard 5 为例，介绍安装扫描仪驱动程序的方法。

【例 13-1】 安装 Microtek ScanWizard 5 扫描仪驱动程序。

(1) 双击 MICROTEK ScanWizard 5 的安装程序 Setup.exe，打开安装向导，同时显示【注册协议】对话框，选中【接受】单选按钮，如图 13-2 所示。

(2) 单击【下一步】按钮，在打开的对话框中选择目的地文件夹，保持默认的目的地文件夹，如图 13-3 所示。

图 13-2　"注册协议"对话框

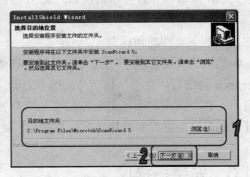

图 13-3　选择目的地文件夹

(3) 单击【下一步】按钮，在打开的对话框中选择程序文件夹，同样保持默认的程序文件夹，如图 13-4 所示。

(4) 单击【下一步】按钮，开始安装驱动程序，同时在打开的对话框中显示安装进度，如图 13-5 所示。

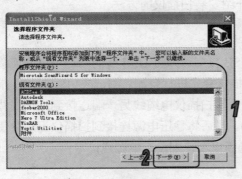

图 13-4　选择程序文件夹

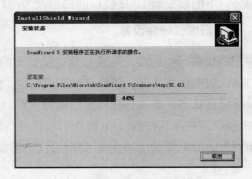

图 13-5　显示安装进度

(5) 安装完成后，将自动打开一个对话框，要求用户重新启动 Windows，如图 13-6 所示。直接单击【确定】按钮，重新启动电脑后即可完成驱动程序的安装。

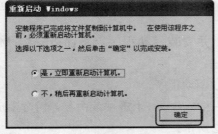

图 13-6　重新启动 Windows

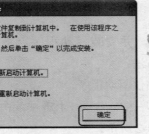

提示

　　重新启动电脑后，在系统托盘中将显示 图标，表明已经成功安装驱动程序。

13.1.4 使用扫描仪的注意事项

很多用户在连接扫描仪后，就立即进行扫描，实际上这时发挥不出扫描仪的最佳性能。在使用打印机前，应注意扫描仪应用中的几个需要了解的问题。

1. 选择原稿类型

扫描仪驱动程序的用户界面会提供扫描原稿类型的选择菜单。"文件"适用于白纸黑字的原稿，扫描仪会按照 1 个位来表示黑与白两种像素，这样会节省磁盘空间。"杂志和书籍"则适用于既有图片又有文字的图文混排稿样，扫描该类型兼顾文字和具有多个灰度等级的图片。"照片"适用于扫描彩色照片，它要对红绿蓝三个通道进行多等级的采样和存储。

进行适当的选择可以在满足要求的情况下节省磁盘空间，不同的扫描仪，可能会提供不同的原稿类型选择。

2. 分辨率与文件大小

一般的扫描应用软件都可以在预览原始稿样时自动计算出文件大小，但了解文件大小的计算方法更有助于在管理扫描文件和确定扫描分辨率时作出适当的选择。

二值图像文件的计算公式是：水平尺寸×垂直尺寸×[(扫描分辨率)2/8]。彩色图像文件的计算公式是：水平尺寸×垂直尺寸×(扫描分辨率)2×色深×1/8。例如用 24 位彩色 RGB 方式扫描一幅普通彩色照片(3.5×5 英寸)，扫描分辨率为 300dpi，那么得到的图像文件长度为 5×3.5×3002×3=4725000 字节即 4.7MB(这个计算公式假设每一种颜色的色深是 8 位并且没有考虑图片的存储时的压缩算法，实际文件大小会因保存文件的格式差异与使用的色深有很大的不同)。

3. 选择扫描分辨率

扫描分辨率=放大系数×打印分辨率/N (N 为打印机喷头色数)。

扫描分辨率越高得到的图像越清晰，但是考虑到如果超过输出设备的分辨率，再清晰的图像也不可能打印出来，仅仅是多占用了磁盘空间，没有实际的价值。因此选择适当的扫描分辨率就很有必要。

4. 使用 OCR 软件

OCR 是字符识别软件的简称，它是英文 Optical character recognition 的缩写，翻译成中文就是通过光学技术对文字进行识别的意思，是自动识别技术研究和应用领域中的一个重要方面。它的功能是通过扫描仪等光学输入设备读取印刷品上的文字图像信息，利用模式识别的算法，分析文字的形态特征从而判别不同的汉字。

OCR 是一种能够将文字自动识别录入到电脑中的软件技术，是与扫描仪配套的主要软件，属于非键盘输入范畴，需要图像输入设备主要是扫描仪相配合。中文 OCR 一般只适合于识别印刷体汉字，OCR 技术的迅速发展与扫描仪的广泛使用是密不可分的，近两年随着扫描仪逐渐普及和 OCR 技术的日臻完善，OCR 已成为绝大多数扫描仪用户的得力助手。

计算机 基础与实训教材系列

13.2 安装文字识别软件

OCR 是通过扫描仪等光学输入设备读取印刷品上的文字图像信息，利用模式识别的算法，分析文字的形态特征，从而判别不同的汉字。使用扫描仪和 OCR 可以部分地代替键盘输入汉字的功能，是省力快捷的文字输入方法。

13.2.1 OCR 软件的种类

用户在购买扫描仪时都会附带一个 OCR 软件，由于扫描仪品牌较多，因此不同品牌扫描仪提供的 OCR 软件质量参差不齐。目前，文字识别软件主要有紫光 TH-OCR XP、汉王文本王——文豪 7600、丹青中英日文 OCR 识别和尚书七号 OCR 等几种。

- 紫光 TH-OCR XP 能够适应超过一百种 Windows 字体，可以识别全部简体国标一二级 6763 个字符，繁体 13000 多字符，也可以识别彩色图像，并转换成带有彩色图片的 RTF 格式(Word 可编辑)。它支持多任务，可以在识别一篇文章的同时扫描或编辑其他文档。在 TH-OCR XP 中对于每个区域可以设定不同的字体，例如一篇文档中的大段英文可以设为英文识别，以提高识别率。

- 汉王文本王——文豪 7600：是一款为从事政务、商务、教务办公的单位用户和有文字录入需求的个人用户专门研制的文字、表格、图像高效录入系统。文豪 7600 是文本王 2006 年的新作，基于对客户的深入了解，汉王在高达 99.5%的印刷文稿识别率基础上，不断设计更为人性化的操作界面，扩展识别范围，提高录入正确率。

- 丹青中英日文 OCR 识别：提供繁中、简中和日文 3 种操作界面，可辨识繁中、简中、英文及日文 4 种文件，辨识后的文件可储存成各种常用档案格式再编辑，超高辨识速率及辨识率再提升，快速原文重现各式文件。

- 尚书七号 OCR：本软件系统是应用 OCR(Optical Character Recognition)技术，为满足书籍、报刊杂志、报表票据、公文档案等录入需求而设计的软件系统。它能够识别国标 GB2312-80 的全部一、二级汉字 6800 多个简体字符，除了简体汉字外，它还可以混识繁体字 5400 多个和 GBK 汉字。另外，它能够识别宋体、仿宋、楷、黑、魏碑、隶书、圆体、行楷等一百多种字体，并支持多种字体混排。它甚至可以自动判断、拆分、识别和还原各种通用型印刷体表格。

以上几种文字识别软件都是目前用户使用频率最高的。用户如果不满意使用扫描仪自带的 OCR 软件可以选择使用这些 OCR 软件。

13.2.2 OCR 软件的安装

安装 OCR 软件和安装一般的软件没有太大区别，一般随扫描仪赠送的 OCR 软件在安装时不需要输入特殊的注册信息，而购买的第三方 OCR 软件则需要此类信息，用户应在购买时索要注册信息并妥善保存。

【例 13-2】安装尚书七号 OCR 软件。

(1) 双击尚书七号的安装程序 Setup.exe，打开安装向导并阅读条款，如图 13-7 所示。

(2) 单击【下一步】按钮，打开如图 13-8 所示的对话框，在【姓名】、【公司】、【序列号】文本框中输入相应的信息。

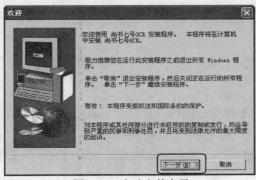
图 13-7　启动安装向导

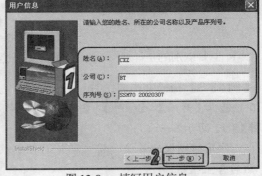
图 13-8　填写用户信息

(3) 单击【下一步】按钮，打开【选择目的地位置】对话框，这里保持默认设置，如图 13-9 所示，如果需要安装在其他文件夹内，可以单击【浏览】按钮，然后在打开的对话框内选择安装目录。

(4) 单击【下一步】按钮，开始安装尚书七号 OCR 软件，同时在屏幕上显示安装进度。

(5) 安装完成后，将自动打开【安装完成】对话框，提示用户设置程序已经在计算机上安装尚书七号 OCR，如图 13-10 所示。直接单击【确定】按钮，即可完成驱动 OCR 软件的安装。

图 13-9　选择程序文件夹

图 13-10　安装完成

 知识点

当不需要使用 OCR 软件时，用户可以根据需要将其卸载，其方法也非常容易：选择【开始】|【程序】|【尚书七号 OCR】|【卸载】命令启动卸载程序，或者在【控制面板】窗口中双击【添加或删除程序】图标，打开【添加或删除程序】对话框，在该对话框列表框中选择尚书七号 OCR，单击【删除】按钮即可卸载。

计算机 基础与实训教材系列

⑬.3 扫描识别文字

将文字扫描成图片是文字识别的第一步，下面以一个实例来介绍如何进行文本的扫描，这个方法也同样适用于图片等资料的扫描。

⑬.3.1 扫描文稿图片

OCR 主要识别的是印刷体文字，而且文字越清楚，排版越有规律的文字稿识别效果越好。

【例 13-3】扫描文本成图片。

(1) 选择【开始】|【程序】|【尚书七号 OCR】|【尚书七号 OCR】命令，启动尚书七号软件，如图 13-11 所示。

(2) 打开扫描仪的盖板，将文稿正面朝下放在玻璃上，文稿的边缘要与玻璃的边缘尽量平行，然后合上盖板。

(3) 单击工具栏上的"扫描"按钮 ，这时会启动扫描仪使用的扫描软件，这时用户可根据文稿的文字大小调整分辨率和扫描的图像类型，一般五号字 300dpi 比较合适，图像类型选择【灰阶】。

(4) 调整好参数之后，在正式扫描之前，单击扫描程序主窗口工具栏中的【预览】按钮对文稿进行预览，可以看到文稿的图像出现在预览区，然后用工具栏中的【矩形选框】按钮 选定所要扫描的区域。如果图像有倾斜，模糊、褶皱等现象可以手工调整文稿的位置，使图像效果达到最好。

(5) 然后单击【扫描】按钮进行正式扫描，大约 10 秒钟左右扫描就完成了。

(6) 扫描结束后，将回到尚书七号程序中，这时可以在图片区域看见刚扫描好的文稿，如果用户想对图片进行进一步的调整，可以使用【编辑】菜单下的命令调整图片，以达到最好的识别效果，如图 13-12 所示，编辑结束后可以使用【文件】|【另存为】命令保存图像。

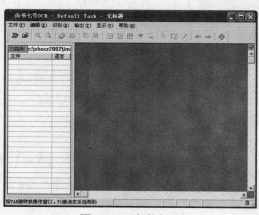

图 13-11 尚书七号

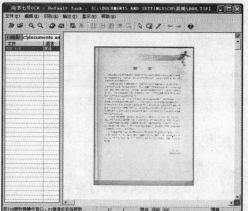

图 13-12 扫描好的文稿

在【文件】菜单中，用户可以调用扫描仪，或者选择将已经扫描好的图像文件打开。得到图像文件后，用户可以通过【编辑】菜单命令进行图像页面的处理，其中包括图像页的倾斜校正(提供自动和手动实现方法)和旋转等功能。

13.3.2　识别文字

尚书七号的自动版面分析功能很强，面对报纸杂志等复杂情况的版面，也能保持正确的分析率。不再需要用户手工划分识别范围。也正是这点，大大提高了使用者的工作效率。为了方便，在【识别】菜单下，还提供了自动版面分析后通过修改识别范围框的属性决定是否需要识别的功能。当然，用户也可以自己来设定识别区域。设置完成后，单击【开始识别】按钮进行文字识别。

【例 13-4】对【例 13-3】中图片中的文字进行识别。

(1) 选择【识别】|【开始识别】命令，或者单击工具栏上的【开始识别】按钮，尚书七号 OCR 开始进行文字识别。

(2) 识别结束后将显示在弹出的【版面设计】窗口中，如图 13-13 所示，在这里对文稿进行进一步的修正。

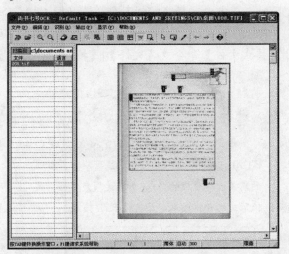

图 13-13　【版面设计】窗口

尚书七号大范围地减少了用户在扫描时候的限制，用户只要在扫描驱动软件中，设定分辨率是300dpi，不管是彩色、256 阶灰度还是黑白两值，尚书七号都可轻松识别。

13.3.3　修正识别结果

如果识别的效果不好，用户应该调整 OCR 软件和扫描仪的识别参数，重新识别，当识别效果较为满意时再进行修正识别工作，以减轻修正工作量。

【例 13-5】对【例 13-4】中识别的文稿进行修正。

(1) 如果是标点符号有错误，用鼠标选择要修改的标点，尚书七号中光标跟随显示原图像行的校对方法如图 13-14 所示，出现黄色提示行，然后在【候选符号】中单击列表中要替换成的标点即可。

(2) 如果是文字有错误，用鼠标选择要修改的字，然后在右下角的【候选字】表格中单击要替换成的字即可，如图 13-15 所示。

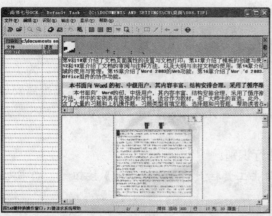

图 13-14 候选标点符号

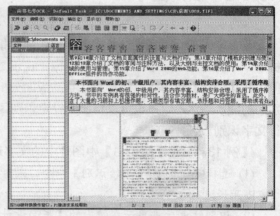

图 13-15 候选字

(3) 当以上两种方式都不能正确修正文稿时，还可以选择【编辑】命令，如图 13-16 所示，在其中选择要设置的选项。

(4) 编辑结束后，选择【输出】|【到指定格式文件】命令或【文件】|【换名保存图像】将文稿保存好。

图像反白 (I)	Ctrl+I
自动倾斜校正 (A)	Ctrl+D
手动倾斜校正 (M)	Ctrl+M
旋转图像	▶
恢复原图 (R)	
鼠标切换 (S)	F9
撤消 (U)	Ctrl+Z
剪切 (T)	Ctrl+X
复制 (C)	Ctrl+C
粘贴 (P)	Ctrl+V
全选 (L)	

图 13-16 选择【编辑】菜单

提示

指定的文件格式输出格式有 RTF、HTML、XLS、TXT，用户这里可以根据自己的需要选择对应的格式。如果是用户想得到类似原文的识别结果，请选择 RTF 格式。

⑬.4　上机练习

本上机实验通过使用 Microsoft Office 工具 Microsoft Office Document Imaging 程序来练习使用扫描仪扫描图片的方法。

(1) 选择【开始】|【所有程序】| Microsoft Office |【Microsoft Office 工具】| Microsoft Office Document Imaging 命令，打开 Microsoft Office Document Imaging 窗口，如图 13-17 所示。

(2) 选择【文件】|【扫描新文档】命令，打开【扫描新文档】对话框，将需要扫描的图片放入扫描仪中，在【选择扫描预设】列表框中选择【彩色模式】选项，如图 13-18 所示。

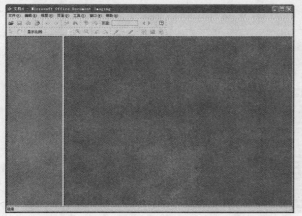

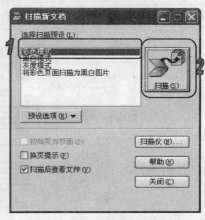

图 13-17　Microsoft Office Document Imaging 窗口　　　图 13-18　【扫描新文档】对话框

(3) 单击右侧的【扫描】按钮，开始扫描图片，同时在【扫描新文档】对话框中显示扫描进度，如图 13-19 所示。

(4) 扫描完成后，自动关闭【扫描新文档】对话框，并且在 Microsoft Office Document Imaging 窗口中显示扫描好的图片，如图 13-20 所示。

(5) 选择【文件】|【保存】命令，即可保存该图片。

图 13-19　显示扫描进度　　　　　　　　　图 13-20　显示扫描好的图片

⑬.5 习题

1. 扫描仪有很多种，按不同标准可分为哪些类型？
2. 扫描仪的主要性能指标是什么？
3. 在使用扫描仪前，应注意扫描仪应用中的哪些问题？
4. 选择合适的扫描分辨率有什么作用？
5. 练习安装扫描仪操作。
6. 练习安装 OCR 软件。
7. 扫描如图 13-21 所示的一篇文章，利用 OCR 软件正确识别文字并修改成稿件。

图 13-21 扫描的文章